ローラン・ミヨ

橋本たみえ・訳

ネコトピア

Nekotopia

猟奇的な少女と100匹のネコ

幻冬舎

ネコトピア

猟奇的な少女と１００匹のネコ

K・Nへ

子供に不可能なことはない

セリーヌ

目次

本作は、著者の意向により、原書（Asuka Fujimori名義）から著者名を変更しております。

あらゆる必要は義務をともなう

001

ピアノのおけいこと同じように、殺人だって、上手になりたいのなら小さいころから始めることが大事。

あたしなんてまだ10歳になる前に、もう最初のネコ殺しをやったもんね。首をしめてキユーッ……、いやちがうな、ぐえー！　って感じだったかな。

その子はかわいいペルシャネコで、「マイラ・ヒンドリー」★っていうのが、あたしがつけたお気に入りの名前。外国っぽくてカッコいいかもと思ったの。

ある日、外から帰って来たマイラ・ヒンドリーのおなかが大きくなっていた。それを見たパパとママが、ネコの赤ん坊なんて、じょう談じゃない、だって。

学校の友だちで、いばったりしない仲よしの子に話したら、赤ちゃんネコが生まれたらすぐに、うちのパパとママが、でき死させるだろうねって言ったんだ。それが「つとめ」だからって。あたしはびっくりして、「つとめ」って何よ？　ってドングリまなこで聞いたの。そしたら、「そうするべキ、ってことよ」だって。

むー。そんなことママにはさせたくないから（ママは「〜べキ」ってことばが大きらいなんだよね）、だったらあたしがマイラをつかまえて、でき死させるしかないでしょ？

あたしは体重が28キロあるし、両手で首をしっかりしめつけて、うちの大きなお風呂にお湯をためてからマイラをしずめれば、もう楽勝だった。それをやってるさい中、お湯の表面に小さなアブクがいくつも浮いてた。あたしは、前に叔母(おば)さんの結こん式で聞いた歌のデタラメばんをハミングしてたんだ。

「ゴボ、ゴボ、ゴボ。これは、わが家の娘です……」

マイラは死んじゃったから、もう「わが家」にはいないけどね。

★連続殺人犯の実名。1960年代イギリスで起きた「ムーア殺人事件」の犯人イアン・ブレイディの共犯者

002

10歳になるまでの子供時代って、すっごくいいものだよ。いくらイタズラしても、パパやママはかわいがってくれるもん。ただ、マイラ殺しはイタズラなんかじゃない。「〜べキ」を毛ぎらいするママのためにやったんだから。あたしはママにネコの死体を見せようと思って、しずくをポタポタさせながらマイラを運んでいった。もう鼻高々で、ごほうびはキャンディ2ふくろ？　いやいや、ひょっとして3ふくろはもらえるかも、ってドキドキしたぐらい。

なのにママは、

「まあ、アスカ！　あんたマイラに何をしたの？」

だって。ちょっと、それしか言うことがないわけ？

「ああマイラ、かわいそうに！」

「〜べキ」がきらいって言ってたママなのに。ほんとにしらじらしいったらありゃしない……。

「何てひどいことを！　おお、かわいそうなマイラや」ママは同じようなことばをくり返すだけ。

あたしはもうアタマに来て、エナメルぐつをつっかけるとうちを飛び出した。

でっかいオスネコが、おとなりんちの石垣の上にボッテリいすわってひなたぼっこをしてた。短毛で茶色のブチがあって、毛ヅヤがイマイチのやつよ。

あたしはそいつの首ねっこをつかんで、「イディ・アミン・ダダ★」という洗れい名をつけると、鉄じょう網のとんがった先っちょ目がけて思い切り投げ飛ばした。もう、ばっちりグッサリよ。かんぜんに死んじゃう前に、聖なる儀式だけはしてやらなくちゃいけないんだ。

★自国民を大量に虐殺し、「人喰い大統領」「黒いヒトラー」の異名をとったウガンダの元大統領で軍人

003

「1+1+1=3、ひっくり返ってウラオモテ、おまえは王でも女王でもない」

「ラブレンチー・パーヴロヴィチ・ベリヤ★」ってネコを、トイレのべん器にほうり込んじゃってから水を流したとき、チラッと思い出したのがこの歌のもんく。だからあんまり意味はないんだ。

そのブチもようの老いぼれバーマンネコには、いいかげんウンザリってくらい抵抗されたなあ……アルコールを2リットル分もべん器に空けて、マッチで火をつけてやっと片づけたんだから。ふー、やれやれ！

★旧ソヴィエト連邦において、スターリンによる大粛清を執り行った主要人物の一人

004

パパとママったら、長いこと言いにくそうにモジモジしたあげく、声をそろえてこう言った。あたしはとってもかわいらしくてけがれを知らないむすめだって。ネコのマイラのことは事故だったんだよねって。「事故」だってさ！　あんなにたいへんだったのに！

二人は車に乗って出かけると、お店で新しいネコを買ってきた。それはアビシニアンのオスで、おなかのところが白いやつ。あたしはすぐさま「★ミケランジェロ・メリージ・ダ・カラヴァッジオ」って名前に決めた。これ以上でもこれ以下でもない、だれの意見もききません、ってね。そしたら、窓を開けっぱなしした部屋に入れられて、そこでネコと遊んでなさいって言われた。

「1894年の11月、ゆううつなある日のこと」

あたしは話し始めた（11月なんて、いつでもゆううつに決まっているから）。

「ちょ名なイタリア人の数がく者が発表した。ネコをあお向けに放りなげると……」

「ニャーオー！」

「……かならず四つ足をついてちゃく地する、だってさ。さあそれでは、これから私たち二人で、本当のところをたしかめましょうね。いい？　1、2の3、そーれッ！」

実けん、終りょう。あのね、ネコが60メートルの高さから落っことされたら、もう四つ足をつくかどうかなんて気にしてる場合じゃないわけ。こういう実験ができるっていうのは、26階に住むメリットだよね。

★バロック期のイタリア人画家

005

うちの玄かんは、重たい金ぞく製のバルブ式のドアで、でっかいネジには油がぬってある。手でおさえてなければかってに閉まるんだけど、そのバン！　っていう音が大きすぎて、ママはいつも肩をビクってすくめるの。

うちの中でネコをつかまえるのって、そんなにむずかしくないんだよ。「アンリ・デジレ・ランドリュ」★は、あたしに連れ込まれそうになってもいやがらなかった。ナデナデされるのが好きだったんだろうな。のどをゴロゴロ、ゴロゴロ鳴らしてて、あたしが重たいドアをいっぱいに開けてもまだゴロゴロ言ってた。

ランドリュは自分の身に何が起きたのか、とうとう気づかないままだった。ドアがらん暴に閉まったとたん、あの子の小さな頭はこっぱみじんになったから。仕事から帰ってきたパパが、何だかびみょうな感じの笑顔で質問してきたよ。今日お前はひょっとして、玄かん先でケチャップのびんをイタズラしなかったかい？　だって。

★1920年代に世間を騒がせたフランス人の連続殺人犯。チャップリンの映画「殺人狂時代」の主人公の殺人鬼「アンリ・ヴェルドゥ」はこの人物から着想を得て描かれた

006

事故、事故、何でも事故で片づけられちゃう！　パパもママも、「事故」ってコトバしか知らないんじゃないのって思っちゃうよ。あんまりしつこく言われると、何かの病気じゃないかって心配になるじゃないの。ようし、今度こそは事故だなんて言わせないからね。

あたしは、ぶさいくなレッキスをひっつかまえると、おごそかにこう言った。

「なんじの名はこれより、『ポル・ポト★』であるぞよ」

あいつったら、めんどくさそうに「ミー」とか言うばっかりで、あたしに何をされてもきょう味がなさそうだった。だからあたしは、台所の蛍こう灯からぶら下がってるヒモをとっととそいつの首に巻きつけて、それ以上あたしをバカにできないようにした。そしたらママが帰ってきて、

「アスカ、あんたはまた何をやらかしたのよ！」

と言うと、体中ブルブルふるわせながら、なんとも言えない感じのイヤな目つきでこっちを見るんだよ。あたしは落ち着いて説明してあげた。

「高いほうのランプのヒモは手がとどかなかったんだよね。でも、こっちのほうがべん利だよ。だってほら、シッポをこうやって引っぱるでしょ？　そしたらホーラ、電気がつくよ！」

ママは、プイッと顔をそむけるとだまって部屋を出て行った。

その夜、「ポル・ポト」に巻きついたヒモは、パパがしんぼう強くほどいて外しちゃった（それはやめてって、あれほど言ったのに）。

★カンボジアの政治家。民主カンプチア首相、クメール・ルージュ（カンボジア共産党）書記長

007

あたしは、狂ったように足をふみならしてあばれてみせた。そしたらパパとママは最後のしゅ段として、1歳にもならないぐらいの、ありえないほどスラッとした、ちょう高級なシャムネコを買ってきてくれた。

「これだけはお願い。もうヒモに結わえたりしないって約束して」こわばった声でママが言った。

「ちかいます」あたしは大まじめな目つきで返事をした。

なんてきれいなネコなんでしょ！……この子の名前、「ワルトラウド・ワーグナー★」で決まりよ。

ある日あたしは、ママが買い物でお出かけしてるあいだ、うすめたピーナッツ・オイルをかわいい「ワルトラウド」に塗りたくると、あらかじめ8番の目もりにセットして熱くしたオーブンにつっ込んだ。

それから何時間かして、両手に大荷物をかかえながらママが帰ってきた。その荷物には、あたしの大好きな特せいガトー・オ・ショコラのための材料も入ってた。ママは、オーブンのとびらを開けてからしばらくの間、つんざくような金切り声を上げ続けた。それから少なくともたっぷり2時間はあたしに向かってどなってた。あんまりガーガー言いすぎたから、ママはガトー・オ・ショコラを作るのもすっかり忘れちゃったんだよね。

★オーストリアの国立ラインツ病院に勤めていた元准看護師で、「ラインツ病院・死の天使事件」と呼ばれる大量殺人事件の主犯

008

パパが電気ドリルでかべに穴を開けようとしてた。「ギュイン、ギュイン」って鳴ったと思うと、「ガガガガ……うっ！　いてえな、チキショー」だって。まちがって自分の手をドリルしちゃったのよ（「あんたのパパ、ぶきっちょにもほどがあるわ！」って言ったのはママよ）。で、そのドリルを「チャーリー・マンソン★」の左の肺めがけておし当てたとき――この子はロシアン・ブルーの迷子で、パッと見は5歳ぐらい、苦しくなってくると長い耳がみょうな具合にピンと立つの――は、「シュウィン！　シュウィン！」って音がした。

いったいパパがなぜこんなドリルでしょっちゅうケガをするのか、ほんと理解にくるしむよ……大してあつかいがむずかしい道具ってわけでもないんだけどな。

★アメリカのカルト指導者で犯罪者、チャールズ・ミルズ・マンソン。「マンソン・ファミリー」の名で知られる疑似生活共同体を率いて集団生活を送っていた

009

「かっ車」のしくみは、アニメ番ぐみでやってたのを見て知ってたの。それを利用すれば、あたしの小さな両手でも、すごくおっきくて重たいものを持ち上げたり、落っことしたりできるわけよね、「ドッカーン」って！

「アウグスト・ピノチェト★」って名づけたネコの上にそれを落とそうと思うなら、あいつが身動きもしないほど夢中でエサをガツガツやってるしゅん間をねらうのがポイントだった。説めい書によれば、うちのテレビは長さ66センチで重さは47キロとちょっと。まあはっきり言っちゃえば、すっごく古い

タイプのやつよ。そのテレビに直げきされた「アウグスト」からは、ずいぶん変なうめき声が上がったよ。火花もちょっと飛んだし、あとは床に大きな穴が開いちゃった。「アウグスト」の体はテレビの下じきになってて、頭だけはテレビからはみ出てたけど、大ちょうも小ちょうも一緒くたになって口から飛び出してた。戻ってきたママは何も言わなかった……玄かんに座りこんでしくしくと泣き出すと、たっぷり2時間以上はそうしてたと思う。

テレビの修理屋さんを呼ぶことになったのね。そしたらとっても親切そうな男の人が来て、これは新しくお買いもとめになったほうがいいですよって言ったんだ。もうね、手をたたいて大よろこびしちゃったわ……デジタル式の大画面テレビ、ずっと前からほしかったんだよね！

★チリの軍人・政治家。軍事政権を率いて恐怖政治を行い、第30代大統領も務めた

010

どうやらママは最近、びん入りウォッカをたくさん買い込んでるみたいなの。それ以外にも心配なことは、何でここで？　っていうような場所でころんだり、ほとんど一日中、四つんばいで動きまわったりなんかするようになっちゃった。あたしぐらいの年れいの子供に聴かせるのはいかがなものかと思うような、変てこな歌も口ずさんでるし。

ただ、ママの変化にはいい面もある。夕方6時にはもう、なまけ者みたいにねむり始めるから、あたしのことをどなりつける回数もへったわけ。昨日、あたしが台所の流しで「ルイ・アルチュセー★

ル」ののどをかき切ってたとき、ママはまるでアザラシみたいな感じで、居間のソファにぐったり伸びちゃってたな。口から軽くアワもふいてたよ。

★フランスのマルクス主義哲学者。妻を絞殺したかどで殺人罪に問われるが、精神鑑定の結果責任能力なしと判断された

011

　学校にはね、あたしのことを好きな男子が一人いて、むすんだ髪の毛を引っぱってくるの。あたしもその子が好きだから、休み時間になるとその子の鼻めがけて石をぶつけてた。で、その子は血を流して、先生の手をわずらわせることになっちゃった。結局うちのパパとママが呼び出されて、あたしは意味のわからないおどし文句を言われたあげく、もう二度としませんってちかうハメになったのね。ママは、家に向かう車の中で、オレンジ抜きのウォッカくさい息を吐きながら、ものすごく感じ悪い口調であたしにこう言った。

「あの子があんたに何かしたっていうの？　まさか、あの子をネコだと思ったわけじゃないでしょうね？」

　週末、きょ勢していないオスネコを必死でつかまえて、そのオチンチンを石こうでぬり固めてみた。日曜日の夜には、そいつの姿はとんでもなくぶかっこうになってたの。ぼうこうがハレツしておなかがねじれ曲がってね。あくる日あたしは、あたしに夢中な男子にそれをおくろうと思って、まっさらでピカピカの段ボール箱にていねいに入れると、とくべつなプレゼントみたいに差し出した。

「この子の洗れい名は、『ラモン・メルカデル★』っていうんだ（にっこりほほえんで、恥ずかしそうに目をふせるのも忘れずに）。あたしだと思ってかわいがってちょうだいね」

あの子はたぶん、おくりものの中身を自分ちのパパとママに見せちゃったんだと思うんだよね。あれ以来、あたしに話しかけてこなくなったもの。

★スペイン共産党員を経て旧ソ連のスパイとなり、トロツキーを暗殺した

012

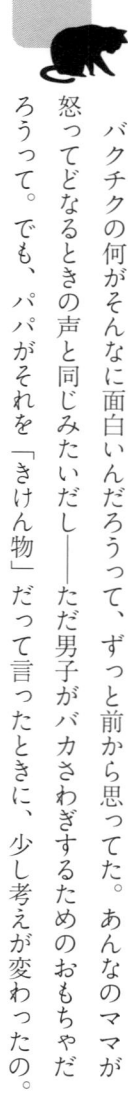

バクチクの何がそんなに面白いんだろうって、ずっと前から思ってた。あんなのママが怒ってどなるときの声と同じみたいだし——ただ男子がバカさわぎするためのおもちゃだろうって。でも、パパがそれを「きけん物」だって言ったときに、少し考えが変わったの。

「きけん物って、どういうこと？」

「その中には、火薬がつまってるのさ。人の手なんか一発でふっ飛ぶぞ。引っくりかえして裏を見てみれば、下の方にうんと小さい字で注意書きがしてあるよ」

面白いこと聞いちゃったよ……さっすが、パパってもの知りだよね。

その日の夜あたしは、一本の導火せんで結びつけた特大のバクチク三本セットを、「東條英機★」のおしりの穴の中に仕込んだ。三つとも同時にバクハツ！　吹き出した血と臓もつが、部屋のそこらじゅうに飛び散った。それを浴びたせいで、あたしのピンクのパジャマまで真っ赤に染まっちゃった。

ママがこれを見たら、またあたしの説明も聞かずにワーワーさわぎ出すんだろうなあ。

★日本の陸軍軍人・政治家。真珠湾攻撃を指示したとしてA級戦犯とされ、死刑に処された

013

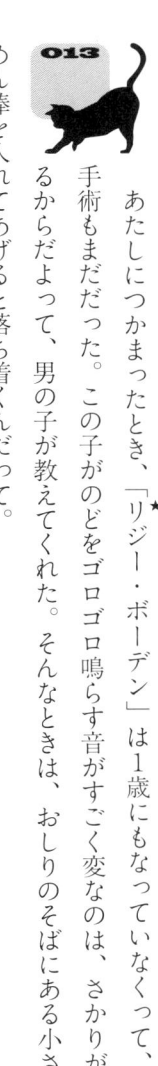

あたしにつかまったとき、「リジー・ボーデン」★は1歳にもなっていなくって、ひにん手術もまだだった。この子がのどをゴロゴロ鳴らす音がすごく変なのは、さかりがついてるからだよって、男の子が教えてくれた。そんなときは、おしりのそばにある小さな穴にめん棒を入れてあげると落ち着くんだって。

めん棒の効き目は、なるほどすごかった。パパの道具箱から引っぱり出してきた、大きくってするどいドライバーをためしたら、丸ごとリジーの体に入っちゃったんだから。そのドライバーなら、ちゃんと用心して、水と石けんできれいに洗ってから道具箱に戻したよ。リジーの死体はそのまま、ダストシュートに投げ捨てておいた。

しばらくするとパパが、ママは何日かお医者さんのところにお泊まりすることになったよって言いながら、あたしの大好きなガトー・オ・ショコラを大きめに切って出してくれた。あたしはあんまりうれしくって、なんだかパンツの中がムズムズしちゃった。

★アメリカで起きた猟奇的殺人事件の容疑者、リジー・アンドリュー・ボーデン。実父ほか家族を殺害したかどで世間を騒がせるが、裁判では無罪判決を勝ち取った

014

これでもあたしはやさしい女の子なの。それはみとめてもらわなくちゃと思う。ママがお医者さんからうちに戻ってきたときだって、近ごろのママは本当にお疲れでしょうと思ったから、大きなコップに冷たいジュースをついだのをニッコリしてさし出したのよ。

「まあ、ありがとう。やさしい子ね。これは何？　真っ赤で少しドロリとしてるのね……そうね、まるで……いえ、なんでもないわ」

「ネコジュースだよ」

「何のジュースですって？」

「何の？　っていうより、誰の？　かな。正かくに言えば、『リー・ハーヴェイ・オズワルド★』って名前の、美形のざっ種ネコよ。フード・プロセッサーで3時間かけて作った、苦労のけっ晶をめしあがれ」

そのあとどうなるかなんて、よく考えれば予想できたはずなんだよね。ママはそれをひとくちも飲もうとせず、触れようとさえしなかった（こんなにむくわれないことってある!?）――そしてまた、あたしにガミガミ言い始めた。ときどき思うんだけど、ママって少しヒステリーとかいうやつなんじゃないかなあ……だって、こんな何でもないことで、えんえん何時間もわめき続けるんだもの。

★アメリカ合衆国第35代大統領ジョン・F・ケネディ暗殺の実行犯

015

あたしの元カレったら、みんなにあのことを言いふらしてるらしい。だって最近、男子たちが、

「お前、ネコを殺してるってマジ？」

ってしつこくあたしに聞いてきたもの。

「マジに決まってるじゃん。そんなにさわぐほどのことじゃないでしょ？」

って言ったんだけど、一人疑いぶかいヤツがいて、じゃあそれを見せてみろって言うのよね。で、「エリザベート・バートリ」★を腕にかかえて、大きな裁だん機をこっそり借りるため、事む員さんの部屋までゾロゾロ行進していったんだ。エリザベートがあたしを引っかく間もないくらい、それはあっという間に片づいた……文句のつけようもないくらい、みごとな首切りだったよ。でも、まさかと思うかもしれないけど、全員ほんとに気がきかないっていうか、誰一人拍手もしてくれなかったんだからね。

「ま、ざっとこういう感じかな」

あたしはアイドルみたいなポーズをとって、大かん声が起こるのを待ってたのに。

ちょうどそのとき、間の悪いことに女の事む員さんがお昼休みから戻ってきたもんだから——叫び声、うめき声、どやし声、つまり大人たちの得意わざ全部を浴びせられたあげく——あたしの担任の女先生は、何としてもあたしの親をまたまた呼び出さなきゃいけなくなったわけ。

★「血の伯爵夫人」の異名を取った中世ハンガリー王国の貴族。連続殺人犯として名高く、吸血鬼伝説のモデルになったとの説もある

016

パパとママがうちを留守にすることが、前より多くなった。家の中にたくさんあったお酒のびんも見なくなった。それはいいことだと思うけど、ママは今までの2倍もあたしにガミガミ言うようになっちゃった。きのうの夜なんて、まだ箱の中で息をしてた「重信房子★」を、人目を気にしながら土に埋めなくちゃいけなかったのよ。いやだよね、人目を気にするなんて！　こんなにざんねんなことってないよ……。

★日本の新左翼活動家であり、元日本赤軍の最高指導者

017

学校からの帰り道、あたしは全身真っ黒けの、あんまりお利口じゃないハバナをすばやくつかまえた。

「こんにちは、ネコちゃん。『イガール・アミル★1』と『マーク・デュトルー★2』だったら、どっちの名前で呼ばれたい？」

「ニャーオー！」

「わかったわ、あんたは『テッド・バンディ★3』ね」

家の中は無人だし、現場は下見ずみ。ちゃーんと準備しておいたエサを食べさせる、またとないしゅん間がやってきた。

「ねえテッド、知ってるかなあ？『ミトリダテス法★4』っていうことば」

「ニャーン」

「辞書でしらべてみれば出てるわよ。でも今はいいから、ご飯がさめないうちにおあがり」

テッドは、ふた口めを飲みこんだあたりで息のねが止まり、両目を大きく開けたままバッタリたおれこんだ。もしかすると、仕込んだ毒の量が多すぎたかも。そうでなければ――まさかとは思うんだけど――運わるく「ネコいらずアレルギー」のネコをつかまえちゃった可のう性もあるよね。

★1 イスラエル出身のユダヤ人で、ラビン首相の暗殺者
★2 ベルギーで起きた連続少女拉致監禁および殺人事件の犯人
★3 アメリカの犯罪史に名を残す猟奇的連続殺人犯。「シリアル・キラー」という表現を適用された最初の人物とされる
★4 毒の服用量を増していくことによって免疫を得る方法のこと

018

ネコを殺すんだったら、ふるいタイプのオーブンよりも電子レンジを使うほうがかんたんなの。下ごしらえもしなくていいし、調味りょうだってぜんぜんいらない。そのへんにいる、でっかいオスのやつ、たとえば「サルヴァトーレ・ジュリアーノ」★を、この中に放り込んだらすぐにとびらを閉めて、発車オーライ！　グルグル回しとけばいいんだもの。

まず20秒たったところで、ヒゲがカタツムリのいん茎みたいにカピカピになってきた。1分たったときには、鳴き声が最高にうるさくなる。1分30秒では、皮ふがひび割れる、かすかな音が聞こえて、それプラス10秒たつと、体の毛の何本かが自ぜん発火するの。2分15秒まで来ると、歯はぜんぶ黒くなるし、両目なんてバクハツしちゃって超かっこいいし、ほとんどふっ点に達した水っぽい体えきが

内側のかべに飛び散るんだから。で、だいたい3分たったぐらいが、死亡せん告してもいい頃だよ。

真っ黒こげになったサルヴァトーレがレンジに入ってるのを見ても、ママは別に怒ったりしなかった。ただその日の夜ずっと、なんか様子が変だった。

★イタリアの山賊。従兄弟（いとこ）によって暗殺されたと伝えられる。故郷シチリアでは英雄的存在

019

「ジル・ド・レイ」★のおなかをカッターナイフでえぐってると、誰かがあたしの部屋のドアをノックした。ずいぶんひかえめな音が二回したと思うと、ちょっといいかな？　って聞きながらパパが入ってきたの。はらわたがしたたり落ちてるのには気がつかないふりをして、とってもやさしく、おだやかな声で聞いてきた。

「かわいいアスカちゃん。弟か妹がいたらいいなあって思わない？」

「そうだなあ……あたし、その子と遊んでいい？」

どこか一点をじっと見つめるパパの大きな目は、なんて言っていいのかわからないけど、ものすごくおびえてるような感じがした。それ以来パパは決して、弟や妹の話題を口にしなくなったんだよ。

★フランス王国のブルターニュ地方ナントの貴族、レイ男爵。
フランス元帥。百年戦争のオルレアン包囲戦でジャンヌ・ダルクに協力。宗教裁判によって死刑

020

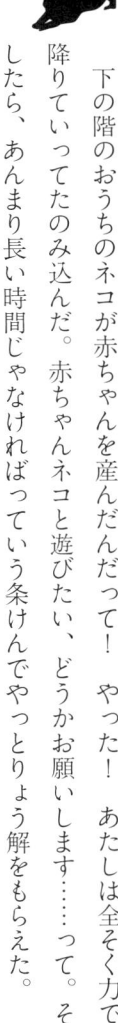

下の階のおうちのネコが赤ちゃんを産んだんだって！　やった！　あたしは全そく力で降りていってたのみ込んだ。赤ちゃんネコと遊びたい、どうかお願いします……って。そしたら、あんまり長い時間じゃなければっていう条けんでやっとりょう解をもらえた。

「ご心配なく、ほんの数分しかかかりません。うわ、めっちゃカワイイ子だね。そうだ……『ジョージ・カスター将軍』★って呼んでもいい？」

飼い主の家族はちょっと変な表情をしたけれど、あなたがそうしたいならご自由に、って言ってくれた。

将軍のちっちゃな頭をどうするかについて、あたしにはいい考えがあったんだ。ママのステンレス製のりっぱなクルミ割り器を右手に持って、何ミリバールか圧力をかけて垂ちょくににぎりしめたら、あっけなくそれがつぶれる音がした。グリグリグリッ！

でもね、あとでパパとママに引っぱられて、下の階に死体を返しに行ったんだけど――あたし、この耳でハッキリ聞いたんだ――パパとママが「これは事故なんです」って言っちゃった！　何もかも台なしじゃん……。

★アメリカの軍人。先住民を大量虐殺するなどし、かつては白人系アメリカ国民から英雄視されていた

021

うら通りで「ヨーゼフ・メンゲレ★」をつかまえたとき――今度のは、うす汚い灰色のソマリで8～9歳くらい、ヒゲが不ぞろいに生えてる子――、こいつのクサいことといったらなかった。あたしは、ママが背中を向けたしゅん間、迷うことなくそいつを洗たく機に放り込んだ。

ところがとんでもないことになっちゃった。1時間後に洗たく物を取り出してみたら、洗ったもの全部にヨーゼフ・メンゲレが色移りしちゃってるし、抜け落ちた毛がこびりついてるし、まさかの皮の切れっぱしまで……あたしはママに言ってやったの。洗たく物をよごしちゃうような洗剤なんて、いったいどこのメーカーのせい品ですか、ってね！

★ドイツ人医師で、ナチス親衛隊の将校。アウシュヴィッツにおいて大量の人体実験を行った

022

マフィアとかギャングって、お話にしか出てこない人たちだって知ってるよ。それでもとにかく映画では見られるよね。あわれな奴を冷たいコンクリートづめにしちゃう手口なんて、じっさいのこう首刑なんかよりずっとあたし好みだな。

でね、何がこまるかって、コンクリートを手に入れるにはどこに行けばいいかわからないってこと。そういう工場って、子供はぜったい立ち入り禁止ってことになってるし。あたしが「佐川一政★」を連れてお散歩してもいいのは、歩道の舗そう工事をやってる大通りまでだしさ……だから、地ならしデ

イーゼル車の下めがけて「佐川」をシュートしたら、熱々のアスファルトの上でのびちゃった。あたしは作ぎょう員のみんなからママと同じような目つきで見られたけど、あの人たちはどなりつけてこなかったし……ま、げんばからは以上です、なんてね。

★「パリ人肉事件」で知られる日本人。留学先のパリで、オランダ人女性を殺害のうえレイプし、その肉を食した殺人犯

023

ザッブン！　水中に「アンドレアス・バーダー」★を沈めたときは、すぐに電げんの入ったハイファイステレオも追加した。そしたら、バチバチと不きつな感じの音が鳴って、アパート中の電気ブレーカーが落ちたのよ。ほんっと、電気って最高に楽しめるよね。

パパはこわれたヒューズをみんな取り替えて、「これは事故なんです」って言いながら住人たちにお詫(わ)びして回らなくちゃいけなかった。夜になるとパパは、不きげんな顔でこっちを見ながら、あたしのせいでしゅっ費がずい分かさんできたって言った。あーあ、だらしないママとけちんぼのパパか……すごい奇せきとかが起こらないかぎり、あたしの人せいはこの先あんまりパッとしないかもね。

★旧ドイツ赤軍「バーダー・マインホフ・グルッペ」を結成し、窃盗・強盗・誘拐・爆破と数多くの犯罪に手を染めた政治犯

024

ぜんぜん、ほっといてもらえない。ママがどなりつけてくるのはいつも、よりによってあたしがネコを殺したときばっかりなんだよな。だって、「ティモシー・ジェイムス・マクベイ★」のときには、一てきの血も流さずにすんだのに。洋服ダンスの奥の暗いすみっこに、この子を10日間くらい閉じ込めて、あたしはとってもご満えつだったのね（口をハリガネでぬい付けたのは、夜中にあんまり鳴かれると困ると思ったから。あたしぐらいの年れいの子供には、一日に10時間以上のすいみんが必要ふかけつなの。これは本当よ）。

それにしても、油だんもすきもないのがうちのママ。誰もたのんでないのに、かってにタンスの中を調べるもんだから、ティモシーの死体も見つかっちゃった。ママは、見たくもないようなくさりかけの死体をあたしの目の前に突きつけてわめき出した。

「なぜ殺すのよ、え!?　わけを言いなさい！」

「これはえーと、事故でして、あたしのツトメでして……なんというかマー、そのォ」

「狂ってるわ、あたしの娘が何てことなの！」

例によって、その声は少なくとも130デシベルはこえたね……。それはともかくあたしもひとつだけ学んだよ。大人がよくやる言いわけは、子供が使っても通ようしないってこと。

★アメリカの元死刑囚。1995年のオクラホマシティ連邦政府ビル爆破事件の犯人ただ沈黙を守り、なりゆきを静観するだけでよい。最初のうちは理解しづらいものだが、とどのつまりは全て習慣の問題なのである。

終戦から10年が経っていた。戦争中はしじゅう鳴っていた砲弾の爆発音も、救急車のサイレンも子供の泣き叫ぶ声も、この街ではずっと前に途絶えていた。今や人々は、日曜日には公園までピクニックに出かけ、遊ぶ犬をながめて楽しんでいる。日々の暮らしに再び平和が訪れたのだ。

出勤途中に曳光弾の轟音に悩まされることも、騒音を上げて道路を掘削する作業員を乗せた、古い戦車を見かけることもなくなり、神経を尖らせなくともよい状態のままで一日を過ごせるようになった。夜、警報の音で目を覚ますことも、瀕死の負傷者が漏らす苦痛のうめき声を聴くこともなくなった。スピーカーが吐き出していた、配給の合図の怒鳴り声は止んだ。教会や聖堂から聞こえていた葬儀の鐘の音も止んだ。テレビやラジオから流れていたヒステリックな動員令や抵抗運動に参加を呼びかける音声も止んだのだ。

この、大いなる第一歩に懐疑的な者はいなかった。とは言え、この平和な日々に適応するには若干の時間が必要だった。生きるための拠り所が取り除かれたようで、人々はまず不安に陥ったのである。しかしほんの数か月のちには、苦難に満ちた生活は葬り去られ、それに代わる新生活の時代が到来した。かつて街を切り裂くようにして張り巡らされていた、あの巨大な忌まわしい城壁は、住民の熱狂的な呼びかけによって瞬く間に取り壊された。

不可解な平和を目の当たりにして、これをどう捉えようかと頭を悩ませる史書編纂者は少なくなかった。中でもとりわけ自己陶酔タイプの書き手たちは、巧みな解釈を披露して多くの賛同者を得た。例えばこんな風だ。

「この都市は、再び統合される運命だったのだ！」

あるいはこれだ。

「荒廃を極めたこの街に我らが帝が誕生したのは、必然だったのだ！」

重々しい口調で人差し指を立て、色あせたネクタイを結んでこう言えば、聴衆の心を摑むのは簡単だった。そもそも数世紀に及んだあの戦争が何から始まったのか、彼ら自身だってちゃんと知っていた。が、その答えをこれ以上追求するには及ばない。それは互いに死闘を繰り広げた三つか四つの丘の話に過ぎないのだから……歴史を振り返れば、戦争でズタズタに引き裂かれた街など珍しくもない。今となっては誰もが全てを忘れ去ったということが重要なのだ。人々は街角で、あるいは新聞やテレビ番組で自信たっぷりに平和を語り、帝に対する最大級の賛辞を惜しみなく捧げた。バラバラに分裂した都市が、かの英雄によって再び統一され蘇ったというわけである。住民たちは彼の偉大な功績を胸に刻んだ。

一方では、高い知性で知られる偉大な学者たちが次のような見解を述べていた。すなわち、よくよく考えるまでもなく、分裂していた丘同士が統合したからといってべつだん驚くには当たらない。ある程度の努力をもってすれば大抵のことは修復可能なのだから、と。それからこう続けた。

自由とはすなわち体のいい諦めのことだ。権力は体のいい恐怖、礼節は体のいい腐敗。未開さは退屈の、堅実さは苦痛の、職業は不信の、それぞれ体のいい別の呼び方である。
列挙はさらに続いて、意志は体のいい無学、平等は体のいい錯覚、善良は体のいい逸脱、書く事は体のいいゴミ、時間は体のいい不寛容、空の青は体のいい怒号。まだ続けるならば、創造性は体のいい妥協、事故は体のいい渋面、眠気は体のいい二次的熱力学、法律は体のいいハードル競走、慎重さは体のいい少年愛、幸福は体のいいホラー映画。もっと挙げるならば、軽薄は体のいい傲慢、音楽は体のいいテロリズム、小便は体のいい認識（髪を結い上げた上品なご夫人が若干名、これを聞いて気絶しそうになった）。

物質は体のいい忘却、優しさは体のいい服従、希望は体のいい喪失……あるいはまた、悲劇は体のいい富裕さ、辞書は体のいい偏執魔、進歩は体のいい俗物根性、火は体のいい堕落、悲しみは体のいい醜悪、大量虐殺は体のいいアクサン・シルコンフレクス（「^」、注：フランス語表記において母音の上に置かれる記号。長母音を表す）……さらに続けて、愛情は体のいい操作、色彩は体のいい人間性、知識は体のいい攻撃、人生は体のいいヘド、言葉は体のいい冷却、「なんて不幸でかわいそうな自分」は体のいい無価値。

一人の列席者が、信じられないとばかりに頭を左右に振ると、その高名な学者はすぐさま反駁する。
「私が口から出まかせを言ったなどとは思われませんように。物事を分析できる知性があればおわかりのはずでしょう。世界とは、歪みまくったブロック遊びのことなのだ」

帝の官邸を上空から眺めると、最新型パソコンのワイドモニターのような、正方形に近い形をしている。起点と終点の見極めがつかない規則正しい直線同士が、等間隔に延びたところで四隅を成している。一方これを地中から仰ぎ見た場合、そこにあるのは威厳に満ちた簡素さだ。色ガラスが嵌められたきりの開口部だけが、いかなる凹凸も装飾も排した打ちっぱなしのコンクリートの素っ気ない外壁を彩っている。人々はこれを堂々たる現代建築の傑作だと崇めている。官邸中央部には、ひっそりと目立たないあぜ道が巡り、コイの泳ぐ池がしつらえられた広大な中庭がある。中央玄関のホールには、再統一の実現とともに先ごろ採用されたスローガン「愛、真実、幸福」が、慎ましやかな象嵌文字で刻まれている。

帝が自身の居住地として専有しているのは「北の丘」における最も美しい敷地で、すでに忘れ去られたかつてのマスコミ界の大物の大邸宅があった場所である。当時の写真を見てみると、輪郭のぼやけた白黒の画像の中の建物は、金箔と列柱と悪趣味な天使の頭部でゴテゴテと飾りつけられ、意地悪ばあさんが被る帽子のような屋根でおおわれている。金持ちでゴリゴリの好戦論者として名を馳せたそのマスコミ王は、辛辣な物言いで民衆を煽る術に長けていたに違いない。出所不明のミサイル発射によって建物の一部が倒壊し、居住者全員が被害に遭ったのは、彼が今まさにその辛口な論説を書き終えようとしているときだった。戦時下には、こうしたことがままあるものだ。

今となってはその屋敷の跡形もないこの場所に、反復と垂直の精神を重んじて自ら居を構えることを決めたのが帝だった。市街地と海を望めるこの環境は、官邸を構える場所として最高であることは間違いない。

官邸を訪れる機会に恵まれ、敬意を胸にこの場所に来た者は、何よりもその目を疑うような外観に肝をつぶすであろう。まるで売春宿そのものの姿だからだ。はっきり言えば、これについては帝を非難すべきではない。新たな住居の建設にあたり、帝は四つの丘からそれぞれの地元出身の建築士を派遣させた。地域の新たな統一を讃(たた)えてのことであった。それ自体はまことに美しい考えだった。問題があったとすれば、建築士たちにはそれぞれ官邸かくあるべしとの確固としたアイディアがあり、それらが互いに決して折り合うものではなかったことだ。少なくとも彼らが目指したはずのものは悪くなかった。しかし、その方針をめぐる協調会議は、罵詈雑言の嵐と攻撃の数々のうちに幕を閉じる他なかった。

「私は北の人間ですがね」建築家の一人が大声を上げた。

「ここは我々の土地なんだし、やはり北の様式を採り入れてもらわんと」

「西の者として、ひと言」

と、別の建築家が叫ぶ。「私どもが最も洗練されていることは周知の事実でして。我々が先頭となって、あの戦争を終わらせたわけですし」

「南の意見としては、あんた方の考えもわからんではないがね……」

「黙ってろよ！」東の建築家が軽蔑の色も露(あら)わに怒鳴った。

「南だって？　あんな所が丘と呼べるもんか」

……以下略。

というわけで、分担して仕事をさせる以外の解決策はなかった。それから数か月間の突貫工事の末に完成したものといえば、正統と呼べるものがほとんど見られない様式に則(のっと)って造られた、幾つもの部屋の寄せ集めであり、それらの隙間を埋めているのは、パニック状態の中で掻(か)き集められた怪しげな土木業者の仕事による隠し扉や非常階段などであった。喫煙室からは浴室が、ワイン貯蔵室からは洗濯室がよく見えた。官邸内の各エリアはフロアごとに仕切られてさえおらず、外部からの訪問者は、自分が地階と2階のどちらにいるのかもわからない始末だった。というわけで後日、熱意にあふれた若者が他の都市より呼び寄せられ、せめて見るに堪えるような外壁を造るよう仰せつかった。鉄板と梁(はり)、ガラスと石ころ、二重勾配(マンサール)の屋根と城壁上部(マシクーリ)の開口部をごちゃまぜにしたこの恐ろしい代物を、そのまま帝の官邸でございと差し出すわけにはいかなかったのだ。

そう、これが帝の官邸だ。外壁はツルツル、内部構造はデタラメ。身の回りの世話をする使用人のみならず、日々ここに仕事をしに来る人たちにとって働きやすい造りとは言えない。官邸は帝の住居であると同時に、都市における意思決定の中枢部でもあるので、必然的にいくつもの組織が配置されることになる。四つの丘は、それぞれが建前として議会も派閥も保持してはいたものの、それらはほとんど用を成していなかった。今や重要な問題に関わる決定権を持つのは官邸であることを、誰もが知っていた。

帝の委員会の委員たちは毎週やって来て、それ用に造られた広い会議室に集合する。話し合いは堅苦しく、また、こじれることも多かった。帝自身は、策略だの討論だのに首を突っ込むのはあまり好きではない。彼自身すでにいい大人でもあり、どちらかと言えばのんびり静かに過ごしたい方だったので、相談役の誰かが彼のもとにやって来ては報告やらお世辞やらを口にするのを黙って聞いていれば満足だったのだ。

「反復的にも垂直的にも、あなた様は英雄、その名は帝！」

「平和をもたらしてくださった、その名は帝！」

「四つの丘の統一を成し遂げられた、その名は帝！」

「都市を、この都市を創造された、その名は帝！」

「愛の帝、その名は帝！」

「真実の帝、その名は帝！」

「幸福の帝、その名も帝！」

彼らのこの言葉を、おためごかしだとか、ただのゴマすりだなどと断じるなかれ。帝は本当に街の全ての人々から崇め奉られていたのだから。ダテに帝と呼ばれているわけではない。彼の偉業は万人にあまねく知れ渡っていた。

帝に最大の感謝を捧げる人々は、彼こそが悪を根絶したのだと断言してはばからない。一方、騙(だま)されやすいタイプの人々は、夜の月を照らしているのが彼だと言う。帝が砂漠に花を咲かせたと言う人や、暗殺者を説き伏せて改心させたと言う者もいる。それらの話に全く誇張がないわけではないだろうけれど。

よく知られた確かな足跡としては、正四面体から双曲線を彫り出したこと、川の水を干上がらせたこと、アルファベットの文字の並び順を引っくり返したこと、宇宙船のユニット(モジュール)およびスペースシャトルを操縦したこと、インフレを抑制したことなどが挙げられる。彼によって賢者の石が発見され、幾千もの人々が失恋を味わい、タルタル・オムレツが考案された。詳細地図の色の塗り分けによって世界に修正を加え、サクランボのタネを適正なサイズに改良し、磁極の緯度を90度ぴったりに移動させ、通貨を切り上げ、時局を混乱させ、サーカスのピエロのスポンサーになり、百科事典の校正をし、未知数が複数ある方程式をリストラし、退屈症の兆候を突き止め、北極を植民地化し、芸術を称揚し、アセチルサリチル酸を非核武装化したのも彼だ。ドードー鳥を絶滅の危機から救ったのも。

それでもまだ活躍し足りないとでも言うように、わずかな空き時間を惜しんでは、巨大なジグソーパズルのような全て空欄の元素周期表を埋める作業に粘り強く取り組んだ。

帝は、偉大なる反復と垂直の法則の力を用いて、愛・真実・幸福の確かな存在を証明してみせた。それが帝の偉業の集大成であり、比類するものもない驚異であることは明白だった。天下にその名を知られたこの二元論によって、科学界の常識は覆されたし、頭の固いお偉方にも異論をはさむ余地はなくなった。

最高記録を最も多く保持する存在として、記録本にもその名は記されている。あるときは学者として、またあるときは慈善事業家として、運動選手として、全能の天才として、英雄として……彼がこうした扱いを受けるのも無理はない。都市を壊滅に追い込んだ長期の戦争を終結させ、四つの丘の統一を果たした人物、不可能を可能に転じた人物なのだ。帝が崇め奉られているのも、十分納得できるというものである。

これだけの賞賛を浴びているのにも拘わらず、いや、だからこそと言うべきか、彼はまた、優れた人間にしか理解しえない孤独という名の代償も支払っていた。特別な星のもとに生まれた人間の運命に、心底共感できる者などいるだろうか？　帝は、忌まわしい爆撃によって両親を失った孤児である。悲惨で醜悪な事故のため妻にも先立たれたということは有名な話だ。それは、帝の人生の中でもとりわけ悲痛な出来事だった。その日を境に彼は突如として天涯孤独の身となり、世継ぎを持つ希望も絶たれた。

……水の沸点は１００度……青と黄を混ぜれば緑……３は９の約数……四分音符二つは二分音符一つの長さ……地球が太陽の周りを一周する日数は３６５日（閏年を除く）……複数の名詞には「ｓ」を付ける……交わることのない二本の直線は平行……悪は善の反対……位置と速度の同時計算は不可……命あるものはやがて滅びる……。

帝の地位を神格化しようという計画が持ち上がったとき、帝は吐き捨てるように「私は神じゃない！」と一蹴した。人々はそれを聞いて心を痛めた。それでもやはり、街の多くの人間が日々の祈りを帝に捧げ続けた。ある者は朗々と頌歌を吟じ、またある者は帝を讃えるため生贄を供えた。一人の処女が自らを捧げようとしたこともある。帝を祀る神殿が必要だと考える大勢の市民。典礼や儀式にまつわる定義を文書化するヒゲを生やした指導者たち。もうずっと前から帝のための礼服と被り物のデザイン画を準備して待っている、何軒もの高級仕立て屋……。

帝は、ウンザリした気分でこの騒ぎをながめていた。すでにこれにかかわる厄介ごとなら経験したところである。その日の朝、彼の儀礼部門担当の大使が自分で着るためのユニフォームの図案を見せに来たときのことだ。

「おいおい」帝は顔色を変えて言った。

「何だい、こりゃ?」

「儀礼担当大使として、私が新たに着用する制服でございます。いかがですか?　なかなか上出来でございましょう」

「いや、率直に言うが……それじゃまるでペンギンだ。ただでさえ君の歩く姿は、こう言っては何だがアレなんだから。私に言わせれば……」

「黒と白の組み合わせ……控えめですし、それでいて優雅ですし……」

帝は、忠実な奉公人の感情を危うく害するところだったと悟ると、ただ肩をすくめてみせるにとどめた。おとな気なく騒ぐほどのことでもないと判断したのだ。

「まあいいんじゃないか、思ったとおりにすれば……」

「おお、ありがとうございます、我が帝!　我が輝ける星、我が栄光の神、我が……」

「よしよし、もういいから下がってくれ」

そしてその日以来、儀礼担当大使は「ペンギン氏」という、あまりありがたくない愛称で呼ばれるようになった。彼自身はそれについて何とも思わなかった。彼の頭は、己の任務を遂行することでいっぱいなのだ。官邸に来客があるとペンギン氏はすぐさま迎えに飛んでいって、どんな些細な無礼も働かぬように客人に言い含めた。

「一歩帝の前に出たならば」ペンギン氏は言い放った。

「くれぐれも粗相をなさらぬように！　会話は、楷書ではっきりと願います」

たいていの客は、大人しくそれに従った。ペンギン氏から突きつけられた禁止事項の項目があまりにも多すぎるので、まともな人間にはとても覚えられない。それで客人たちは、頭が混乱したまま帝の執務室に連れて行かれることになる。そこでは、ペンギンの行き過ぎた仕事ぶりを承知している帝が、なるべく早く客を安心させようとバーボンやリキュールを注いだグラスを差し出すのだ。カランカランと氷の音のサービス付きで。

「ペンギン氏のことはおかまいなく」と帝は気さくに話しかける。

「彼は、給料に見合うだけは仕事をしたい性分でね」

帝と対面したことのある人間は、おそらくこう言うだろう。帝という人は、驚くほど飾り気がなく、なおかつ魅力的であったと。人々がその前に跪き、陸軍大佐が敬礼をし、教授は意見を乞い、看護師は注射針すら刺すのを拒み、迷信ぶかい者は畏れ多くて正面から目を見ることすらできないほどの帝が、実際に会ってみれば非常に気さくでほとんど居心地悪そうでさえあったと。すでに知られているように彼は、幼な子たちの頭を撫で、ラッシュ時の電車を利用し、人々に「君・ぼく」のくだけた口調で話しかける。賛辞や褒め言葉を立て続けに聞かされると、帝は目を伏せて肩をすくめ、快く思っているのか苦痛を感じているのか判然としない微笑(ほほえ)みを口元に浮かべるのである。要するに、帝ともなれば敢(あ)えて偉そうにふるまう必要などないということだ。

報道陣や忠告好きの連中が、矢継ぎ早に質問を投げかけてくる。

「帝、ご意見を！」とか、

「帝、どうかひと言！」とか、あるいは、

「帝、いかが思われますか？」などと。

そこで帝は冷静に回答する。時にはつい「知らないよ」と口走ることもあるのだが、そうすると居合わせた人々が奈落の底に突き落とされたような顔をする。そんなときには急いで何か答えを口にすれば、さすが帝は何でも知っているという結論に至るのだ。ダテに帝と呼ばれているわけではない。つまり、規範であり手本である。

帝の存在があればこそ、人々の民度は引き上げられた。街をあげて喜びに浮かれていられたのも、ひとえに帝の、そして彼の成し遂げた偉業のおかげだった。

「もうウンザリだ。こんな街なんかクソくらえだ」

帝は、専属の精神分析学者に向かってグチをこぼした。彼は週に二回、黒革張りでフカフカの大型ソファーに身を沈めてはこうして不満を漏らすのだった。

「私は砂漠に花を咲かせるって言われてるんだ。あとは、純金を取り出せるだとか。月を輝かせるだとか。悪を根絶するだとか。あいつら全員そう思い込んでるんだぜ。おい、どうしたらこんなデタラメを信じられる？　私の言葉尻をとらえては、金銀のメッキを被せて、プラチナやダイヤまで総動員したあげくに話を飾り立てちまう。もう何年も前からこの調子だよ。人を豪華装丁本みたいに扱いやがって。言ってもないセリフをでっち上げられることだって、時々、しょっちゅう、いや、いつだってそうなんだ！」

「で、誰のことですか？　『あいつら』とは」

「えー……書記とか、コラムニストとか、そのへんの噂好きの連中とか、主婦とか小隊長とか幼稚園児とかさ。群衆、世論、信心深い奴らに嫉妬深い奴ら、世間の奴らだよ。私の味方であり、敵でもある奴らだよ」

「嫌なら嫌だと、なぜ彼らにそう言わないんです？　あなたからガツンとひと言おっしゃれば済むことでしょうに？」

「冗談はよしてくれ！　『私はお前たちが思っているような人間ではない』なんて言ってみろ、いったい何百の反撃を喰らうことになるやら？　いやいや、黙っているに越したことはない、それが最善策だ。よき手本に徹することだ。昨日私は、うっかり独り言を漏らしてしまった。『明日は晴れるといいな』とね。で、今日の新聞の見出しが『帝、天に向け要請』だよ」

「立派な見出しだ……若干大げさで……」

「『帝、天に向け要請』……とんだお笑い種（ぐさ）じゃないか！」

「一面トップ……カラー写真付き……」

「『帝！　帝！』口を開けばそればかり！　帝にも名前が必要だってことがなぜわからない？　私だって名前を持つ権利はあるぞ、この野郎！　これでも昔は、市役所の台帳に読みやすく大きな字で書かれた名前があったんだ」

「成功の代償……立派な称号……」

「何が称号だ！　誰も、何もわかっちゃいないんだ！……これ以外、もっとマシな呼び名はなかったのか？　例えば、荒草原の精霊だとか、奇跡の皇帝だとか、あとはまあ、卓越者、超越者、威風堂々、唯一無二、自然の驚異、輝ける者、完全たる者、規範たる者、至高の王、至福の父、至幸の師、天啓の長、祝福されし者、伝説たるべき者、世界を導くべき者とか何とか……よりによって『帝』だと……何の面白みもありゃしない」


　帝専属の精神分析学者であるからには、その分野で最もすぐれていなければならない。フライパンのように大きな両手、眉毛近くまでていねいに生やしたヒゲ、輝かしい経歴。彼は「反復と垂直」をテーマに書いた学位論文中で、女子色情症（ニンフォマニア）は性感染症の一種であると主張し、評価と賞賛を集めたのだった。

彼はまた、近親相姦を行うカルト集団の信者を多数、治療したことで有名だった（母親と性交したのちに殺害し、肩をすくめて「これが人生だよネ！」と言う集団だった）。あるいはただの無気力者たちの治療にも当たった。彼の講義は常に反響を呼んだし、著作は飛ぶように売れていた。彼の出世に異議を唱える者がいれば、北の丘から南の丘へ、東から西へと奔走しては自らの立場を説き、ねじ伏せて回った。彼はまた、帝との対面に先立って多くの守秘義務遂行契約書にも署名した。

「万が一にも」気難しそうな小柄の弁護士が突き放すように言った。

「帝との会話の一部でも報道関係者に漏れたりすれば、あなたは法廷に立たされて全てを失うことになります。よろしければここにサインを。ここにも。ホレ、ここにも」

初めてこの背の低い弁護士がペンギン氏を伴って現れたとき、精神分析学者はあやうく吹き出しそうになった。精神分析学者が官邸に到着すると――ここに来たのは生まれて初めてだった――見事な脚線美の女性が彼を迎え入れ、帝が来られるまでお待ちくださいねと言った。官邸のしきたりに不慣れな精神分析学者は、妙な奴らが二人して近付いてくるのにも気付かず、控えの間で待機していた。

それから彼らの存在に気づくや無言で二人を観察し、しかるのちに礼儀正しく質問した。

「これはご両人、どうもこんにちは。何ですかな、今宵こちらで仮面舞踏会のご予定でも？」

「僭越ながら」トゲトゲしい口調でペンギン氏が答える。

「儀礼担当大使、ペンギン氏と申します」

「ペン……何と言われた？」

「私が」弁護士が自己紹介をする。

「帝の弁護士です」

「ああ……それはどうも……初めまして」

「さっそくですが」とペンギン氏が続ける。

「いかなる粗相もなきように」

「私からもひと言」と弁護士。

「くれぐれも失言のなきように」

「粗相！　とんでもない！」

「失言！　もってのほか！」

「会話は楷書ではっきりと！」

精神分析学者は思わず目を丸くしたが、事を荒立てるまでもなかろうと思い、ゆっくりと首を縦に振った。精神病院にはこれより悲惨な患者だって大勢いたのだ。帝に直接、彼らの虚言癖のことを確認しよう。

「彼らを受診させようとは思われたことはないのですか？」

衝撃が冷めやらぬまま、精神分析学者は帝にたずねた。

「粗相！　ダメ絶対！」

「守秘義務遂行契約！　サインを！」

「楷書ではっきりと！」

「少々変わった連中だっていうのは認めるよ」帝が言葉を返した。

「ま、じきに慣れるがね。早い話、彼らの言うことには何でもハイハイ答えていれば、あとは放っておいてくれるのさ」

「サインを！　サインを！」

「わかったよ、小男どの。サインしよう」

署名が終わると、見るからに満足そうな顔になって、弁護士とペンギン氏は退出した。ほんの数秒後、今度は大きな爆音が響いた。精神分析学者は椅子から飛び上がった。

「あの音は何ごとですか？」

「ああ、多分ペンギン氏が階段で騒ぎを起こしたんじゃないかな。たまにあることなんだよ。まあこう言っちゃなんだけど、本人の自業自得だと言えなくもないんだ。あんな動きにくい服をわざわざ選んだりして……官邸の階段はずいぶん狭く出来てるからねえ」

精神分析学者は、やがて官邸の妙ちきりんなしきたりにも慣れてしまった。ペンギン氏や弁護士とはもう目を合わせないようにしたし、出迎えの女性の脚の方も見なくなった。官邸に着くやいなや目指す広い執務室へと脇目も振らずに突き進んだ。帝はこの精神分析学者に大いに満足していた。精神分析学者との面会はいつもこの決まり文句で始まった。

「こんにちは先生。調子はどうですか?」

するると精神分析学者が言う。

「すこぶる元気です、帝……あなた様も?」

この丁重な挨拶を合図に、帝の胸にため込まれた罵詈雑言が堰を切るのだ。

「私は彼らが嫌いだ……嫌だ、本当に嫌だ!」

「はい、そうですか。『彼らが嫌い』なのですね」

「憎い、憎い、憎い……大嫌いだ!」

「了解です、『大嫌いである』と。それから?」

「あいつらに小便をかけてクソをつけてやりたい! あいつらの顔にゲップを浴びせて鼻の穴にゲロを吐きたい! 奴らのガキどもに、屁をブっ放してやりたい!」

「なるほど……オシッコ、ウンコ、オナラ……じつに興味深い」

「興味深くなどない。アホらしいんだ! おぞましいんだ! 無意味で悪趣味で……呪われた運命なんだ!」

「お言葉ですが、あなたにも多少の責任がおありなのでは……常にズバ抜けた存在でいようだなんて! その気になれば、ネクタイを締めて書類ケースを提げた正直者の会社員にだってなれたのに。なぜそうなさらないのです?」

「自然が犯した過ちなんだ、この私という人間は」

「自然ですと？」

「そう、クソ忌々しい自然。皆の視線を独占するような特別なモノに私を仕立てあげた張本人さ。私自身は、ドコのナニガシ氏のありふれた人生で満足だったんだ。決まりきった仕事。家庭。単調で平穏な週末。飛行機の小型プラモデルやビール瓶の王冠を、屋根裏部屋にチマチマと集めるような男」

「飛行機のプラモデル……ビール瓶の王冠……」

「彼らが羨ましい……羨まし過ぎる！」

「『羨ましい』ね、いま書いてますからね……」

「陳腐で単純でちっぽけな人生、フリフリの花瓶敷きが飾られた２ＤＫの狭い家、行儀の悪い子供らは、膝はすりむくわ水疱にはかかるわ……小さい小さい乳歯が勝手に抜け落ちるわ」

「乳歯、ね……メモメモ」

「身近にいる厄介者……気むずかしい義母だの、横柄な主任だの。一日の終わりにはくたびれた長椅子に寝転び、そんな些細な話をブツクサ愚痴っておしまい。愛する妻と、ちっぽけなことで口論する楽しみ」

「それの何が楽しいもんですか。昨日私は、家内に大目玉を喰らったんです。私の靴下から――どういうわけだか――白い洗濯物に色移りしたっていうだけの理由で」

「洗濯物は全滅か？」

「そうじゃないんです。本質的なことを責められたんです。色移りではなく私の無頓着さが問題だと言うんです。あの性悪女……」

「先生は、自分の幸せに気づいていないだけだ。チビの頃からすでに出来のよかった私は、親から大きな声を出されたことがない。私に逆らったり対立したりした人間など誰もいない。ひど過ぎるだろう！」

「そんなにひどいことですか？」

「先生もプロなら理解できるだろう？　たったひと言で人生が台無しになることもある。試験に落ちるとか、婚約者の前で口が回らなくなるとか、仕事でしくじるとか……態度や言葉一つでね」

「確かに、確かに……で、あなたにもそんなことが……？」

「いや、何も……何もない」

「何もない？」

「皆無！」

「『皆無』、メモ、と」

「私に異を唱える者などいない。なぜなら私は、全てが認められた帝だから」

「『全てが認められた』」

「彼らの視線。彼らの態度。彼らの言葉。私を見たとたんに大騒ぎする奴ら。私を信頼していると言う。私を愛しているとも言う。私に貞操を捧げたがる女さえいる。それら全部に応えねばならない立場がわかるか？　何もかも全てにだぞ」

「はいはい、ちゃんとメモしてますよ」

「彼らを尊敬する、本当に尊敬するよ！」

「はい、『尊敬』ですね」

「彼らなくして私の存在はない。権力も栄誉も、全部彼らが与えてくれたんだ。私のやってきたことも、そうと認める彼らがいて初めて、功績と呼ばれるものになる。私が帝たりうるのも、そう呼ぶ彼らがいてこそなんだ。彼らは私を超越した存在だ。彼らがいるから、私は自分を乗り越えようと思えるんだ。彼らの目の中にこそ、私は勇気と希望を見いだせる」

「ほう、そうですか！」

「彼らは私の前で、全てを委ねてくる。利己主義もいじましさも、卑屈さも抛（なげう）ってくる。私の前では、隣人を出し抜こうだの、空いばりしようだの、尊大にふるまおうだのと思わなくなる。私の前では、跪いて自ら従おうとする。私の前では、一介の奴隷へと身をやつしてしまうのだ」

「『奴隷』、なるほど、『奴隷』にね……」

「人間のクズだ！　誇りを持たず、そいつの持っている全てをただの偶像に捧げる覚悟でいやがる。そのくせ偶像の正体には完全に無頓着ときてるのだ」

「『完全に』……これは『皆無』に併記、と」

「彼らを軽蔑する、心から軽蔑する！」

「待ってくださいよ、『軽蔑』ね……」

「彼らはなぜ、英雄を必要とするのか？　手本、偶像、大人物を？　自分もああなりたかったと夢を見させてくれる他者なしには、自分の人生を生きられないのか？　なんて下らない夢だろう！　帝を夢見て、帝の偉業を夢見て、帝の知性を、その力を夢に見ている……男たちは嫉妬し、女たちは欲情する。夢ばかり見ている人間ども！　なんて奴らだ！　ほしがるばかりでアタマは空っぽだ。意気地無し、ろくで無し、いいとこ無しだ。何の取り柄もありはしない。毎日毎分毎秒、後継者問題をどうにかしろと私に迫ってくる」

「ふむ、後継者……しかしそれはずいぶんと先の話でしょうに」

「そしてあのお尻の軽い女ども……あいつらの魂胆はお見通しさ。清純そうに前髪で額を縁どり、清純そうに作り笑いをし、清純そうに『ダメよ』とか言いやがる。私の姿を見れば、うっとりして頬を赤らめ、睫毛（まつげ）をパチパチさせ、唇を舐（な）めながらこれ見よがしの視線を投げつけてくる。着ているブラウスを自分で引き裂く女、脚を開いてくる女。太った女はダイエット、栄養不良の女は過食する、年取ったのはシワ取り手術に通い、生娘たちは処女をあげるわと尻を向けてくる。帝でなかったら、私などには見向きもしないだろう。愛の言葉もささやかないだろう……メスどもめ！　女のやってることは、権力者相手の売春さ」

「ほう、女たちがね……」

「全員がヒステリー持ちさ……それから男、あのくだらん間抜けどもときたら……まるで狂犬病のイヌのようだ……そして大気は汚染され、水を飲めば吐きそうになり、屁をすれば曲がってしまう。今や何もかもがくだらなくなった。そもそも、最初から何もかもくだらないんだ。言っただろう、この街はクソ喰らえだ。あの、クソどうしようもない奴ら……」

「ははあ、彼らもね」

「彼らじゃない、ヤツらだ！」

「では、ヤツらで」

「ヤツら、あのヤツらめ！　私はあいつらを軽蔑し、尊敬している！　羨み、憎んでいる！　こんな私をまともな精神に戻すことなんて不可能だ、そうじゃないか？」

「ご冗談を！　あなたはこれまで診察した中でも、最も正常な部類の患者さんですよ。心ない人々が投げかける言葉によってストレスが発生し、女性嫌悪症の兆候が出ているのです。全ての症状から判断して、これ以上ないほどに人間的です。予想とは大きく違っていました。今私がどんなにホッとしているか、おわかりにならないでしょう」

●精神分析学者による草稿

（冒頭文の下書き）

いかなる家庭も、幸福であり、また狂ってもいる。全ての家庭は、風変わりでうしろ暗い秘密を抱えており、ある日それが表沙汰になったりせぬよう押し隠している。反復・垂直の原則のもとで愛と真実と幸福が支配するこの街では、秘密の材料に事欠くことはない。右を向けば秘密、左を見ても秘密、どこもかしこも秘密だらけだ。べつに恥じる必要はない、いたって正常なことだ。どんな人にも秘密があるのだから、別段、大騒ぎするほどのことではないのだ。

神々しき帝、すなわち反復と垂直の法を司る我らが偉人とて例外ではない。確かに彼の存在は一種の特例で、人並みのレベルを遥かに凌ぐ人物であるが、秘められた部分がないわけではない。そのとおり、この都市一番の有名人にも秘密があるのだ。

ただし、そんじょそこらの秘密とはわけがちがう。退屈な男の隠し事は、やはり退屈なものだ。が、何と言っても帝は特別な人間なのであり、その秘密もまた、当然ながら特別なのだ。単純でありつつ、突拍子もない秘密。それは何をかくそう、「帝の名前を誰も知らない」ということであった。かつてはその名を知る人もいたはずなのだが、今やすっかり忘れ去られてしまったのである。

もちろん、最も重要なことは人々の記憶に刻まれており、彼の多くの偉業をいちいちあげつらう必要はない。帝が帝になる以前の段階から、すでに状況は入り組んだ様相を呈していた。長びく戦争は、都市を容赦なく破壊し尽くした。官庁の市町村記録文書の保管庫は、数度にわたって爆撃を受けた。帝の幼少時について、我々の誰もほとんど知らない。史書編纂の担当者は、その情報不足を埋め合わせるため、事実を掘り下げるのではなく、ウケを狙って文章に凝りまくるという手段に訴えた。北の丘の人々は、偉人はこの広大な丘陵に建つ地下道そばの豪奢(ごうしゃ)な家に生まれ落ちたのだと(いささか性急に)豪語した。一方で南では、墓地と隣り合わせにある大病院こそ、彼がこの世に生を受けた場所であるとの説を支持する向きが多数だった。当の本人ですら出生地を問われると、そんなことを覚えてるやつがあるか、悪魔か何かじゃあるまいし、と肩をすくめて答えるばかりである。より妥当な仮説としては、北の母と南の父から生まれたという説、あるいは東の母と西の父の説なども挙がっている。いずれにせよ明らかなのは、この傑物の出生の秘密は、四つの丘同士がどれほど必死に言い争ったところで誰にも解き明かすことはできないということだ。

帝のすぐれた能力は、彼が高等教育を受けている頃から顕著にあらわれていた。大学入学時には、孤児として公的奨学金の受給資格を受け、「ミサイル弾で両親とも爆死」と記載された許可書を役所に差し出して合格通知を得た。爆撃音が鳴り止まない中で、コツコツと地道に学び続けて得たその知識の幅広さと鋭い洞察力に、教授たちも舌を巻いたほどだった。学生時代は、人々がたまげるような偉業を成し遂げる唯一無二の力を彼がたくわえた時でもある。偉業とはつまり、後世にその名を残すまでになった二つの大原則を、公正かつ不公平に共存せしめた、二重構造の法のことである。

この二元論を成している二大原則について、おさらいしておこう。まず、普遍的反復の原則について。人類が本質的に独創的創造性を欠く存在である以上、新たな発見と呼ばれるものも実際は過去の発見の焼き直しに過ぎない。だからこそ人間というものは天才ごっこをしたくなるのだが、ただ何かを繰り返すにとどめるのが最善なのだ。反復を反復し、それをまた反復することを反復……。

次に、普遍的垂直の原則について。リンゴも雨水も垂直方向に落ち、ロケットも棒高跳び選手も垂直に飛ぶ。人間と植物は垂直方向に成長し、回転扉は、垂直に立った軸に並ぶ蝶つがいに沿って回転し、制汗剤の容器は、浴室の戸棚に垂直に置かれ、皿は食器洗浄機の中、図書館の本のように垂直に立てられる。水平線でさえ、常にそれと90度の角度を保たねばならないという意味で垂直からの影響を免れないとも言える。これらを理論的に考察していけば、万物はすべて垂直方向に垂直であるとの原則が図らずも反復の原則をも補強しつつ、おのずと導かれるのである。

さらに次のことも念を押しておこう。愛、真実、そして幸福（反復・垂直法の根本的概念）の実在を我々が確信するに至ったのも、この都市に再び平和を取り戻すことができたのも、ひとえにこの素晴らしい法のおかげであったのだと。

周知のように、ある人格が形成されるのは人生の初期のわずか数年間である。ならば、堂々としてユニークな、泣く子も黙る我らが英雄の人格がいかにして形作られ、帝が帝たる存在になり得たのかを知る上で、彼の幼少期まで遡って研究することは無駄ではないだろう。

彼はテレビに出演した。通常、精神分析学者たちは自分の診察室で仕事をする。が、この場合に限っては普遍的垂直の原則に従い、何がしかの領域で頂点を極めた人物であれば避け難い運命を受け入れて、カメラの前に姿を現したというわけである。ヒゲづらの精神分析学者本人はむしろ、匿名の存在でいることを好んだが、報道関係者たちは彼を質問攻めにした。

「ずいぶん立派なヒゲをしてますね。地毛ですか、それとも付けヒゲ？」

「そんなことを聞くために、わざわざ土曜の夜に押しかけてきたんですか？」

「視聴者からの質問ですよ。彼らが知りたがってるんです。そんなヒゲを生やした人を見たのはかれこれ……うーん、何年前のことか。触ってもいいですかね？」

「こんなものでよろしければ」

ジャーナリストは少し気後れしながらも、びっしり茂ったヒゲの奥に、両手でじかに触れた。スタジオ内の観覧者の何人かが、興奮して小さな叫び声を上げた。

「おっと」とジャーナリストが笑顔になった。

「チクチクしますな」

「さあさあ、もういいでしょう、私は……い、痛い！」

「テレビをご覧の皆様。このヒゲは本物でした」

「おい、あんた引っぱっただろ？　しかもずいぶん強めに」

「本題に移りましょう。帝が何のためにあなたを呼び寄せたのか教えてください。何の必要があって？……何か帝が幻覚でも見たとか？」

「そうではありません。クソ、ずいぶん引っぱったな！　えー、私が帝とお会いするに至った経緯（いきさつ）をご説明いたしましょう」

「そのためにお呼びしたのでね」

「実はですね、私は帝に関する本を執筆しているんです」

「あなたも？　ご存じないかもしれないが、帝の本ならもう他の人が書いていますよ」

「それはよく知っていますよ、しかし私のは、帝の幼少期に関するものです」

「幼少期？」

「さよう、幼少期です」

「しかし、帝の幼少期については誰も知らないはずですよ」

「だからこそ、より興味深いのです」

「は！……何ともややこしい方のようです。ヒゲもじゃのうえにややこしいヤツってわけか」

精神分析学者は司会者をひと睨みすると、また何ごともなかったような表情に戻って言った。

「私はただ、帝との面談願い書に本の企画意図を書き添えて提出しただけです。それが受理されたわけで。私は最高学位の免状も持ってるし、あとはまあ、紹介状もたくさんね」

「そんなヒゲもじゃなのに？」

「ヒゲの話はもうやめましょう！　数週間前に帝と初めて会い、我々はあっという間に打ち解けました。いわゆる共感ってやつです。帝の幼少時代だけでなく、あらゆることについて話をしましたよ。それ以来ずっと会い続けていましてね、まあ非公式の関係と言えましょう」

司会者は当惑したようだった。

「なるほど、それ以来ずっと……ということはつまり……帝の脳に何か異常が発見されたとか？　つまりその、おかしくなったということでしょうか？」

「帝が？　おかしくなったって？　いったいどこからそんな発想が？　精神分析学者に会うぐらい、昨今では誰でもしていることですよ。異常でも何でもない」

「誰でも？　ちょっと待ってくださいよ……」

「そのとおり、誰でもしています」

「つまり、我々は全員おかしいということですか?」

「ええ……いや、そうではなくて……それは日々のこまごました欲求不満やストレスを吐き出すための、一つの方法だと言っているのです。問題を理性的に捉え、他者の客観的な考えを聞き、そこから距離を置き、あまつさえそれを面白がることが必要なのです」

「帝に欲求不満が?」

観衆から「おお!」と、いかにも心配そうな声が上がった。

「いやいやいや、そんなことは言ってません。帝はおかしくなってはいませんから、どうぞご安心を」

「本当に? ほんの少しでもおかしな徴候はないのですか?」

「あなたね、私に何を言わせたいのです? 帝は並外れた存在なんです。したがって、並外れて人並みの、安定した精神をお持ちですよ。これほど筋が通った話はない」

「はあ、確かにそのとおりですね……では、診察中どんな話を?」

精神分析学者は、守秘義務契約のくだりとともに体の小さなサド弁護士の姿を思い出して身の毛がよだった。彼は狭苦しいデザイナーズ・ソファで身震いすると、1オクターブも上ずった掠(かす)れ声で答えた。

「ええと……その……取りとめもないことで、やれ天気がいいとか悪いとか、まあ取るに足りない会話ですよ、本当のところね」

「取るに足りない……それは、取るに足りないことなんですね。では、帝の人となりを、精神分析学的にひと言で言い表すとすれば？」

「いや、ひと言では……またずいぶん無茶をおっしゃいますなあ。そう簡単に、ひと言なんかでは言えません」

「あと30秒しかないんですがね」

「ああ、はいはい……えー、帝は帝として万人の知るところであり、即自的・対自的・即自かつ対自的な意味合いにおいて、主観的理学療法的な捉え方をされます。彼を取り巻く心理学的に内省的で反復的かつ垂直的な、ハロゲン化された環境との完全な調和のもとに存在しているわけですな。なお、重度の分裂病質、妄信型神経過敏症および躁うつ病の症状は、いずれも認められません」

「…………」

「以上です」

「ああ、以上ですか……なるほど、それはそうでしょうねえ。ちょっとお聞きしたいのですが、あなたの書いている本も、そんな複雑な内容になりますか？」

「いやいや、そっちの方は大衆向けの仕事です。もっと文学的ですし、辞書なしで理解できるレベルで、いいことがたくさん書いてありますよ。冒頭文はこうです、『いかなる家庭も……』」

「ノンノン、そんなことは聞いていません。写真は載せるんですか？　太字は？　ビニール装丁は？」

「えーと……それはまだ決めてなかったな……ただこれだけは保証しておきましょう、ページ番号は正確に振ります」

「素晴らしい、そりゃ最高の本になりそうです。で、話をまた戻しますが、帝のアタマがどうかしたんじゃないってことも保証してくれますか？」

「健康のことならご心配無用です。帝はすこぶるお元気ですよ」

それからすぐに、紙面に広告が載った。この輝かしいテレビ出演のおかげで、精神分析学者は新規の広告主を多数獲得した。そのヒゲについてとやかく言うのを四つの丘の住民たちが忘れてしまうほど、テレビ画面に映った彼のようすは好感度が高かった。


二人はいつもお茶を何杯もおかわりしながら、心弾む語らいの時間を過ごす。帝と精神分析学者とでお茶とお喋りを楽しむこの面会が定期的なものになってから、ずいぶんの日数が経った。遥か遠方のエキゾチックな国より直送された極上の紅茶は、本物を知る人ならば、砂糖もレモンもミルクも一切なしのストレートで飲みたい逸品だ。カップの受け皿のふちにあるのは、小さな焼き菓子……向かって左にスプーン、右には焼き菓子が、それぞれお行儀よく添えられている。小間使い（メイド）は、通っている夜間の社会人学校で「全体の調和を最優先すべし」と教え込まれた。彼女の頭の中が、ビスケットと執務室の壁紙の色合わせのことでいっぱいなのはそのせいだ。帝に着せる上着の色一つとっても、必要な気遣いを怠ってはならない。そうして彼女が途方もない時間を浪費して、ずらりと並んだ中から一枚の服を選びあぐねていると、帝は心底ウンザリして言った。

「おい、何してるんだ。ただの上着だろ。悩むほどのことじゃない！」

「いいえ、ああいう大物の精神分析学者とお会いになる際は、どんな細かいことでも疎かにはできません。ああいう方たちって、本当に何でもよく見てるんですから」

「彼の目的は本を書くことで、治療をしに来てるわけじゃないよ。詮索好きどころか、すごくいい人なんだからね」

「ええ、今はそうおっしゃいますけどね、あとになってその本とやらをお読みになればきっと髪をかきむしって後悔なさいますよ」

「私のためにと言いながら、当の私にタテ突くのはどういうわけなんだ？　帝なんて言われてるが、私はときどき自分がちっぽけな存在だって気分になるよ」

小間使いはこの問いかけを無視して自分の言い分を続ける。

「とにかく私は、調和が全てだって教わったんです。さ、こちらの黄サクランボ色の上着なら、どうです、ぴったりでしょ。反復的で垂直的です。いえ、もうこれに決めたんです、お召し遊ばせ」

いくら帝が自分で選ばせてほしいと思ったところで無駄だった。こうして毎回、小間使いの気まぐれな服選びに従い、うれしくない結果に甘んじることになる。

「おや、いい上着ですねえ」執務室に着くなり精神分析学者が口笛を吹いた。

「今回もメイドさんのお見立てですね？」

「あのガンコ女……近いうちギャフンと言わせてやる……」

「今日はピンク地に緑色の星柄ですか。で、裏地はロゼワイン色ときた！　私はそれより、薄紫色に大きな菱形模様のやつが好きでしたがねえ……どれのことかわかります？」

「お願いだ、どうか違う話を……」

帝は幸いなことに、精神分析学者と一緒にいるときにはある程度まで本音を言うことができた。彼の利益を守る立場ではない人間にやっと出会えたのだ。彼との面会は、この大物が真の自由を感じることのできる、本当に大切な時間だった……旧知の友人と他愛もない話をするような心地よさ……天気の話や他人の悪口を言い合うこと。笑うこと。

しかし数週間が経った頃、いつもは快活で堂々としている精神分析学者が落ち込んでいるように見えた。顔色は冴えず、瞳は輝きを失い、押しの強さも消えていた。さらによく注意して見れば、若干痩せてもいた。

「こんにちは先生。調子はどうですか？」

「ええ、まあその、ボチボチと……どうにかこうにか」

「おや、何か心配ごとですね。先生のそんな様子を見るのは初めてだ。かわいい細君とまた言い争いでも？」

「いいえ……まあそれでしたら慣れっこなんでね。夫婦喧嘩はいつものこと、春になれば花が咲くのと変わりありません」

「では奥さんのことではないんだね」

「まあそうです、あいつとは何をやってもうまくいきませんがね。私は昨日あれに、とんだヤキモチを焼かれたんだ。若くて綺麗な女優が出てる映画を見たって理由でね。一昨日は、あれの料理を褒めなかったからといって責められ、その前の日は、あれに……」

「わかったわかった、じゃあ本題に戻ろう。何を悩んでいるのか話してみろ」

「私は何も……何も悩んでなど」

「全く何も？」

「全く何も……えーと、いや本当に何も」

「ほほう、本当に何もね。こいつは驚きだ、何も悩みごとがないなんて」

お茶は冷めかけていた……まるで、哀れな精神分析学者の窮地を物語るように。

「あなたは、悪を根絶したということになっている……あらゆる新聞の記事に太字でそう書かれていましたね」

「前にも言ったはずだ。コラムニストのたわ言を信じてはいけないと」

「ええ、しかし新聞の記事ではそうなってます。テレビでも同様です。至る所でそう言われている」

「何なら先生がこの部屋を出て行ってすぐに、テレビの特番で全てぶちまけたっていいんだぜ」

「どっちみち誰も本気にしませんよ。人間というのは愚かなものだ」

「そのとおり、全く愚かだ……何か月も何年も、私は口が酸っぱくなるほどそう言ってきた」

「わかってます。ただ私には、自分の患者の話を疑ってかかる習慣がありましてね。まともじゃない患者と話すことが仕事なものですから」

「まともじゃない……そりゃまたご挨拶だな」

「これでも昔は、見るもの聞くもの全てを信じていたのですがね。治療に当たった患者には、母親に泡立てた生クリーム（クレーム・シャンティ）を添えて食べた者がいました。文学賞の収集癖を持つ者もいました。奇数日ごとに爆弾を仕掛けるという厄介な癖（へき）の持ち主もいました。帝に成り代わりたいと夢想する者もいました」

「おやおや、それは危ないところだったな」

「心配には及びませんでしたよ……体重47キロでね……たったの47キロ。奇遇なことに、そいつの知能指数も同じ数字でした」

「万事に調和を求めるのが若者の常だ」

「それぐらい深刻な症例を、私はいくつも見てきたんです。しかしまさか、全ての患者やあらゆる症例が束になっても敵（かな）わないほどの壮絶な怪物と対決する羽目になるとは思わなかった。それも週二回」

「そんなにひどい患者を診ることになったのかね？」

「週二回もですよ……一昨日など、ひどく差し迫った急患がいると言って予約を取り消しました。全てキャンセルしてしまいたいぐらいです。もう限界なんです。あの患者と話すことを考えただけで吐きそうだ。２キロ３５０グラムも痩せたんです」

「なんて凄まじい！　いったいどんな奴のせいでそんな目に？　幼児拷問の連続犯か？　ナパーム弾を装着したテロリストか？　ホラー映画に出てきたゾンビか？」

「タータンチェックのプリーツスカートを穿いた小学生です」

「小学生！　子供なのか！」

「まだ10歳にもならない子で、頭のあちこちにピンクのリボンをつけてますよ。そのくらいの子供なら、かわいい盛りのはずでしょう？」

「確かにね、小さい女の子はみんなかわいいよ」

「この子は違います……怪物なんです……ネコを殺すんですからね」

「なに……何を殺すって？」

「ですから、ネコです」

「普通じゃないな……ネコとはね」

「ええ、ネコなんです」

「最新のテレビゲームの話ではないのか？　甘やかされ放題のチビどもが遊んでるとかっていう」

「いや、遊びごとではないんです。バーチャルではなく本物のネコを、本当に殺します。心底本気で殺すために首を絞めたり出血させたりします。窓から突き落としてみたり……冷凍庫に放り込んでみたり……濃硫酸の中に沈めたり……火にくべるとか……穴あけドリルで貫くとか……錆だらけのカッターナイフで腹を裂くとかね……ハンマーで叩き潰したりね……彼女にとって遊びなんかじゃないのが、何よりおぞましいことなんです。これは実験なんです」

「なんてことだ……」

「哀れな両親はもうお手上げ状態です。象に効くほどの強力な安定剤を彼らのために山ほど処方しましたが、さらに追加するべきかもしれません。両手いっぱいにね」

「殺るのはネコだけなのか？」

「まだ生きられるはずの、ニャーニャーと鳴くかわいい生き物ですよ。頼りないヒゲ、先の尖った耳……」

「ただね、先生、子供は時として残酷になるものだ。ゴキブリを指で潰したりクモをいたぶったり、野良犬を追い回したりして、とかく生き物をいじめるものだよ」

「だがこの子は……この子の場合は！　ゴキブリもクモも、そこらにいる他の生き物はどれもお呼びでない。動物イジメなんかとは、断じて違います。ネコです。ネコだけを殺るんです」

「ネコだけを？」

「そう、ネコしか殺らない」

「……ネコ……なるほど、ネコだけをね」

重苦しい沈黙が流れる中、精神分析学者は言葉を切ると、テーブルの上で完全に冷めきってしまった紅茶を異様な形相でじっくりと見つめていた。

二重否定は強い肯定を表す

025

とうとうパパとママに、お医者さんのとこへ連れて行かれた（あたしがネコを冷とう庫に閉じこめたとき、そうしようと決めたみたい）。変なドクターなの！ 白い服を着てないし、両手はフライパンみたいにでっかいし、まゆ毛のところまでヒゲがはえてるんだよ。ヒヤっとする道具を使ってあたしの目や耳をのぞきこんだりもしなかった。ただイスにすわって、変な質問をするだけなの。たとえば、「お名前は？」とか、「いくつになったの？」「学校は好きですか？」あとは「きみが冷凍庫に閉じ込めたネコは、なんて名前だったんだい。もしかして、『ネロ』★1？ それとも『マクシミリアン・ド・ロベスピエール』★2？ 『ウサーマ・ビン・ラディン』★3かな？」

そんなわけないじゃん……あの子は、「ジョヴァンニ・バッティスタ・ペルゴレージ」★4だもの。本当にみょうなこと聞いてくるよね、あのドクター。

★1 ネロ皇帝。ローマ帝国の第5代皇帝。暴君として知られ、近親者殺害やキリスト教の迫害など残虐な行為が伝わっている
★2 フランス革命期の政治家。粛清による恐怖政治を行い、多数の反対派をギロチン送りにした
★3 サウジアラビア出身のイスラム過激派テロリスト、アルカイダの司令官。アメリカ同時多発テロ事件の首謀者とされる
★4 イタリアのオペラ作曲家

026

学校であたしはすっかりスターあつかいで、男子も女子もあたしの冒けん話をきくために、じゅん番あらそいをするほどだった。

「でね、そのドクターがまたすごい変な人で、ヒゲはもじゃもじゃだし白い服も着てないし、あたしにバカみたいな質問ばかりしてくるのよね。水よう日にまた会うことになってるけどね、

来週だって二回も予約があるし」

あたしはそう言うと、サッとカバンの口をひらいてみせた。ノコギリでていねいにカットした「ジョン・ホームズ」★の頭を、みんなにちゃんと見せようと思ってさ。まあ、反応は大したことなかったけどね。

そのあと学校から帰ってたら、一人の女子が——名前はよくわかんないけど——くつのカカトでゴキブリを踏みつぶしてたから、あたしは言ってやった。

「そのドタぐつの汚れ、すぐに落としなよね。でないと、おうちの人に変なドクターのとこへ連れていかれるよ、あたしみたくね」

★アメリカのポルノ男優。麻薬ディーラーとの黒い交際や売春斡旋、「ワンダーランド殺人事件」関与の疑いなど多くのスキャンダルを提供した

027

「君はなぜ、もっといい子にできないのかな?」ドクターがあたしに聞いた。
「いい本があるんだけど、読んでみるかい?」
本を読むだって? うっげー、まっぴらごめん! 年とったロシアの伯しゃくで何とかっていう作家も、小説を嫌ってたんでしょう……それを書いてる人がいやだって言ってるものを、かんけいない人が好きになれるわけないじゃん。
「人間は矛盾に満ちているものだからね」

とドクターはもったいぶって言った。

「そう、あたしもそうだわ……けさ、ママが寝てるベッドまでコーヒーを運んだとき、ママはあたしのこと天使って呼んだわ。なのに、『ロード・バイロン』★をシャワーのバーに吊(つ)るしてるのを見つけたらもう、あたしを化け物あつかいしちゃってさ……ネコの肉に大きなフックを16個も刺して、それからもう1個、ウッカリ頭にも刺しちゃったよね――ま、あんまりくわしい話はたいくつだと思うからやめとくね。天使と化け物。これこそ、むじゅんだよね？　だからあたしも人間だよねっていう話なの？」

「うむ……ま、ある意味では……おそらく、ね……」

★イギリスロマン主義を代表する詩人、ジョージ・ゴードン・バイロン。第6代バイロン男爵

028

「ねえドクター。男の子って、オチンチンを吸ってもらうのが好きなんだって？」

「うーん……（ドクターはちょっとこまったような顔をした）、どこでまたそんな話を聞いてきた？」

「中学校の女の子たちが、そう言って笑いころげてたよ。指でそのマネをした子がいて、そしたらますます笑っちゃってさ。吸い上げるときには、歯を立てないようにくれぐれも気をつけて、思いきり息を吸わなきゃいけないんだって……」

「いいかい、アスカ……今から話すことは……」

「……でね、オチンチンがちょっと大きくなってきたら、舌をつかってもいいのよって。あたしね、もうすぐ10歳になるわけなんだけど。そろそろ始めたほうがいいと思う？」

ドクターはなにも説明しないまま大いそぎで話だいを変えた。あたしが歯医者さん用の大型フライスカッター（さすがドクター、これはよく知ってたよ）で「ジョルジュ・ペレック」★を切りきざんだときのことを、こっちがうんざりするぐらい根ほり葉ほり聞いてきたんだよ。

★フランスの小説家・随筆家。「e」の文字を一切使用せずに書かれた長編小説『La disparition』など、実験的手法に取り組んだ奇才

「ジョウゴ」って面白いよね……面白いだけじゃなく、とってもべんり。トランペットごっこに使えるし、ぼうしの代わりにもなる。目に見えないレーザー光線が飛びかう、宇宙戦かんにもなるし。それからネコの口の奥にぐいっと押し込んじゃうこともできる。その子の名前が「喜多川歌麿」★だったらの話だけどね。
ということで、あたしはパパのお酒が置いてあるコーナーをじっくり探して、ウィスキーやジン、それにフランボワーズ・リキュールの飲みかけを見つけ出した。冷ぞう庫からはビールの小ビンが二本、きのう飲みのこした白ワインのビンが一本出てきた。それを、グビグビ、グビっとやったらね……。
家を出て行くときにはまだ生きていたのに、あの「歌麿」のマヌケったら、まわりをよく見ないで

道路をわたろうとしてんの。で、知らないナンバープレートのついた、どこかの茶色い車にひかれちゃったよ。

あたしってすごくない？……事故に見せかけたネコ殺しに成功するなんて……史上初の快きょ！

★江戸期の日本で活躍した浮世絵師

030

「ねえドクター。男の子は女の子のあそこの穴をこじ開けるのが好きって、ほんと？」

「また中学の女生徒かね、そんな冗談を教えてくれたのは……」

ドクターはずいぶんげっそりしたようすだった。あたしは話を続けた。

「それはともかくね、ネコはあそこの穴をこじ開けられるのはきらいなんだよ。きょうの朝も『ジェ★ーン・マンスフィールド』の穴に制汗ざいのビンを押しこんだら、あの子はすごくイヤがったのよ。ギャーギャー鳴いてわめきまくったけど、それでもあたしはかまわず押しこんだのね。そのうち血が出てきて、そしたら『ジェーン』のやつ、3倍も大きな声でわめくのよ。血のおかげですべりがよくなって、かえってうまく入れられたけどさ」

「そのあと、そのネコは……」

「死んだに決まってるじゃない！　あたしのうで前を見くびってるの？」

「君の言うとおりだよ……いや、私が悪かった」

★アメリカの女優。1950年代のハリウッドおよびブロードウェイで、金髪のセックス・シンボルとして活躍した

なんとなんと、ドクターもネコを飼ってたんだよ。そんなこと、ぜんぜん知らなかったな。

031

「どうだい、かわいいメインクーンだろう――ええと、そんなに近づかないでくれるかな――その子の名前は……」

「『★ジャン＝ミシェル・バスキア』よ！」

「全然ちがうよ、その子はね……」

「いいえドクター、あなたのネコちゃんは『ジャン＝ミシェル・バスキア』なの。見ててね……さあ『ジャン＝ミシェル』、ニャンニャン、ママのところにおいで」

「だめだよ、言っただろう……その手をどけて、おい、その子を放せと言ってるんだ……アスカ、このガキ、何をする！」

たっぷり血が流れた……ニワトリの首を歯でかみ切るやり方なら、テレビで見たことがあったんだ。このやり方はネコにも使えるから、覚えておくといいんじゃないかな。

★アメリカの画家。生まれ育ったニューヨーク州ブルックリンを本拠地として活動した

032

どうしてかわかんないけど、ドクターが別の人に替わった——今度は女の人で、けっこう大がらで、フルーツ・ヨーグルトのコマーシャルに出てくるみたいな、いかにもオバサーンって感じの人。この人もやっぱり、白い服は着てないし、ヒヤっとする道具も使わない。この人がしゃべり始めたとき、みんながよくわからずやの子供たちに話しかけるときのようなものの言い方だと思った。

「こんにちは、お利口さん。あなたがかわいいアスカちゃんなのね」

それからドクターは話してくれた。子供はみんな天使で、ときどきおイタもするけど、それも全部お利口さんなボクたちワタシたちの愛じょう表現なんだものね、だって。

「ねえ、ドクターもネコを飼ってるのね?」

あたしは話だいを変えた。

「ええ、年寄りの大きなネコだけどね。あなたに負けないぐらい、いい子ちゃんよ」

「その子のこと、『★ルートヴィッヒ・ウィトゲンシュタイン』って呼んでもいいかしら?」

「ルートヴィ……? まあ、ホホホ、なんて愉快な女の子かしらね。ほんとに面白くってかわいいんだから」

すばやくルートヴィッヒをつかまえて、お部屋にあった大きなペーパーナイフを使いこなすあたしを見ちゃったあとは、オバサン、面白いともかわいいとも思わなかったみたいよ。

★オーストリアの哲学者。言語哲学、分析哲学に多大な影響を与えた

033

あたしがジョウゴのことをしゃべり出したとき、オバサンドクターはすぐに話をさえぎった。

「その話なら聞いたわ……『歌麿』、お酒、ネコの交通事故！　忘れられるもんですか、いっそ忘れられたらどんなにか……」

「『歌麿』じゃないよ、これは『シャルル・ボードレール』★の話ね」

「シャルル・ボ……？」

「木工用ボンドをね、フラスコに満タンに入れとくの……750ミリリットルね。ほら、ここに持ってきてるんだよ。すっごい見ものだからドクターも見たらいいと思って」

「ああ、なんて恐ろしい！　アスカ、哀れなその子を今すぐ片付けてちょうだい！」

「吐きそうだよね？　キタナイ、キタナイ——ねえほら、口の中ものぞいてごらんよ……どれぐらい責めれば死んじゃうか、見てたらわかるからね」

「アスカ、あなたという子は、どうしてこんなことを……？」

★フランスの詩人。フランス近代詩の基礎を形成したとされる

034

「ねえ、ドクター。ネコって心ぞうが弱いか弱くないか、知りたい？」

「いいえ。お願い、それ以上は言わないでくれるかしら。頼むから……」

　ドクターはそう言ったけど、ちょっとぐらいは科学的こうき心があるはずだよね？

「いいから聞いてて、いい？」

「いいえ、いいえ」

「いいから、いいから！　大きなゴムバンドをね、――あたしが住んでるのは26階だって話したっけ？――うす紫色のゴムバンドを、『ヴォルフガング・アマデウス・モーツァルト』★のどう体に巻きつけて、ソーレって窓からほうり投げたのね」

「ああ！」

「それだと、じゅうぶんじゃなかったの。で、あたしは何回も何回もやり直さなくちゃいけなかったのよ。53回目でやっと『ヴォルフガング』は死んだわ。つまり、けつ論はこうよ。いやになるほどやり続けるうちに、ネコの心ぞうはきっと弱くなる」

★神童・天才と呼ばれたオーストリアの作曲家。ウィーン古典派三大巨匠の一人

035

　ちょっと変わった方法もごしょうかい。ゴムバンドもいいけど、バター切りの針金を試してみたことある？　最低でも20メートルはある長いやつを「ミシェル・フーコー」★の胴にきつく巻いて、みごとに自由降下させたの。「ミシェル・フーコー」がどこまでもどん

どん落ちていくと思ったら、とつぜん、グチャッ！　こんな有いぎな実験ができたことだし、この道具、ネコ切り針金って名前で呼ばなくちゃね。

　ここまで聞いたオバサンドクターは、何の返事も反応もしないで、ただ顔色が青ざめただけだった。あれでもお医者さんだってさ！　せめてメモぐらいは取るべきじゃないかなあ。

★フランスの哲学者。構造主義・ポスト構造主義の旗手と言われた。『知への意志』『知の考古学』『言葉と物』など著作多数

036

　おとなりの家族がうちのドアをノックして、これから650キロはなれた所までおじさんに会いにいきますってパパに言った。で、お留守にしてるあいだ、植物のおせわをたのめる人が必要なんだって。パパはいつもみたいに、いかにも親切そうな顔になった。
「ご心配なく。うちのワイフは園芸の心得がありますから、おたくの植木もちゃんと可愛がりますよ。道中は列車で？」
「いいえ、車で行きます。高速を飛ばせば半日もかかりませんから」
　了かいです、おまかせください。おとなりさんが出発する寸前、あたしはがん丈な長いひもを使って、その車のうしろのバンパーに「エバ・ドュアルテ・ペロン」★を結びつけた。それからおとなりさんは、「さようなら」って言いながら手をふると、全そく力で車を発しんさせた。「エバ」の小さなか

らだは車に引きずられ、アスファルトのでこぼこ道の上でズタズタ。うなり声は、エンジンの音のせいでかき消されちゃった。

650キロも行くのかあ……。

★女優からファーストレディを経て政治家となった女性。アルゼンチンの国民的存在で、愛称は「エビータ」

037

「ねえアスカちゃん、ご両親のことは好き?」

こうやってばかみたいな質問してくるのって、ドクターたちの悪いクセだよね。

「もちろん大好きよ。いつでもキャンディをくれるし、ガトー・オ・ショコラもくれるし、かわいいお洋服もくれるもん。きらいなわけないじゃない」

「でもね、パパとママはあなたがネコを殺してるのを見たくないんだって。今朝もお父さまと電話でお話ししたんだけど、何枚も重ねてテープでぐるぐる巻きになってるビニール袋を、あなたのお部屋で見つけたそうよ。その中には窒息したネコの死体が入ってたって」

「ああ、『★ジミ・ヘンドリックス』のことだわ……しぶといやつだったのよ。うまくいくまでに袋を何枚やぶられたかわかんない。ネコを殺すのってほんとうに大変なんだから。あたしのあの苦ろうを思えば、本当のことといって、キャンディやお洋服のおねだりぐらい当たりまえなんじゃないかなあ」

「あなたのわがままを聞かなかったら、ネコのかわりに自分たちが殺されてしまうってご両親は思ってるのではないかしら。それが恐ろしいばっかりにあなたのやりたい放題にさせてるんだとしたら、あなたはどう思うの？」

「ちょっと、よして！　パパとママはそんなわからずやじゃないわ……」

★アメリカのロック・ミュージシャン、ギタリスト。超絶技巧と破天荒なステージ・パフォーマンスで人気を集めた。27歳のとき睡眠薬の過剰摂取で死亡した

038

「アスカ特せいレシピのコーナー。

年をとりすぎていない成ネコ、『ジョン・キーツ★』をつかまえたら、何週間もかけてじっくりとふとらせます。

「ちょう理台の上に、トマト・サツマイモ・ニンジン・甘くちのタマネギなどの野菜るいをていねいに並べます。キャセロール皿に、ハチミツとマスタード風味のソースを用意しておきます。

「ネコを甘えさせるふりをして、うまくおびき寄せます。ネコがいい気もちになってノドをゴロゴロ鳴らしたら、くびのうしろ目がけてハンマーをふりおろしてください。皮をはいで、内ぞうをきれいにとりのぞき、たっぷりと塩コショウをふったら、あらかじめオイルをひいた大皿の上にのせましょう。お野菜もならべ、ソースをまんべんなくぬってあげたら、温度ちょうせい目もりの8番に合わせたオーブンで、2時間15分きっかり加ねつします。アスカふうネコには、お好みでサッパリとしたグリーン・サラダをそえてもよいでしょう。

「最後にだいじなアドバイスをひとこと。もりつけは特にていねいにやりましょう。パパやママのように、でき上がりに手もふれてもらえないのではこまりますから」

メモも取らず、オバサンドクターは青白い顔で気を失った。このひとってもしかしたらベジタリアンなのかも。だったら無理もないよね。

★イギリスのロマン派詩人。その25年の生涯は、家族の不幸や自身の病気など不遇に満ちていた

039

オバサンドクターがうつ病になっちゃったことと、でっかい毛むくじゃらの前のドクターが、またあたしに会いたがってることを、ため息をつきながらパパが教えてくれた。イミ不明、イミ不明。それであたしは、ドクターの部屋に入ると、あたりをキョロキョロみまわした。

「きょうはネコいないの？」

「今日もこれからも、ネコはいない。いい子にしてるんだな、この悪魔っ子」

「なんで怒ってるの？　きのうね、★『フランツ・カフカ』に二さん化炭素を吸いこませたんだ。あたしはマスクをしてたけどね。かわいかったな、カフカ……もしかしたらあれ、ドクターのネコだった？」

「ネコの話はそこまで！　君は、ミカドについて聞いたことがあるか？」

えー、あたりまえだよ、誰だって知ってるじゃん……あたしなんか、ミカドってあんまりカッコよくないって学校でつい言っちゃったことがある。そしたら女先生に0点をつけられるしさ、校長室によび出されてさ、それは異教徒の考えだとか何とか、そこまで言われたんだからね。

★チェコ出身の作家。代表作『変身』は実存主義文学の傑作とされている

040

ゆっくりネコも殺せやしない。あたしがおとなしく『ハリー・フーディーニ』★に向かって熱帯産のアナコンダを近づけてるときだって、ドクターが何の知らせもなくやって来るんだから……約そくは水よう日の夜のはずなのにさ。ドクターは暗い色の服を着てて、話し声までいん気だった。

「どういうわけだか知らないが、ミカドが君に会いたいそうだ。とんでもなく名誉なことが君の身に起ころうとしているぞ。君という子は――控えめに言っても――文句なく下等な人間で、というのも――もう一度、控えめに言うが――手のつけようのないクズ同然のクソガキだ。とは言え、ミカドはミカドに変わりない。あの人が考えることに、私はとやかく言える立場ではない。自分が何をやろうとしているのか彼もわかっているだろう……願わくはね」

それからドクターは、ミカドや世界について話し始めた。でも、すごくこんがらがった話だったから、よくわからなかったけどね。その声は、選きょの前にテレビに出てくる政治家みたいな、ものす

ごく必死なかんじの声だった。
★ハンガリー・ブダペスト出身の奇術師。アメリカに渡って活躍し、一世を風靡した

041

　学校で、男子が話しかけてきた。

「あのさ、まだ変人のドクターと会ってるの？」

「会ってるけど、なんで？」

「おれのママさ、うちのお金ぜんぶ持って男の人とどこか行ったんだ。そんで、パパが酒飲みになっちゃって毎晩おれをなぐるから、すげえイヤな気分なんだよね、だから、だれかに話を聞いてほしいと思ってさ」

「だってあんた、ネコを殺してないんだもの、それじゃあ会えないわよ」

「なら、おれにも教えてよ。ネコを殺すとこを見せてくれよ」

　それならお安いご用だよ。そのへんにいた「★フリードリヒ・ニーチェ」をひっつかまえて、ちょうどいい具合に鋭くとがった石で、そいつのせき髄を斬りつけた。これをやっておけば、木の生えてる方とかに逃げ出したりできなくなるからね。そのあとは、お決まりの石当ての刑をやっただけ。ただ、その男子って胃がじょうぶじゃなかったのね。ゲボーってそこら中にぶちまけちゃった。あれはまちがいなく学校の食堂で食べたもののカスだよ。あんなことじゃ、いつまでたってもドクターには会え

ないと思ったね。

★ドイツの哲学者・古典文献学者。代表作に『善悪の彼岸』『この人を見よ』など

042

あたしのママね、カカトがすっごく高くって（測ってみたら15センチあった）、その先がめっちゃとんがったクツを持ってるの。でも、お出かけのときにはいてるのは見たことがなくて、こっそりそれを取り出したときは、パパと二人でしん室に閉じこもっちゃうの。

あたしは、三つあるでっかいスキーぐつに足を次々入れながら、たいしてヨタヨタしないでママのそのクツをはくことができた。それで歩くのって、はじめはすごくむずかしかったけど、コツはちゃんとマスターしたもんね……台所のゆかの上を歩くと「カツン、カツン」って音がした……足首から下も上も、なんだかつっぱる感じなのね……で、思いっきり力をこめて★「アメデオ・モディリアーニ」の心ぞうをひと突きにふみ抜いてみた……すると一瞬だけすっごいうめき声がしたけど、すぐにしずかになったよ。

★イタリア出身、エコール・ド・パリの画家。パリ・モンパルナスを拠点に活動した

043

ドクターが言ってたけど、あたしは「道義上フテキセツ（ことばの意味わかんない）な状態」だからミカドに会うべきではないんだって。ドクターは、すっごくがん丈な革ひもを何本も使って、あたしが「★魯迅（ろじん）」をしばり上げたときの話を持ち出した。そして、あたしがパパとママも殺したいと思ってるはずだとまで言い出した。

「女のドクターに言ったそうだな、キャンディや好きな服を買ってくれなくなったら親を殺すだろうって……ほら、ここにちゃんと書いてあるぞ」

「ああ、そんなのてきとうにしゃべった話だもん。聞いた話をなんでも信じちゃうんだから、オトナはこまるよね」

「待て待て待て！　じゃ、これは嘘っぱちだと？」

「あったりまえじゃん。パパとママに、ネコと似たところなんてある？　あたしのこと、とんでもない怪物か何かだと思ってるみたいだけどさ。あたし、けっこう不かいな気分なんだからね」

★中国の思想家、小説家。代表作に『狂人日記』など

044

あたしは、うちの台所の大きなお塩のつぼや、あちこちのレストランにあった塩入れなんかをぬすみ出した。で、お塩を巨大なビスケットの空き缶——サイズは37×37×40センチ、ご家庭むけってやつ——に何日もかかってつめ替えたら、缶の4分の3ぐらいになっ

たのね。1歳未まんの「サラ・ベルナール★」をその中に埋めるのも、ほんと楽勝だったよね。

ひと月ほどたってから、せっ着テープをはがしてフタを開けてみた。結果はバッチリ。あのね、お塩の殺しょう力ってマジですっごいよ。

★フランスの舞台・無声映画で活躍した大女優。アール・ヌーヴォー全盛期のパリを象徴するアイコンの一人

045

あたしがお部屋で「パーシー・シェリー★」の始まつに取りかかってたら、ドクターが入ってきておどろいたような顔をした。

「アスカ、ネコを放しなさい！」

「どの部分を？」

「肉挽（にくひ）き機もそこに置いて……うそだろう、何てことだ、ありえない！　もうネコたちには構うな、人生にはもっと重要なことがある！」

「ネコより重ようなことって？」

「よく聞きなさい。もっと重要で、決定的で、本質的な――そうだ、第一義的な問題だ！　いいかいお嬢さん、我々のこの都市、世界、市民生活のことだ……救わねばならないのは……世界と愛と、愛と真実、真実と幸福……これを重要とは思わんか、ええ？　愛、真実、幸福だぞ！」

「ふうん……それ、何て言う詩か知らないけど、ひっどい出来だね」

「何もわかっちゃいないんだ、お前のようなアホガキは！　都市に危機が迫ってるんだ。ミカドが死んでしまう前に、彼を殺さねばならんのだ！」

いくらあたしが何もわからないからって、あんなにびっくりしなくてもいいよね？

★イギリスのロマン派詩人

それは、いつもと変わらぬある日のことだった。空気はすがすがしく、西の新興エリアに建ったばかりのビルの窓ガラスには降りそそぐ陽光の粒子がきらめいていた……。水曜日の午後の遅い時間帯、黒いリムジンが十数台も中庭に停められ、車内では白い手袋をはめた運転手が退屈しのぎに煙草をくゆらせていた。帝の官邸内の南側に位置する会議室では、帝の委員会による水曜日定例の全体会議が執り行われていた。

「真実の保護が必要です」一人の委員が発言した。

「いかにも。真実の保護、言うまでもありません……しかし、愛の保護も同様に」

「幸福はどうなる！　幸福の保護を！」

「真実と愛も！」

「幸福の保護を！」

「愛の！」

「真実の！」

「おお、どんなに素晴らしい世界が実現しようとしているのか……」

帝の委員会は公的機関ではないにも拘わらず、権力の領域において多大な影響力を持つに至った。上院議員たちは、委員会との会見の約束を取りつける。奨学生たちも、委員会との会見の約束を取りつける。大臣たちも、委員会との会見の約束を取りつける。工場主たちも世界的な大物芸術家たちも、委員会との会見の約束を取りつける。彼らは、官邸の中庭にずらりと行列を作っている。そうやって面会できた帝の委員会のメンバーは、己の強い立場にモノを言わせて法外な手数料を吹っかけてくる。確かに痛い出費ではあるが、それでも払うだけの価値はある。委員会が下した判断は、そのまま帝本人によるお沙汰とみなされるのだから。

この委員会が誕生した経緯は定かではないが、多くの紆余曲折（うよきょくせつ）を経たのちに、まとまりに欠けた集合体という現在の姿に至った。そこにはもちろん、帝専属の弁護士がいた。帝の銀行業者も、帝の公証人もいた。帝の料理人も、スポークスマンも、娼婦も、会計士も、医師も看護師も、左右それぞれの側を担当する書記も、告解を聴く司祭も、広報代理も、道学者も、ボディガードも、秘書も。時に応じてそこには、帝の肖像画家も加わったし、彫刻家も、女性理容師も、仕立て屋も、タロット占い師の女も、配管工も、電気技師も、マッサージ師も、自動車修理工も、官邸付きの多数の使用人もいた。まさにゴタ混ぜの委員会なのだった。

正規の委員である儀礼担当大臣のペンギン氏は、開催される会議の準備を担当した。その日の段取りを決め、名誉職員の参加者を選出し、行列している来訪者に対して金文字書きの規範書に記されたとおりの階級別ピラミッド（ヒエラルキー）に従うよう命じた。その一方、委員会のメンバーのほとんどは儀礼関連のことなど眼中になく、ペンギン氏の仕事に対してもほとんど注意を払っていなかった。約束の時間も順番もまるでおかまいなしに来邸し、言いたいことを言い、持参の弁当を会議中に広げる始末だった。こうまで儀礼が踏みにじられるのを目の当たりにし、ただただ嘆くばかりのペンギン氏であった。

最近になって、帝ご用達の毛深い精神分析学者が委員会に加わった。有力な弁護士はこの案に強硬に反対した挙句、論争に敗れて精神分析学者の採用が決定すると、そのあと丸2週間も不機嫌さを隠そうとしなかった。しかし、決まってしまったものはもうどうしようもない。この委員会の長を務めるのは、帝の友人でもある人物だ。彼は、後頭部の髪が若干うすくなった愛すべき老人で、数々の帝の偉業もその目で見てきた人だ。委員会の全権の象徴と言うべき存在があるとすれば、それは彼以外にはいなかった。

「私は帝よりも早く年老いてしまった」そう語る彼の声に、非難するような調子は全くなかった。

「当然でしょう。彼は帝なのです。私とは違う」

そう言うと彼は、会議室の大きな鏡のある方に向かってヨロヨロ歩きながら立ち去った。鏡の中の、白髪まじりの毛から透けて見える自分の頭に険しい視線を投げながら。委員長は、頭髪への執着を振り払うと、若干戸惑いながらレセプションホールのマイクの前に立ち尽くした。それから控えめに一つ咳ばらいをし、おずおずと声を上げた。

「帝の名前において！」

報道関係者がメモを取り出す。

「愛の名において！」

ペンを走らせる報道陣。

「真実の名において！」

ペンの動きは止まらない。

「幸福の名において！」

報道陣や各国の指導者層たちは、国会法の扱いよりもはるかに熱心にこの委員会勧告を取り扱った。もはやそれは、議論のための議論なのであった。そこでは「率直に言えば」とか、「自明の理ではあるが」とか、「まさしく」「否定しようもなく」などの言い回しを好きなだけ使うことができる。要するに、白熱した話し合いになるということだ。このように、毎週水曜日の16時から夜にかけての間、帝のスポークスマンによる委員会勧告の発表に合わせて報道陣が押し寄せた。それは命令でも指示でもなく――慣習に則った、単なる勧告なのだった。

「都市住民に次の勧告を言い渡す。頭髪の怠りなき洗浄を習慣づけること」

勧告はあっと言う間に、数ある雑誌のどれかに掲載され、テレビのニュース番組のタイトルに使われてじっくりと取り上げられた。司会者が四つの丘の著名人にアプローチする特番まであった。

「頭髪美容の関連産業、特にシャンプーのメーカーと委員会の間に、何らかの申し合わせがあったのではないかと思いますね。この業界が、前期の実績を０・６７％も下げたことは周知の事実ですから」

「いやいや、そんなことはないでしょう。委員会の勧告をよくよく見直せば、焦点が『シャンプー』でないことはわかるはずです。そうではなくてですね、委員会として伝えたかったのは、象徴的な意味での洗浄、本質的な洗浄、真実に内在する洗浄だったと私は思う」

「あんたね、完全に的外れですよ。この勧告の最も重要な部分は、洗浄じゃなくて『怠りなく、習慣づける』のところでしょうが。集団単位での規律や、信徳や、教育の規範を生み出そうとする試みでしょうが」

あるとき一人の上院議員がこの言いたい放題の委員会にいいかげん業を煮やして、対抗キャンペーンをぶち上げた。報道陣やテレビカメラを動員して委員会の不正や腐敗を語り、我々は本来の体制に回帰すべしと強弁した。色とりどりのマイクに向かい、その声音を巧みに操りながら高らかに言い放った。

「伝統こそ正義である！」（委員会の勢力拡大にともなって、上院議員の受け取る賄賂が目に見えて減ったことが、彼にはよほど業腹だったのだろう）

「伝統こそ正義！」上院議員の声が響いた。彼は人差し指を突き立てた。

「愛、真実、そして幸福！」委員会側が言い返す。

「伝統こそ正義！」

「帝！　進歩、反復垂直的たる市民生活！　そして愛、真実、幸福！」

が、上院議員の高らかな声は、虫やネズミまで仰天させるほどの勢いで四つの丘にとどろいていた。

誰も上院議員の主張を真に受けていなかったとはいえ、そのうち市民の睡眠が妨害されるという事態を迎えるに至った。委員会はこの局面を打開するため、簡潔かつ明確な声明文を出すことを決めた。

「その上院議員に、次の勧告を言い渡す。『黙っとけ』」

翌日、狂信的な帝信奉者が上院議員に会いに来て、議員の舌を引っこ抜いた。

「少々行き過ぎですな」委員長が言った。

「この不幸な信奉者にしてみれば、よかれと思ってやったことです。それを責め立てることはもちろんできません、そうでしょう？　ただね、舌を抜いたとなるとね……何はさておき暴力は回避せねば……愛と真実と幸福を守るためにも……我々は文明人なのですから……たとえ敵であろうと、殺すとはまかりなりません。やるとしてもせいぜい、何か侮辱的なことを言うとか、泥の中を引き回すとか、そいつにまつわる薄汚い陰口を言いふらすとか、社会的な居場所を失わせるとか、そいつの家族をいびるとか、金や仕事を取り上げるとか、人間の尊厳や快適な生活や休息の時間を奪うとか、うつ病にさせて酒浸りにして、奴らが自殺したくなるまで静かに見届けるとか、その程度にとどめるべきなのです。そうでないなら、何のための文明社会と言えましょうか」

一見したところいつもと変わりなさそうなある水曜日、委員会のメンバーが三々五々集まってきた。

彼らはあくせくと駆け込んだりはしない。というのも、いやしくも委員会の構成員たる者、わざとらしく張り切ってみせる必要もないからだ。彼らはめいめい、温かい飲み物や冷たい飲み物を受け取ったり、互いのネクタイをほめ合ったり、ウエスト部分が絞ってあるお上品な制服を着せられた年若い使用人女性の胸を、大した下心もなく触ったりしていた。あまりにも寛(くつろ)いだ雰囲気の中、委員席用のソファに座って口を半開きにし、鼾(いびき)をかいて眠っている委員もいた。今日もまた、重箱の隅をつつくような話をしたり、あくびを噛(か)み殺したり、意見の発表をしたり、誰も見ていないからと鼻をほじったり、うんざりしながら頭を振ったりしているうちに終わる、いつもどおりのつまらない会議になるだろうと誰もが思っていた。ところが一部の委員が驚いたことに、委員長がいつになく深刻そうな口調で話し始めた。

「同胞諸君、親愛なる我が同胞の皆さん。本日の予定に変更が生じました」

ペンギン氏は、椅子から飛び上がって何かをわめき始めた。

「またしても、儀礼を侮辱するというのなら……」

「ああ、ペンギン氏には申し訳ないが、我が同胞であり友でもある公証人君より、最優先に伝えてもらうべき重要事項があるのです。我々全員に関係のあることです」

彼のこの宣言で、公証人は発言を促される形になった。

「親愛なる同胞であり友である皆さん」公証人は立ち上がって、ずいぶん陰気な声で話し始めた。「何よりも重要なお話があるのです。我々全員に関係する話です。ご承知のように私は立場上——まあ、こういう仕事をしていますのでね――、いわゆる秘密の案件を扱っています。密室の事務所内で飛びかうのは、口外無用、誰にも漏らすな、シッ！　というアレです。しかし、愛と真実と幸福の保護のためならば、避けては通れないイデオロギーが職務に優先する場合もあるのです。これは名誉にかかわる問題であります！　または尊厳にかかわる問題であります！　または……」

「ちょっと、手短に頼みますよ！　いったい何の話をしてるんだ」

「帝の遺言書の話です。私の事務室の金庫に保管されています。その一部始終を私は知っています」

「遺言書……」

「遺言書！」

「帝の……」

「遺言書があるのか……」

「帝のだと？」

「帝のだ」

ざわめきが次第に大きくなってきた。

「ご同胞の皆さん」はずしていた胸元のボタンを用心深く留め直してから、娼婦は発言した。

「少しはご静しゅくに、落ち着きましょうよ！　どうも、恐れ入ります……そんなこと、わざわざ問題にしなければいけないんでしょうかしら？　帝は私たちの胸の中に生きていて、そこだけが帝のいるべき場所なんですわ。遺言書だなんてずいぶん悪趣味……いえ、不吉と言ってもいいぐらいですわ、お願いだから撤回してくださいな……これについて考えることもやめていただくよう要求いたします、ここまでよ、もう！　忘れましょう、以上です！　まさか帝が亡くなったりするもんですか、ええ決して死ぬもんか。私たちの胸の中に生き続けますわ……永遠にこの胸に……」

「もちろんだ！」

「全くそのとおりだ！」

「我々の考えは変わらない！」

「はあ」公証人が口ごもった。

「なるほどね、いや全くそうでしょう、だがしかし……皆さん、専門的な細目についてはおわかりなので？　後継者に関することですが」

「ああ、なんて嫌らしいことを言うんだ！」

「本当に嫌らしい……誰が帝の後継者に？」

「そりゃ、我々の中の誰かだろう」

「それなら委員長ではないですか」と会計士が言った。

「弁護士君だと思うがな」と医師が言った。

「私の考えでは、娼婦君だ」とボディガード。

「私の考えでは……」

「静しゅくに！　静しゅくに、頼みますからお静かに！　帝は誰にも決めておられません。ある条件を出しただけです」

「条件！」

「条件だと……」

「で、どんな条件だ？」

「話してくれ！　早く話せったら！」

「ご承知のように、帝にはほとんど無限とも言うべき力があります。砂漠に花を咲かせ……月を明るく照らし……ところが、後継ぎがいないときてる」

「確かにそのとおりだ……皆よくわかっている」

「お金のことなど、この遺言では問題ではないのです。我々はお金には不自由していません。租税回避地（タックス・ヘイブン）のおかげで財産は安泰だし、先物取引の株券だって、国庫債券だって持ってるし、ついでにレストランの支払いも免除されていますし」

「これだから委員会はやめられませんな」

「ところがです、紳士淑女の皆さん、その全ての特権が廃止されることに……」

「廃止？　どういうことだ、それは！」

「廃止だと！」

「先物取引は廃止か！」

「タックス・ヘイブンも廃止か！」

「レストランの主人の機嫌を取るのか？」

「それどころか皆さん、権力を失うのです！」

「それはつまり……権力の撤廃！　まさか本気じゃないだろうな」

「寝言ならよそで言ってくれ！　権力の撤廃を謳った遺言書だと？　まさか、そんな話を信じるもんか」

「しかしながら……」

公証人は少しずつ神経が高ぶってきた。

「帝は帝です……傑出した資質を備えた人物であって……いつかは滅び行く我々なんかが理解できる相手ではありません。我々は帝の考えをとやかく言える立場ではない」

「だいたい、その考えというのは何なんだ？　おい、早く言え！」

「ええ、いいでしょう……帝は、自分の暗殺者を全財産の後継者として指名すると決められました」

「何だって？」

「もう一回言ってみろ！」

公証人は繰り返そうとしたが、それには及ばなかった。その場にいた者は全員、彼の言ったことを即座に理解していたからだ。

「暗殺者だと！　帝は暗殺されることを希望しているのか？」

「帝は帝です」と医師がつぶやいた。

「我々がとやかく言うことではない」

「それにしたって！　何が悲しくて殺されたいなどと思うのだ？　いくら天才だからって、酔狂にも程がある！」

「帝の言葉に従えば、自分にふさわしい最期を迎えたいとのことです。桁外れに生きて、桁外れに死んでいく。安らかに横たわって死ぬなんて、あまりにも陳腐だと言っていました」

「いいだろう、かまうもんか、暗殺がお望みならばそうすればいい……が、それと相続は別の話だろう？　責任ってものはないのか、ちくしょう！　この都市、住民たちへの！　愛と真実と幸福に対しての！」

「そうだ、愛と……全てに対してだ」

「全てに……」

「殺人者と後継者は分けなければ……しかるべき人物を指名すべきだ。指差して選ばれ、ヨシヨシと頭を撫でてもらえる人物を」

「ちょっとちょっと」と娼婦が割って入った。

「……つまりはこういうことかしら……仮にあたくしが明日にでも帝を殺したら、あたくしが全財産を相続することになり、ここにいる皆さんは真綿で首を絞められちゃう、みたいなこと？」

「ところがそうはなりません」と弁護士がたしなめるように言った。

「もしも我々のうちの誰かが帝を殺せば、たちまち刑務所に連行され、そこで一生暮らすことになるからです。なぜなら法律が、よろしいですかあなた、法律というものがあるからです。垂直の原則に従いますと、その手段が法的措置の対象となるのであれば、相続権は効力を失います」

「法律……」

「殺人は違法ですから……ここがちょっとしたネックです」

「つまり、こうおっしゃるのですね……誰にも殺害と相続は両立できないと?」

「しかし、誰も帝を殺さなかったら財産はどうなる?」

「そこが難しいところです。財産は廃止され……消滅し、飛んで行き、チリのように儚く散ってしまいます。はっきり言って、一巻の終わりです」

「と言うことはつまり……」

「帝を殺したとしても、相続することはできない。誰も帝を殺さなければ、全ての権力は消え失せる」

「あんまりだ、ちくしょう!」

「何たる不幸、何たる災いだ!」

「冒瀆だ、残虐行為だ!」

至る所で怒声が上がった。完全にタガがはずれた委員会のメンバーたちは腕を振り上げ、頭を前に突き出した。

「だったら法律を改正したらどうだ?……殺人を合法化するとか」

「穏便に願いますよ、穏便に……それは問題が多過ぎます。専門的な細目は？　命令と禁止事項、市民団体、対立派のキャンペーン、違憲審査基準は……そして、愛と真実と幸福はどうなりますか？」

「愛か、愛ね……」

「ああそうだ、真実も……」

「あとは何だっけ……幸福……そう、それもだ」

「特権、我々の正当な特権……それは、愛と真実と幸福だ」

「どれ一つとして放棄してはならない」

「いっそのこと我々が悪党ならば、愛と真実と幸福を盗み出してずらかることもできただろうに……」

反復の原則も、垂直の原則も」

「それはそうだろうが……我々は悪党ではないのだから……」

「やくざ者でもないのだから！」

「極悪人でもないのだから」

「我々は善き人間であり、つまらない考えなどこれっぽっちも頭にないのだから」

「我々は有力であり……かつ無防備なのだから……」

「我々の手で都市を守り、文明社会を体現しているのに！」

「愛！　真実！　幸福！」

「ああ、何たるジレンマ！」

「愛と真実と幸福を守り抜くことも、帝に殺害計画を思いとどまらせることもできない」

「帝の決断に反対することも、我々の権威を維持することもできない……理屈ではそうならざるを得ない……」

「ああ、このジレンマ！」

それまで表情を変えずに黙っていた精神分析学者が静かに立ち上がったのはそのときだった。周囲にいた者たちは静かになった。

「同胞および友人の皆さん、実は一つ解決策があるのです。一点の曇りなく論理的な解決策がね。帝に手を下すなど、おそらくは問題外でしょう。真面目な話……我々は虫ケラでしょうか？　怪物でしょうか？」

「まさか、そうじゃない」歯ぎしりしながら医師が言った。

「まさか……いやいや、まさか」

「虫ケラでも怪物でもないさ」

「その解決策とは何ですか」会計士がおそるおそる発言した。

「そんな言い方ではわかりませんよ、コソコソ内緒話じゃあるまいし」

「あくまでも一つの方法論ですがね。現実的でありながら洗練された方法……細かい法律上のあれこれは、我らが盟友の弁護士君がクリアしてくれるでしょう」

「あんたの援護射撃をする気はないね、この二足歩行型マンモス野郎！」

「私の患者に、一人の少女がおります。花柄の洋服を着て頭にリボンをつけてます。ところがなんと侮るなかれ、その子は怪物に見まごう、いや正真正銘の怪物なのです。帝はすでに、自分がその子に関心がある旨を下の者に伝え……私にも質問されました」

「正真正銘の怪物？　もしやそれは、とんでもない新人類とか？」

「マルク諸島のオオトカゲとの交配種とか？」

「煮えたぎる油を浴びても生き延びたとか？」

「それどころの話じゃありません……ネコを殺すんです」

「ネコ？」

「ええ、そうです。ネコをね」

「よりによって、ネコを！」

「いささか変わってますな……ネコとはね」

「まあ、そういうわけです。すでに帝とは話し合い済みです。これから話の要点に移りましょう」

言葉が途切れたところを見計らって、弁護士はここぞとばかりに反撃を始めた。

「では、ドクター毛生え薬どのにご説明願いたいのだが。そのおチビさんが何を解決できるっていうんでしょうな？」

「おやおや、彼女が暗殺者に打ってつけだってことがわかりませんか？　法定年齢に達していないのだから……刑事未成年者は法的に罰せられません」

「法定年齢……」

「なるほど……解決できるかも……」

「しかし、相続もその子が？」

「たかがチビッ子ですからね……その点はいくらでも操作できましょう」

「ただ、その子は本当にやれるだろうか……つまり、帝を殺害するなんてことが」

「ご安心ください。私は治療中にこの目で見たんです。あの子は私の目の前で、まだ小さな私の愛猫を切り刻み、血まみれにさせたんだ。眉一つ動かさずにね。帝が相手でも……彼女なら間違いなく、完璧にやってのけるでしょうな。ネコを殺す者は帝をも殺す！」

「ネコを殺す者は帝をも殺す……」

「ネコを殺す者は帝をも殺す、ネコを……」

精神分析学者の放ったひと言が大当たりだった。委員会のメンバーは、流行(はや)りのスローガンよろしくそれを連呼した。

「なるほど、なるほど」弁護士が譲歩して言った。

「法律的な面では問題なさそうですが、やはり私は大いに疑問ですな」

「それはどうして？」会計士がたずねた。

「どうしてもこうしてもあるもんか……そこにいるおかしな精神分析学者が気に入らないからですよ。彼の話は何から何まで疑ってかかる必要があります。それが正論かもしれない場合は特にね。危険過ぎる。彼が正しいなどということはあってはならない、それじゃあ、私のこの不快感が間違っていることになりかねない。間違ったとみなされ、信用も、発言力も、特権も特典も失いかねない。そういうわけで、私は大いに疑問なのだ」

「弁護士君の言い分にも一理ある」友たる委員長が口をはさんだ。

「精神分析学者君のお話は正しいのかもしれません、しかし弁護士君の嫌悪感のために疑問は残っております。疑問！　我々のような委員会にとって、ある決定を下す際にいかなる疑問も放置するなどもってのほか、それは……疑問の多いやり方だ。結論を言えば、疑問が残る場合には何も行わず、疑問がなくなるような状況が訪れるのを待つべきでしょう……この危なっかしい案を決定するには、今はまだ時期尚早です。風向きが変わるまで、座して待つのが得策です」

「私は」と精神分析学者が言った。

「皆さんがお困りなので助けになればと思ったまでです。こうなったら言わせてもらいますが、帝は……」

「信じてます、ドクター、あなたを信じてますとも。問題は弁護士君です、私じゃありません……心の底からあなたを信じます……あなたも同じように信じますよ、弁護士君。あなたの疑問には、ひとかけらの疑問も抱く余地などありません。みんなのこと、信じてる！」

委員長は、精神分析学者にも弁護士にも、あるいは不公平と言われないようその他の列席者にも、それぞれに対して細長い顔を振り向けながら言った。次いで何も決定しない旨の決定を下すと、完全に平常心を取り戻して委員長用のハンマーを二度打ち鳴らした。

「とんだ及び腰だな！」精神分析学者が毒づいた。

「勇敢でさえあれば委員長が務まるとでも思ってるんですか？　まさか本気でそんなこと言わないでくださいよ？」

「責任と問題を背負うのが委員長の務めでしょう。朝から晩まで休みなくね」

「あなたが私の立場でも、やはりこうしていたはずですよ」

「とにかく、あなたご自身が言われたんですよ。必要なのはただ一つ、論理的な解決策とやらでしょう」

「一点の曇りもなく、ね」

「いや、これは真面目な話、我々は帝に……」

「真面目なもんか、全く真面目じゃない」

「いや……だから……」

スポークスマンは精神分析学者の主張を無視して片手を挙げ――彼はとても礼儀正しいのだ――質問をする許可を求めた。

「おお、質問かね」委員長が言った。

「どうぞどうぞ、遠慮などせずに言い給え。我々は同じ世界の住人、委員会の仲間同士じゃないか」

「レセプションホールで待っている報道陣には何を伝えればいいのでしょうか」

「何も言うな、秘密に決まってる！　この件は他言無用と心得るように。何か適当にでっち上げて伝えればいい、たとえば『平穏な生活を勧告する』なんかどうだ？　それからひと口サイズのケーキをいつもより2倍ほど出しておけ。食べるのに忙しくて、奴らも質問どころではなくなるだろうさ」

「もう一度話してくれ……そのチビ娘のことを……いちばん最近の手口は何だって？」

帝は、忠実な精神分析学者を目の前にして、興奮のあまりソワソワしていた。

「早く話して、早く……」

「おお、しかし本当に胸が悪くなりますよ。想像を絶するほど醜悪で、こんな話をしても……」

診察のたびに繰り広げられる光景がこれだった。帝にせがまれれば、精神分析学者はあらゆる細部に至るまで説明しなければならない。消毒用ジャベル水に浸けられたネコ。二枚刃のカミソリを見舞われたネコ。焼き網の上のネコ……何でもありだった。考えられないほどに病的な儀式。おまけに話がここぞという部分に来ると帝は爆笑してしまい、そのはずみで食べていたブリオッシュを飛び散らせるのだった。

「ハハハハハ！」

哀れな精神分析学者は、帝の頭のネジが完全にゆるんでしまったのではないかと何度もいぶかしんだ。口が裂けても言わないつもりだが、彼とて自分の提案に100パーセントの確信があったわけではない。アスカはよりによって異教徒の宣告を受けたような子である。遺言書の問題にあの子をかかわらせることについては、ともあれまだまだ解決すべき多くの問題があるのだった。折に触れ彼は、委員会のメンバーの数人に根回しを試みていた。

「ね、帝という人は、大変なユーモアのセンスの持ち主だと思いませんか?」

「帝が? ユーモア? まさか君、そんなことあり得ない。帝は非常に真面目な人だ」

「ええ、もちろん真面目です。しかし時々……」

「ノン! 真面目、しかも極めつきのね。彼がもしも浮ついた精神の持ち主だったなら、我々は終戦も迎えられず、これだけの損害補償にもあずかれなかった。あの力と、信念と、支配力がなければね。帝こそは真面目の中の真面目。カッチカチの人物だ!」

「確かにね。ただ私は……」

「おい、まだ何か言う気かね。とにかく真面目、以上、マル。帝のことは、もうずっと前から知っているんだぞ。何と言っても、君なんかよりうんと長く委員席に座っているのでね、どうだ、文句あるか」

精神分析学者は、お世辞にも心地よい生活を送っているとは言えなかった。アスカの診察で生き地獄を味わったあとは、帝への詳細な語り聞かせの時間が待っている。委員会での安泰な立場にモノを言わせ、敵対心をむき出しにしてくる弁護士のことを話すわけにもいかない。あまつさえ、家に帰れば妻との対決というオマケがついてくるのだ。自宅の門にやっと足を踏み入れたその瞬間、死の女神(ハルピュイア)

のような声に出迎えられる。

「カネをよこしなさいよ、大金を！」

　来る日も来る日も判で押したように、彼の長い一日の締めくくりはこれなのだった。しかしかつてはこの妻だって、つまらないプレゼントをねだって甘えてみせるような、そこそこ話のわかる相手だった。ところが年を重ねるごとにその厚かましさは目も当てられなくなり、底なしの強欲ぶりを所かまわず見せつけてくるようになってしまった。

「ほら銭だよ銭、ゼニを出せって言ってんでしょ！　こっちがおアシがなくて困ってんのに、どこをほっつき歩いてたのさ！」

「決まってるだろう、お前。官邸にいたのさ。そこで働き詰めに働いてたんじゃないか。今や委員会のメンバーなんだから……重要人物なんだぞ……義務と責任というものがあるんだ」

「ブツクサブツクサ、さっぱり意味不明だわよ……いつも自慢ばっかりでさ。ボサボサのヒゲづらをさらすだけじゃ不満だとでも言うつもり？」

「ヒゲの話はたくさんだ！」

　声を荒らげたところで何にもならなかった。この男勝りの女（ミネルヴァ）を黙らせたいのなら、さっさと話を中断し、札ビラを差し出すしか方法はないのだ。彼はソファにぐったりと腰を下ろして、自分はいつまでこんなことに耐えられるだろうかと自問しながら札入れの中をさぐった。１０００フラン札が二枚……こんな惨めな人間が他にいるだろうか……彼はため息をついた。

精神分析学者はそれでも、自分の未来にひと筋の希望の光を見いだそうとしていた。彼が委員会の一員として認められてからというもの、妻の物腰は目に見えて穏やかになった。たとえ彼女がそれを態度に表す気があるかどうかは別としても、夫の出世に悪い気はしていないだろう。それは当然、彼女にとっても光栄なことであるはずだから。このまま自分が出世街道を歩んで行けば、この死の女神だって本来の従順さを取り戻すかもしれない。ならば、与えられた任務を雄々しく誠実に遂行する自分の姿を、ひたすら印象付ければいい。なぜなら反復と垂直の法則に従えば、最後には必ず、愛と真実と幸福が勝利するのである——精神分析学者はそう考えていた。

手抜きをせず帝や委員会からの要請に応えていれば、万事順調に運ぶはずである。遺書なんて、バカげた紙切れだろう？　そうだとも。ただし帝の意思であることは間違いないのだし、そこはキッチリ仕事をせねばならないだろう。10歳にもならないあのチビに帝が殺れるかって？　あれよりもずっと重症の患者を、私はいくらでも見てきたじゃないか。いずれにせよ、精神分析学者は自分の正直さを誇らしく思った。彼は委員会のメンバーに嘘の話はしていない。帝は心底、アスカにご執心なのだ。

「トースターだって？　アスカはどうやってネコをその中に？」

「帝、これ以上の説明は勘弁してください。話せば私が吐いてしまいます。ああ、あの呪われた娘っ子め！」

「私には、面白い女の子に思えるが」帝は意味ありげに微笑んでみせた。

「近いうちに引き合わせてもらいたいね」

「引き合わせるって、本当ですか？　帝、私には理解できません。あんなケダモノ娘の何に興味があるって言うんです？　あなたはまるで、あいつの悪行を根掘り葉掘り聞いて楽しんでるみたいで……恐ろしいことだ」

「まあね、一度ぐらいは本人から直接、その滑稽な話を聞きたいじゃないか」

「滑稽？　あれが滑稽だと思うんですか？」

「そうだよ、滑稽じゃないか……私を殺すよりは、ネコを殺す方がまだマシだろう？」

「はあ、ええ……それは……うう……」

「どうした？　顔が赤いぞ、昼食に変なものでも食べたのか」

「おそらくそうでしょう……昼食に変なものを。間違いありません」

「おいおい、何か隠し事をしてるんじゃないのか」

「いいえ、まさか」

「いや、してるね」

「してません」

「してるとも」

「いえいえ、してません。誓って言います、何も隠し事などしてません」

「もういい」根負けした帝がムッツリとして言った。

「私の遺言書の内容について、公証人から何か聞いたと思うが」

「全然聞いておりません、いかなる話も私は……遺言書がどうしたんですか？……と言うのも、私には何のことやらサッパリ……」

「ああもう、いいからさ。とにかく話をしよう。先生はどう思った？」

「どうって？　何を？」

「遺言書の話に決まってるだろう」

「ですから私は何も……」

「言えったら！」

「あ……ええと……その、委員会のメンバーたちはですね、責任感に溢れ、知的レベルが高く、何よりもあなたをお慕いしている彼らは、あなたが殺されたいと考えるわけを全然理解できずにおります。そんなのは、ある種の気まぐれに過ぎないだろうと。口から出まかせと言うか、その……何かの間違いだろうと」

「私は帝だぞ。間違いなどあってたまるか」

「もちろんです、本当にそのとおりで……ただ……」

「先生もそう思っているのか？　ただの気まぐれだと？」

「いいえ……えーと……」

「何も、帝でない者に帝を理解しろとは言っていない」

「いえ、つねづねその努力はしています。精神分析学者として、他者を理解することは私の仕事なので」

「では想像してみろ。ここに一人の男がいて、きわめて平凡な人生を送っている。ところが生まれ持った資質といくばくかの運に恵まれて、偉業を成し遂げてしまう。人々からは拍手喝采され崇められ、慕われる。都市の英雄となり偶像となる。むろんその名声は正当に手に入れたもので、疚しいことなど何もないけれど、彼が欲したのはせいぜいそこまでだ。しかし人々がどういうものか知ってるだろう。いつだって自分にないものを別の人間に求めるのさ。私は確かに崇拝され羨望されているだろうが、あらゆるものを——栄光も、富も、権力も——全てを手に入れた私が夢に見るのは、名もなき者の静かな人生……それでいて、粗野で下品で不徳に満ちた人生なんだ……おかしいと思うだろうか?」

「いえ、そんなことは。私など、妹と同衾したさに死にそうになってる患者を治療したこともありますから、ええ」

「それの何がおかしいんだ?」

「その妹ってのをご覧になればわかります。タイセイヨウニシンにだって突き返されるような代物です。つまり、私が言いたいのは、あり得ない種類の人間を数多く見てきたってことです……ええ、先ほど話されたことも全然おかしくありませんよ。かなり健全な状態だと言ってもいいぐらいです。しかし逆に、それとあなたの死とは何の関係もないのでは?」

「これまで模範的な生き方をしてきたんだ。せめて、目も当てられないような死に方がしたい。人々に罵られ、野次られ、侮辱され、意味不明の叫び声を浴びせられたいと思うんだ」

「それはまた、非人間的な！」

「私を、短刀で容赦なく刺し、恩讐（おんしゅう）の雄叫（おたけ）びを上げ、バラバラ死体にし、ブタの餌にしてくれたらいい」

「ブタの餌。なんという……」

「熱狂した群衆の前に連れ回し、私の友人たちを罵倒し、私が手がけた建物を全て破壊してくれたらいい」

「しかしながら、あなたほどの方ともなると、心から嘆き悲しむ弔問客が何リットルもの涙をしぼり出して見送るような、ご立派な葬儀にふさわしい死に方以外に許されないのでは？」

「私を吊るし首にして、水に沈めて、首を切り、それから唾を吐きかけてもらいたい。人類という人類がその死体を襲撃してくれたらいい」

「もしやマスコミ攻撃も……そこまでお望みですか？」

「助けてくれ、先生！　ロクでもない死に方がしたいんだ」

「ふむ……私の患者が言うセリフは決まってこれだ」

●精神分析学者による序文原稿

ここで、初心者のための戦争の概略を少々。

そもそも誰が仕掛けた戦争だったのか、もはや誰も記憶していない。それはひどく昔のことだったし、彼らの敵意などあれよという間に、その後の狂乱の渦に呑み込まれてしまったから。確かなことは、その戦争が、時には束の間の休戦やら同盟関係の変化などを挟みながらも、何世紀もの年月にわたって続いた諍い(いさかい)であるということだ。四つの丘同士は、あるときは同盟国、あるときは敵国となり、またさらには中立の立場を取ったり、かと思えば敵側に寝返ったりしていた……が、そのいずれの場合においても、根っこのところでは、互いに敵対関係であった。

歩兵の来襲をブロックするため、四つの丘を分断するようにして張りめぐらした巨大な壁の建設（ほぼ100年を要した）が、和平実現に向けてなされた最初の試みであった。むろんその境界地域では紛争が続いてはいたが、全体的に見れば以前よりも、流血沙汰は減少していた。壁を建てることはよい考えだと思えたし、またその後の世界各地においても大いに模倣されたものである。とは言え、のちに弾道ミサイル――その第一号は大きな魚市場の壁を破壊し、何百もの犠牲者を出した――の権威となったある国が、この壁の飛躍的な進化形を作り出すとは、当時は誰も想像だにしなかった。この華々しい快挙を目の当たりにした四つの丘は、今度は寄ってたかってミサイルをかき集め、競い合うように相互爆撃を繰り広げたのだった。

北は西を攻撃し、その議会やペンキ塗りたての新オペラ座、官庁やテレビ塔をぶちこわした。東では戦略工場を数か所、証券取引所、市役所とその新館を。南では病院二つと小学校をいくつか。一方、西は、北のご自慢の大きい美術館、東の威風堂々とした大学、南では内部に違法な兵器工場を隠しているとの誤った（！）情報から老人ホーム全てを破壊に追いやった。東は、北の郵便局と西の図書館、南に一つだけ残っていた診療所を容赦なくバラバラにした。不注意によって発射されたいくつかのミサイルは、最大規模の避難民キャンプのある谷間（たにあい）にまで達していた。南の哀れな住民にとっては、せめて無抵抗に相手の攻撃を受けることぐらいしか選ぶ道はなかった。度重なる爆撃は、もともと貧相な丘の土地を数メートル分も削り取った。その際に飛散した大量の粉塵（ふんじん）は、今もなお人々の周囲に漂い続け、太陽光線の効果で薄紫とオレンジ色の層を成して、若い恋人同士にロマンティックな舞台背景を提供している。

どの学校も手を替え品を替え、他国への憎悪の精神を子供たちに叩き込んだ。もっとも、最初からそんなことをする必要もなかった。街に住む子ならば誰だって、自分の親か近親者か友だちか隣人のうちの誰かが、設備の粗末な病院に入れられるか、最悪の場合はその全員が、みすぼらしい共同墓地に葬られるかしていたのだから。このような状況下では、平和な世界の到来を信じられる者など皆無に等しかったであろう。

ところが、その日はやって来たのだ。すでにその命を受けていた帝は、その4月の記念すべき日、四方の丘の指導者たち――西の君主(スルタン)、南の高級官吏(マンダリン)、東の導師(グル)、北からは頭の空っぽな王女(プリンセス)――を一堂に集めると、テレビカメラに向かって笑顔で互いに握手を交わすよう彼らを説得した。また、街の壁に重いツルハシの最初の一撃を加えたのも、帝自身の手であった。

何が帝を駆り立てたのか？　他の都市のリーダーたち同様、彼もまた、憎悪と復讐心の虜(とりこ)になったとて不思議はなかったのに？　両親のあの無残な死を思えば尚(なお)のこと……今もなお、和平と赦(ゆる)しは恐らく最も容易ならざる選択である。しかしそれはまた、最高に尊い精神を知らしめ、最大の不幸な過去を水に流そうとする、彼らの度量を示す道でもあったのだ（実を言えば、誰がこの戦争を仕掛けたのかはわかっている。しかし、恒久平和と統一を達成するためには、外交的な忘却機能を発動するよりなかったのだ）。

私はこれまで帝に、彼の両親の死について話して欲しいと何度となく頼んできた。が、彼はただ肩をすくめてこうつぶやくだけだ。

「うーん……よく覚えていない……昔のことだし……ドカーンって……」

私は、なおも食い下がる。

「では帝、せめてこれだけ。ご両親の死は同時でしたか、それとも別々で？」

「ぬー……」

「ぬー？」

「ああ、先生の言うとおり、同時に、別のときに……」

「そんなの不可能でしょう」

「私は帝である。この私に不可能なことがあると言うのか？」

「ええー……では次の質問に行きましょう。奥様について聞かせてください」

「彼女もそうだった……ずっと前……ドカン……」

「ドカン？　しかし奥様は爆死ではなく、事故で亡くなったのでは？」

「だから何なんだ。事故がドカンと言ってはいけないのか？」

帝のあからさまな拒否反応に対し、私は何度か催眠療法も試みた。が、それも徒労に終わった。帝の強靭（きょうじん）な精神力は、自分を眠らせる代わりに私の腕時計の針を止めてしまった。


ここからは、弁護士についての話である。彼は小柄な――ひどく小さな――男性で、無愛想かつ極端な性格をしており、重度に抑圧された怒りや恨みつらみが、上品な態度の奥に姿を隠している。長年の法律屋稼業の経験から彼は以下の結論に達していた。すなわち、この世界の大半を占めているのは、潜在的な犯罪者、不審な人物、罪悪感のない阿呆、身を持ち崩した悪党、救いようのない役立た

ず、倍々ゲームのように増殖している人間のクズどもであると。

とりわけ目に余るのは共犯者たちだ。

至る所に棲息(せいそく)する、山のような共犯者たち。愛とか家族の絆(きずな)とか、恐怖とか恐喝とか――言うにこと欠いて法律のためだとか！――などの大義名分のもと、犯罪に手を染める者たちのことである。弁護士ならではのヒネくれた考え方も影響して、彼にはよくわかっていた。法の精神や法の価値、法の真髄といったものは、いくらでもねじ曲げられるということを。法そのものすら無意味になりかねないということを。何たる破廉恥！　法律が無価値だとしたら、法律を専門とする者はどうなってしまうのだ？　純粋に理論的に考えれば答えは一つ――無価値な人間！――。弁護士としては到底、受け入れることができない話だ。無価値だって？　自分はひとかどの人物ではないか。自分がひとかどの意味のある人物だとしたら、自分が扱う法律にもまた意味があるはずだ。偉大で、重要で、必要不可欠で、生死にかかわる存在であるはずだ。無価値どころではない、法こそが全てなのである。それは反復と垂直の原則を根底から支え、愛と真実と幸福に寄与するものである。彼の職務は、潜在的犯罪者を、つまりは世界中を敵に回しても、法の番人を務めることであった。大体、仮に人間が生まれながらに徳を備えているのならば、そもそも法律は必要であっただろうか？　否(ノン)。答えは無論、ノンだ……人間なんてものは、共犯者、汚物、ならず者、つまり……ケダモノに他ならない。法律は、そんな人間社会レベルよりもはるかに高いステージから力を及ぼすものである。したがって、法の代理人である自分もまた、高いステージにある人間なのだ……。

以上が弁護士の考えであった。精神分析学者ならば、一種の妄想症(パラノイア)に分類した手合いだろう。しかし弁護士自身は、愛と真実と幸福の勇猛果敢な擁護者の中の最高陣営である、と自負してはばからなかった。ある日、精神分析学者が彼にこう言った。

「あなたが見ようとしているのは人間性の優れた一面に過ぎず、人間性そのものではない。それは逸脱というものです」

「また与太話をしようって言うんですか？　人間性だの優れた面だの、ああでもないこうでもないと……大体ね、あなたのような人が証人席で余計なことを言うものだから、裁判官が混乱させられた挙句、犯罪者どもがそこらに野放しになるんだ。あなたも共犯者なんだよ」

「はいはい、お得意の共犯者説ね。もはやあなたは精神療法よりも悪魔祓(あくまばら)いが必要なレベルですよ。まあいい、もう行ってください。小(ち)っちゃなイカレポンチのワモンゴキブリ君！」

ここで勘違いしてはならない。精神分析学者は確かに、弁護士のことを評価してはいなかったけれど、それほど嫌っていたわけでもないのだ。ただ、委員会に入ったばかりで右も左もわからなかったので、様子をうかがい、まわりに調子を合わせていただけなのだ。しかるべき環境に馴染(なじ)むためには、言ってみれば誰でもやるようなことである……精神分析学者にとっては、明確な拠り所が必要であった。彼は、その長いヒゲを無造作に触りつつ同業者たちとあれこれ内輪の話に花を咲かせながらも、自分にとって役に立ちそうな情報の収集に余念がなかった。それは見事に功を奏し、他のメンバーから一目置かれる存在になるまでにそれほど時間はかからなかった。メンバーたちは彼の前ならば、個人的な判断や辛らつな物言いをすることも躊躇しなかった。たとえば、あるとき、キーキー声の会計士がこう言った。

「ほとほとウンザリするぜ、あの弁護士！」

また別の日には医師のこのセリフである。

「弁護士なんざ、ケツの穴だ！」

さらに驚いたのは、温厚かつ冷静沈着で通っている委員長までが、こんな独り言を漏らしたのだ。

「弁護士、あのウラナリびょうたんめ！」

それ以外のメンバーからも同様の声が山のように上がっていた。ことは明白だった。弁護士は委員会においてほとんど共感を得ていないどころか、自分を偉く見せようとする余りに、周囲とぶつかってばかりいるのだった。それ以来ひっきりなしに、場合によっては委員会の真っ最中であろうとおかまいなく、精神分析学者と弁護士の罵り合いが繰り広げられた。

「はみ出し者！」

「悪の手先！」

「はみ出し者！」

「悪の手先！」

確かにそれ自体は大した騒ぎに発展しないとしても、その場の雰囲気には少なからず影響した。それまではどんよりと無気力そうであった委員たちも、今や明らかに楽しみながらそのやり取りに加わっていた。弁護士は反芻する……公衆の面前で、はみ出し者扱いをしやがった……法的な用語でないために、「はみ出し者」の意味はわからなかったが、侮蔑の言葉だということぐらいは察せられた。いやしくも法の専門家であり、より高いステージに立っているはずの自分が、卑しい、ノミのような、非合法のヒゲづらのこの変人ふぜいから、言いたい放題言われているのだ。弁護士は再び、反撃に出た。

「法的に言って、あなたは私の話を聞くべき義務があります。より高いステージに立つ私の主張を」

「あなたが？　高いステージですと？　クツのかかと込みでも、1メートル40しかないっていうのに？　さあさあ、おチビさんは退散してください。お庭のモグラも、あんたが目障りみたいですよ」

なんて憎たらしい野郎だ！　こいつは法の敵だ、間違いない。弁護士の出身地である北の丘は、都市の中で最も高い標高を誇り、非常にきちんとした人たちが住む土地柄であることで知られていた（特に北の丘においては）。それに対し、精神分析学者が生まれ育った南の丘は、誰も彼もがヒゲづらでハメを外すことで有名だった。そもそもそれは本当の丘なんかではなく、石コロと砂ぼこりをかき集めて造った、みすぼらしいただの盛り土ではなかったか。こんな輩の居場所など、委員会はおろかこの都市のどこにもないことは、火を見るより明らかである。こういうヤツは埋め立て地に居残って、カブかアンディーブでも育てていればいいのであり、じっさい彼らにできることなんてそれぐらいしかないのだ。そんな懸念で頭がいっぱいになった弁護士は、ペンギン氏に思いを打ち明けた。

「あのヒゲの、そう、非合法な男。いいか、ペンギン氏、あれは汚い人間だ。いやな予感がする、非常にいやな予感が」

「ご存じのように私は儀礼担当であります。いやな予感とかそういったことには、門外漢なのでしてね」

「いいか、ペンギン氏。よく考えてみろ。この予感が的中したら、最悪の場合、儀礼に伴う慣習も引っかき回されるかもしれんのだ」

「そうなので？　本当ですか？　まさかそんなこととは思っておりませんでした」

「いかなる場合においても、最悪の事態を想定しなければならない……委員会に属する我々ならばなおさらだ。なぜなら我々には義務、そして責任が……」

「はい、おそらくそのとおりなのでしょう」

「もちろん私の言うとおりに決まってる。私は北の人間だぞ」

「ははッ、それはもう！」ペンギン氏は夢中になって声を上げた。楷書ではっきりと。

ペンギン氏は、委員会において弁護士に好意を抱いている唯一の人間にして、儀礼を重んずる奇特な存在でもあった。彼以外に誰一人、そんなものを気にする者はいなかった。誰もが意図的に、ペンギン氏の忠告をことごとく無視し、廊下ですれ違えば突き飛ばし、その足を踏んづけ、それればかりか、実はペンギン氏も気づいていたことであるが、その背後にまわって百面相ごっこまでしていた。敬意を著しく欠いたこれらのふるまいは、結果的に大きな悲劇を引き起こした。委員長がある日、規範書の上にそのたるんだ臀部を乗せたのだ。もちろんこれは不注意によるものであったが（委員長は決して底意地の悪い男ではない）、その行為の重大性を認識していなかった。

「ああ、私の規範書が」ペンギン氏が喘ぐように言った。

「私の大事な本が」

「おっとこれは失礼、ペンギン氏。ここに本を置いてはいかんよ」

そう言うと委員長は、たった今犯したばかりの罪の深さには露ほども気づかぬまま、再び自分の用事に取りかかった。全ては、ペンギン氏を軽んじてきたメンバー全員の責任なのであった。なんという不面目。どこの馬の骨とも知れぬこんなゴロツキ連中が、いったいなぜ身分の高い栄誉職にありついていられるのか、およそ見当もつかない。ただ幸い、他の人間とは一線を画す弁護士がいる。わずかばかりの秩序がここでまだ機能しているとするならば、それは弁護士の力によるものだ。

弁護士の目を通した世界では、万物における反復と垂直の原則に従い、法が秩序の中にあまねく行き渡っていた。彼は法典に記載されたあらゆる主文を胸に刻んでいたし、儀礼については心を尽くして敬意を払ったし、議会の最中でも躊躇なくペンギン氏を擁護した。会話の際も、ほとんど例外なく楷書ではっきりと話した。

「ああ、ペンギン氏！　親愛にして勇敢なるペンギン氏！」

「おお、楷書で話してくださるとは……心あるお方だ……他の人たちとは大違いだ」

「君は非常に重要な職務の担当者です。儀礼とはすなわち法の延長上にあるものですから」

「ええ、まさしく。楷書ですからね」

こうして弁護士とペンギン氏は、委員会の中において強固な同盟関係を結ぶに至った。二人は一緒になって、他のメンバーから受ける侮辱を受け流した。この素敵なお笑いコンビに目を付けない委員はほとんどいなかったと言ってよい。廊下の曲がり角に二人の姿を見かけるや否や、彼らは無遠慮かつ大げさに吹き出してみせた。

「うるさいフェチ野郎と、チビの動物性愛者のお通りだ。人間やっぱり相性だなあ」

しかしこの二人をよくよく観察してみれば、それぞれが周囲に与える印象には大きな隔たりがあった。ペンギン氏に対してはどんなひどい仕打ちをしても許された。後頭部にビンタを見舞っても、ふざけて耳元をくすぐっても、エスカレーターで後ろから押しても、それらが大して重大な結果を招くことはなかった。一方、弁護士の方はひどくねじ曲がった人物という印象だった。人はそのような相手に対し、陰にまわれば彼を中傷せずにいられないくせに、人前で彼に会うと躍起になってこんにちはだの、調子はどうですかだの、どうぞよい一日を！　などと言うものだ。このように、尊敬になど値しないが尊敬される立場にある人間というものが存在するのだ。

二人のこの格差はペンギン氏もじゅうじゅう承知していた。だからこそ弁護士を偉大な人物だと思ってもいたのだ。哀れなペンギン氏をそそのかすのは造作もなかった。何も信じられないペンギン氏は、確固たるもの、揺るぎなく見えるものには夢中で飛びついていったのだ。あのヒゲもじゃ精神分析学者のことを委員会史上前例のない危険分子だと言い張る弁護士に対し、ペンギン氏はかろうじてこう言った。

「しかし、委員会の他のメンバーや帝でさえ、あの精神分析学者を気に入っているようです。お話のような危険人物だというのは間違いないのでしょうか?」

あれほど意見がぴったり一致したはずなのにそんな異論を唱えるなんて、ペンギン氏らしくないことだ。弁護士も負けずに言い返した。

「確か過ぎるほど確かな話だ。ヒゲの向こうに隠したイヤらしさとずる賢さで、人に取り入ってはいい気持ちにさせるのさ。お人好(ひとよ)しの奴らは簡単にやられちまうが、百戦錬磨の私にかかれば、あんなものは非合法の下手人のやることだとすぐに見抜けるのだ。そんな手に引っかかるものか」

「はあ、確かに……あなたが委員会におられたのは幸いでした。やすやすと騙されるところだった」

「しかしペンギン氏。ヒゲ野郎が委員会の人間をおおぜい手玉に取っているのは知ってるだろう。間抜けな委員どものせいで、すでに悪事は進行し、魔の手が伸びるその先にあるものは……」

「まさか儀礼?」

「帝だよ! 一刻も早く帝にこのことを知らせ、彼の安全を確保することが我々の責務なのだ。あんないかがわしい野郎を委員会に入れた挙句の大惨事を、この大混乱を何とか回復できる人は、帝以外にはいないのだ。ペンギン氏、君はこれから記録文書を当たり、非合法なヒゲ男の評判を一発で地に落とせるようなネタを摑むんだ。私はその間に、帝に注進してくるからね」

弁護士とペンギン氏は、どちらが先に着くか競ってでもいるかのように門に向かって駆け出した。

最終的には、短気を起こした弁護士が門扉を一気に開け放った。それに続けてすぐに、ペンギン氏はひときわ鋭く長い叫び声を絞り出した。

「ひいいいいいいい！」

「ペンギン氏」と弁護士が説教口調で言った。

「おい、扉に指なんか挟んでるんじゃないよ。大変な無礼だぞ」

「痛い痛い、もういやだよう。お手々から、イタイのイタイの飛んでゆけ！」

どうにかこうにかそのドアの隙間から手を抜き出し、ペンギン氏は持てる限りの力を振りしぼって痛みに耐えた。彼の指の何本かは、「コンマ」と「アクサン・シルコンフレクス（「^」、注：フランス語表記において母音の上に置かれる記号。長母音を表す）」そっくりに変形していた。弁護士はかんしゃくを起こして足を踏み鳴らした。

「ペンギン氏、人の気を引こうとするのはそれぐらいにして、ちょっとは急がんか！　やらなきゃならんことはいくらでもあるんだ、時間の無駄使いをしてる場合じゃない」

すぐ後ろにペンギン氏を従えて、弁護士は帝の住む個人棟に向かってずんずん突き進んだ。が、目指す場所に辿り着く手前、入り組んだ廊下の曲がり角から帝が姿を現した。

「おや、弁護士じゃないか。会えてうれしいよ……ちょっと聞くんだが、さっきの叫び声は何だったんだろうか？」

「いやいや何でもありません、ペンギン氏がちょっと悪ふざけをしたまでです。ときに帝、いいところでお会いしました。あなた様にお伝えせねばならない非常に重大なお話がございまして」

「非常に重大な話？　ならば聞かせてもらおうか」

「帝、ああ帝。よくお聞きください……あの男です、不気味なヒゲづらを下げた、非合法の悪の手先は……」

「いつも私によくしてくれている、あの忠実な精神分析学者のことを言ってるのか？」

「よくしてくれるだなんて、おお帝、全然よくなんかないんです。間違いありません、あいつは法の敵です……法と、愛と、真実そして幸福の全ての敵なのです」

「これは驚きだ。あの精神分析学者が敵だって？　よく考えてから物を言いなさい。君は今、あのヒゲが完璧に垂直的だという事実をくつがえそうとしているんだぞ。彼の反復っぷりだって申し分ないではないか」

「それがインチキだと申し上げているのです。あのヒゲなんて、これっぽっちも垂直ではないじゃありませんか。これっぽっちもです。てんでバラバラの方向に、だらしなく放物線状に伸びているあの毛、吐きそうになる！　いかがわしい裏切り者の毛むくじゃらがあなたを破滅させる気でいるとしても、私は驚きませんね」

「この話はもうよそう。何が危険なんだか、私には全くピンとこない」

「あいつの狙いはあなたの信用を得ることなんです。ヒゲの毛流れに沿ってあなたをヨシヨシしたり、あなたに気に入られるようにふるまったり、あなたに催眠術をかけたりして」

「ノン、ノン。私たちは紅茶を飲むだけだ」

「薬を仕込まれてるんですよ、決まってます。その紅茶の中に……幻覚剤とか……抗うつ剤とか……下剤とかね……」

「なあ弁護士、小柄な我が友人よ。君のことは好ましく思っているが、その脳が勝手に暴走し始めてるんじゃないだろうか。物ごとを悪い方に悪い方に見ようとしているぞ」

「いえ、帝。これまで私は、至る所で悪というものを見てきました。私が弁護した中には、クレーム・シャンティイ添えで自分の母親を食べた奴もいました。文学賞収集癖の男もいました。奇数日ごとに爆弾を仕掛けるという人間もいました。帝に成り代わろうとする奴もいました」

「どこかで聞いたような……」

「悪はどこにでも存在するのです、親愛なる帝。ここにも、そこにも、あそこにも、どこにでも。しかし幸いにも、我々にはあなたという方がおられます」

「いかにも。私は多くの善きものの代名詞なのだから、それ以外は悪ばかりというわけさ。コレもアレも、やっぱりコレも」

「なるほどあなたは善そのもの、法そのものです。ところがあのヒゲの野郎は、いいですか、うさん臭いことこの上ない……あのギョロ目のヒゲづら……だいたい、これだけあいつと親しくされていれば、さすがにこれは変だと思うことがおありなのでは？　私の申し上げたいことはおわかりですよね？」

「弁護士、我が友よ、全ては私によかれと思ってのことだろう。君の助言を心に留めて、私も慎重にふるまいたいと思う。ただ、君の心配は杞憂に終わるだろう。私は帝ではないか、そうだろう？　はっきり言おう、この私の身に何か降りかかるとでも言うのかね？」

遺言書が公表され、委員会中に困惑の渦が広がった。次の水曜日の定例議会では、さらに受け入れ難い驚きがメンバーを待ち構えていた。今回は医師が口火を切った。一刻を争って知らせるべき伝達事項があったのだ。彼は、委員長から発言の許可を与えられる時間さえ惜しむ勢いで、

「同胞の皆さん」と切り出した。

「何よりも重大なお話があるのです。我々全員に関係する話です。ご承知のように私は立場上――こういう仕事なものですからね――、いわゆる秘密の案件を扱っています。密室の診療所内で飛び交うのは、口外無用、誰にも漏らすな、シッ！　というアレです。しかし、愛と真実と幸福の保護のためであるならば、避けては通れないイデオロギーが職務に優先する場合も、また時としてあるのです。これは名誉にかかわる問題であります！　または尊厳にかかわる問題であります！　または……」

「はいはい、わかってますよ。いいから結論をどうぞ」

医師は咳払いをすると、いっそう沈んだ声で話を続けた。普段の彼は、情緒が安定し、控えめで、ほとんど冷淡と言いたくなるほど感情を表に出さない人物である。それなのに今日は、鼻をピクつかせながら落ち着かなそうに周囲を見回している。その頰骨あたりに走ったかすかなケイレンのせいで、

ほんの何分の一秒かの間、微笑んでいるように見えなくもなかった。これほどの変わりようを見せつけられた委員会のメンバーたちは、いやでも医師の話に耳を傾けた。

「つい先ほど、帝の一番新しい健康診断において結果が出たところです。この3か月間に帝の血中内の白血球濃度は驚くほどの勢いで上昇しており、症状は今も急速に進行しつつあります」

「帝の血中？」

「畏れ多くも帝の血を……」

「おい、そのナントカ球とかいう代物は何なんだ？　帝が誤飲した肝臓用の丸薬とか、そういうものか？」

「まことに遺憾ながら、それよりもはるかに深刻です。重度の、急激な、高致死率の白血病です。造血器官の異常です。白血球濃度が上がり、生死を司る機能に影響を与え、骨までさんざん痛めつけ、酸素の体内供給にも支障をきたし……帝に残された時間は最大でも6か月です」

「6か月だと！」

「たったの6！」

「6と言えば……3×2……」

「1+2+3も……6」

「なんてこった、相続は！　帝が白血病で死んだら、遺産はどうなる！」

「それは遺言書の文面によって明らかにされています」公証人が宣言した。

「……暗殺者。ひと言、暗殺者とだけ」

「もうおしまいだ！　我々は全員、破滅だ！」

「終わりだ終わりだ、一巻の終わりだ……」

「先生の話は確かなんですか？　あと6か月って、本当の本当に？」

「これ以上ないほど確かです。これでも多めに見積もったのです」

「ありとあらゆる方法で治療攻めにするというのは？」

「1週間か2週間そこらであれば、延命できなくもないでしょうが」

「その白血病とやらに」公証人が、ひときわ顕著な垂直性にあふれる起立をしながら言った。

「リベートを払うって手はありませんか？　つまるところ、地獄の沙汰もカネ次第ですし」

「残念ながら、買収できる相手ではありません」

「卑劣漢め！」

「法的な死亡禁止措置を取るというのは？」弁護士が提案した。

「白血球にしてみれば、人間の法律など知ったことではないでしょう」

「無政府主義者め！」

「そいつらをペシャンコにしちまえばどうでしょう？」自動車修理工が言い出した。

「自動車でも女房でも、言うことを聞かない場合は私ならそうしますがね」

「白血球にはレーザー光線さえ効きません」

「クソ！　そりゃ強情っぱりな鼻つまみ者だ」

「ムラムラさせれば一発なんじゃないかしら」娼婦が発言した。

「白血病に性別はないのです」

「ハーレムの宦官みたいに？」

「皆さん、よろしいですか。帝を救う方法などないのです。来るべき運命に備えなければなりません。余命は６か月、それ以上はあり得ません」

「６か月以内に帝が暗殺されなければ、全ての権利は泡となって消えてしまう」

「恐ろしいことだ！　この世の終わりじゃないか！」

「文明も終わりだ！」

「愛も真実も幸福も終わりだ！」

委員会のメンバーたちはパニック状態に陥った。満月の夜の狼男のように吠える者、不平をこぼしながらこぼした涙で服の両袖をびっしょり濡らす者、果ては明らかに錯乱状態に陥り、テーブルの上で陽気なダンスを踊りながら、相手かまわず羽根ペンで静脈をぶった切ろうとする者まででいた。

「終末、終末！」

「終わり、終わり、世界の終わりがやって来る！」

「ハイハイハイハイ、終わっちゃう！　あああ！」

委員長とその友はハンマーを鳴らしたが効果はなかった。その刹那、委員長の頭を、絶望のどん底に突き落とされた人だけが経験する天才的なひらめきがよぎった。彼は、精神分析学者に向かって唐突に言った。

「あなたが言ってたネコ殺しの娘、彼女はまだお盛んですか？」

「ええ、やらかしてますよ。昨日なんかも……」

「詳しく説明してもらえますか。今からあなたに要請する任務が、歴史を変えることになります。その呪われた人で無しの子に文明を救済してもらいましょう」

「待て待て」弁護士が話に割り込んだ。

「何か大事なことを忘れてはおられませんか？　私の疑念ですよ。私の嫌悪感と、敵対心と、茶番を忌避する精神ですよ。疑惑、ジレンマ、無理な相談、それからそれから……」

「もう聞きたくありません！　これぱかりは、私が決定します。大惨事がもうそこまで来ている、今から始めても遅いぐらいだ。全くもう！　決定だ！　そのチビッ子が帝を殺すのだ。早ければ早いほどいい。議会は延期します！」

第三の比較測定装置（コンパレータ）

046

ドクターが、パパとママと三人だけで長いこと話してた。ドクターが何を言ったのかわかんない。ただ、みんなが部屋から出てきたとき、パパは自慢そうにあたしを見てたし、ママはお正月でも来たみたいなニコニコ顔だった。ママはあたしをぎゅっと力いっぱい抱きしめて、髪の毛をなでながらささやくようにこう言ったのよ。

「かわいい子、私の子……今までわかってあげられなくてごめんね」

パパがネコをプレゼントしてくれた。ネコだよ！　ありえなくない？　二人とも気がへんになったとしか思えなかった。

「この子のことなんだけど、『ジョン・ケネディ・トゥール』★って呼んじゃダメかな？」

ほんとうにおそるおそるって感じで、あたしは聞いてみた。

「好きな名前で呼びなさい。遊び方も好きなようにすればいい」

とつぜん優しくなっちゃったパパとママの本心をさぐろうと思ったあたしは、トゥールを左わきにかかえて動けなくして、その頭をぐるっとひねって３６０度……とちょっとかな、つまり一回てんさせた。その子の首の上のあたりで「グェエエェッツ」って音がしたけど、パパもママもドクターも、ひとこともしゃべらなかったよ。ていうか、何か言わなくちゃって思ったらしいんだけど、ただうっすらとひきつったようにほほ笑んだだけだった。

★アメリカの作家。代表作に『ネオン・バイブル』など。存命中は評価を得られず、31歳で自殺した

047

「フィンセント・ヴァン・ゴッホ」★も、やっぱりパパがくれたネコだった。この子は最初、穴がたくさんあいたステキなカゴに入れられてうちにやって来たんだよ。

「これ、外からこの子をながめるための穴？」

「そうじゃないさ、お嬢さん。これはネコが息をするための穴さ……おっと、パパは何も言ってないよ」

「あら、いま言ったじゃない！　ちゃんと言ってくれたじゃない」

それであたしは、そこらにあるゴムバンドとかチューインガム、布きれ、ねん土、それに圧力がまの底で固くなってた前の日のご飯つぶなんかをかき集めて、カゴの穴を片っぱしからふさいだ。結果はわりと早くあらわれた。ママが帰ってきたとき、死んだネコのにおいが家じゅうにたちこめてたの。あたしはママを落ち着かせるために、これはパパのアイディアなんだよって、すぐに教えてあげた。

パパ、ありがとね。

★オランダ人の画家。後期印象派および表現主義の先駆的存在とされる。代表作「ひまわり」など

048

ドクターの感じまで変わってきた。話し方も前よりやさしくなったし、すわってるときにあんまりイライラしてないし、あたしの話を、くわしく、ねっ心に聞くようになった。

「いちばん最近の話を……ぜんぶ聞かせてほしい。なんていう名のネコを、どんなふうに殺したのか」

「ほんとうに聞きたいと思ってる？」

もちろん、ほんとうに聞きたがってた。だからあたしは話してあげたのね、時そく１００キロのスピードでパパが運転する車のまどから「プリーモ・レーヴィ」★を投げつけた先が、ちょうど通りかかった大がたトラックの、ちょう巨大な車りんの下だったの。そんなに大した内ようじゃなかったんだけど、ドクターはニコニコしながら聞いてくれた。

「前にミカドのことを話したよね、覚えてるかい？　ひょっとして君は、ミカドとネコってちょっと似てるなあって思ったりする？」

「ミカドが！　ネコに？　ねえドクター、もっといいメガネにかえたほうがいいよ」

「うーん……ふとそんな気がしただけなんだ」

ドクターったら……。いい年になっても、ダメな人はやっぱりダメなんだね。

★イタリア出身のユダヤ系作家。ナチスドイツにおけるアウシュヴィッツ強制収容所より生還した

049

「ヴァルター・ベンヤミン」★をごく太のあみ針でくし刺しにしてたとき、ママが部屋に入ってきた。ママに聞きたいことがあったから、ちょうどよかったのよね。

「ママ、はじめての彼しとはどんな風だったの？」

「あら、すごくロマンチックだったわよ……その人ったらほんとに気が弱くって、キスもしようとし

なかったのよ。だからママは……」

「ちがうちがう、キスの話じゃないよ。キスなんて、ずっと前から男子に体じゅうにされてるし、一度なんて年とった男の人からキスしてってたのまれたもん、どこにするかって言うとね……ま、その話はいいんだけど。あたしが聞いたのはね、その彼しがオチンチンをママのに押しこんできたときのこと……それって、ママもかん全に合意のうえだった？」

ママの答えはしどろもどろだったけど、あたしはちゃんと理かいできたよ。中学生のおねえさんたちがトイレでしゃべってた、あのビックリな話と同じだった。全くもう、ほんとに用心しなくっちゃね。男子がそんなに危ないものだなんて、まさかウソでしょーって感じ。

あみ針でヴァルターと遊んでるあたしを横目で見ながら出て行きかけたママが、さっきあたしが言いかけた、年よりの男の人についてあれこれ聞きはじめた。ママったらイヤらしいなあ……そんなこと聞きたがるなんてさ。

★ドイツの思想家・文芸評論家。第二次大戦中ナチスの追跡を逃れている最中に、ピレネー山脈で死亡

050

あたしのクラスに新入りの男子がやって来た。その子、あたしについてまだよく知らないの。こっちに向かってやって来て、あたしのことかわいいとか言うから、あたしはその子の鼻めがけて小石を投げつけた。ちょっとおどろいたような顔をしてた（ほかの女子は

そんなことしないのに、って感じの表じょうよ）。

大きいばんそうこうを鼻にはりつけて保けん室からその子が戻ってくると、その子のママが担任の女先生に、あたしをキツくしかるべきだって言い張った。女先生は肩をすくめた。で、もうこの子のことで打つ手はありませんから、って言った。

このさわぎでなんだかムシャクシャしたから、あたしはネコを売っているショップまで出かけて、パパがくれたお金で「渡辺崋山★」を買った。で、ビニール袋にニャンコを閉じこめてから火をつけたんだ。あれはいい気分転かんになったわ。

★江戸後期、武家出身の画家

051

この頃のパパは、なにごとかと思うくらいやさしいの。あたしがほしいって言ってたものを二つとも持って帰ってくれたんだから。一つはネコ、もう一つはピストル――345マグナムっていう自動小じゅうだよ。

「それで？　このネコは何て名前にするんだい」

パパは、知らないことをちょう査してるひとみたいな感じで聞いてきた。

「『アグリジェントのエンペドクレス★』なんて、いいと思わない？」

「もちろん、それでいいともさ」

パパがため息をつきながら質問してるうちに、あたしはマグナムのじゅう身を「エンペドクレス★」の顔に突きつけて、それからバキュン！　あの子の頭はこなごなに飛び散った。でもね、発ぽうしたときの反どうがすごくって、あたしは、うでがもげちゃいそうだったの。もうあんなことはやらないつもり……けんじゅうは危ないってよく言うけど、あたしもその意見には全めん的に同感だな。

★古代ギリシアの医者・哲学者。四元素説を提唱した

052

ママが、新しいそうじ機を買ってくれた。吸いこむパワーが他のどれよりも強くって、こん色のピカピカしたやつね。コマーシャルでも言ってたけど、カーペットにこぼしたミルクも、お部屋のすみっこにたまったホコリも、おっきくてズッシリ重たいコインも、とにかくどんな物だって吸いこむんだって。で、実けんしてみてわかったことはね、ママのこのそうじ機は「ジャック・モノー★」の左の目玉をあっという間に吸いこむこと、それと、もう何秒かねばったら脳みそまで吸っちゃうってこと。

それであたしは最近、テレビの女の人が「技じゅつの進歩」の話をしていても、前より意味がよくわかるようになったわけ。

★フランスの生物学者。分子遺伝子学の基礎的概念を確立し、1965年のノーベル生理学医学賞を受賞した

053

クラスの新入りくん――怒りっぽいママのいるあの子だよ――がある日、自分ちのネコを学校に連れてきた。みんなにカーワイーって言わせて（ネコのことね）、チヤホヤされたかったんだよ（自分がね）。でも、男子も女子も口々にこう言った。

「ネコを連れてくるなんて、どうかしてるよ……うちの学校にはアスカがいるのに」

その子は最初、みんなの言った意味がよくわかってなかった。でも、学校についたあたしがそのネコのシッポをつかまえて、すごいスピードで20回転ぐらいブンブンふりまわし、その子の目の前で鉄きんコンクリートのカベにいきおいよく投げつけたときには、彼も理かいできたと思うよ。

「あの子の名まえは『マーク・ロスコ』★よね、ちがう？　めっちゃかわいくて……めっちゃか弱かったよね……」

担任の女先生は、なにも気づかないふりをしてた。ただ、このごろ持ち歩くようになった丸薬を、一つぶか二つぶ、目だたないように飲みこんだだけだった。

★アメリカの画家。ジャクソン・ポロックらとともに抽象表現主義を代表する人物

054

きっかけは、ちょう有名な一さつの本だった。神さまの息子だとか言うひとが、砂ばくをさまよってたんだけど、うらぎられて、身がらをこう束されて、で、はりつけにされて死んじゃうんだけど、三日たつと生き返るっていうの。変な話だよね。

あたしは「マリリン・モンロー★」で試してみた……十字架にはりつけにして……ひどく苦しみながらジワジワ死んでいった……それから三日待ってみた……ところが「マリリン」は、あの本みたいに生き返らなかったの。本に書いてあることなんて子どもだましだよ。前からあたしはそう思ってた。

★アメリカの女優。ハリウッド黄金期のセックス・シンボルとして活躍。ケネディ大統領との不倫疑惑や薬物・アルコール依存など多くのスキャンダルを残しつつ、36歳で他界

055

ドクターはこの頃、ひとつのことしか考えられないみたいなの。

「ミカドに会ってみたいと思わない？」

「あら、だめよ。あたしって、これでもいそがしい子どもなの。殺さなくちゃならないネコもいるし。だめだめ、あなたのミカドに会う時間なんてありませんよ」

「あのミカドに会えるんだぞ！……何千人という人たちが、その日を夢見てるんだ……面会待ちの名簿なんか、ざっと18キロメートル以上あるんだぞ」

「何でその人たちがミカドに会いたいのかわかんない。あたしには、3週間前にたる詰めにした『老子★』がいるからさ。その子の上ずみの出ぐあいを、そばに張りついて観さつしなくっちゃ。ミカドと会うのは、また今度にしてね」

★古代中国の思想家で、道教の創始者とされる。その出身や人物像については、実在したか否かも含め、多くの説がある

056

「ネコを返せよ！」
学校の新入りくんは、もうちっともあたしにやさしくないし、かわいいねとも言わなくなった。

「ネコを返せよ！」
一日に10回以上もこのセリフをくり返してんだから。

そこであたしはその子のために、きれいな箱いりの「マリー・ヴェッツェラ」★を持ってきた。とくべつ大サービスで、皮はこっち、なま肉はここ、内ぞうはいちばん右に寄せて、って具合に、体のぶぶんごとにキッチリし分けするのにたっぷり2時間もかけちゃった。手じゅつ用のメスを使ったんだよ。

その子にかんしゃされただろうって？　それどころかあいつときたら、いきなりゲーって吐いちゃってんの。もうちょっとであたしのおニューの白いお洋服にもかかりそうだったんだからね。

★オーストリア＝ハンガリー帝国のルドルフ皇太子の愛人であった女性。ある朝、皇太子とともに死体として発見され、その死の真相は未だ（いま）解明されていない

057

むずかしいことば調べをしたあとで、パパのでっかい辞書を自分のわきへちょっと乱ぼうにほうり投げたの。そしたら、「芥川龍之介」★が、そのばく音にびっくりして、右の方向にボーンってとびはねた。おもしろいよね。それであたしはもう一回、辞書のほうり投げをやってみた――「龍之介」ももう一回、やっぱり右に向かってとびはねた。おもしろすぎるよね。

あたしは手品しを気どって、よくとがった長いクギが何本もささってる板をまっすぐ天井に向くよ

うに立てかけると「龍之介」を待ちぶせした。あの子が板の左がわを通りかかったとき、あたしはすかさず辞書をほうり投げた――あの子は大きくジャンプして、ホラね！　20本以上のクギにブッスリやられて着りくした。こういうことか！　これであたしもやっと、辞書のべんりさがわかりかけてきたな。

★日本の小説家。『羅生門』『鼻』など多くの名作短編を残し、35歳で睡眠薬自殺を遂げる

パパが、手どうの圧しゅく機をプレゼントしてくれた。前からパパにほしいって言ってたんだ。ぶ厚いステンレスの板が2枚ついてて、四本アームのカッコいいハンドルは、まわすとキーキー言うの。ていうか、キーキーってのは、ハンドルがまわるたびに「ラウル・ガルディーニ★」が鳴く声のことね。ママが、夕ごはんよってあたしを呼んだとき、「ラウル」のキーキー声も止んだ。

「手を洗ってね、お嬢さん。体じゅうに血がついてるじゃないの」

夕ごはんは最高だった。ハンバーグとトマトソースのスパゲッティ、それから何といっても、ちょう・ちょう特大のガトー・オ・ショコラ。ママは、あたしにデザートのおかわりを渡しながらパパに向かって言い出した。

「今まで気がつかなかったけど、そういえばミカドってネコに似てるわよね」

★イタリアの実業家。ヨーロッパ屈指の穀物商社の会長を務めたが、政界がらみのスキャンダルの渦中にあった1993年に自殺

059

潮の満ち引きについて話してくれたのは、たぶんなんだけど、担任の女先生だったと思う。水がふえたり、へったりするんだよね。あたしは、パパのおさいふから抜き取ったお金をもって「クレオパトラ」★とタクシーにのった。海岸につくと、あたしはネコの首から下ぜんぶ、砂にうめてやった。ぜったい逃げ出せないよう、オニのようにギュウギュウ詰めにすると、あたしは海辺のレストランにいどうして、大量のガトー・オ・ショコラをほおばりながら待ち時間をすごした。

何時間かたってから海岸に戻ってみると、海の水かさがすっごくふえてて、「クレオパトラ」がゴボゴボってなってた。あたしはてっきり、先生の話なんてデタラメばっかりだと思ってたんだけどね。

★「絶世の美女」として知られる古代エジプト・プトレマイオス朝最後の女王。正式には「クレオパトラ7世フィロパトル」

060

新入りくんは、まだあきらめていなかった。かわりのネコをよこせってずっと言ってくるし、この前なんて、家までピッタリくっついてきた。ちょうどその日は運わるく、「川端康成」★が家にいたんだよね。

「じゃあ、その子でどう?」あたしは言った。

「いいわね? じゃ、電話ばんごうを教えてよ。ファックスしたげるからさ」

「ファックスするって? ネコを?」

おやすいご用よ。ママが買ってくれたでっかいハム用スライサーがあるもんね。あたしが心をこめて「川端」をスライサーにかけてたら、新入りくんはまっ青になって耳をふさいだ。

「そんなすごい声がしてるのに、よく平気でいられるよ」

「あら、うちのママがどなる声はこんなもんじゃないわよ、ほんとの話。ほら見て、いまスライスしたやつなんて紙みたいにうすく切れたから。ねえ、もしよかったらだけど、テーブルと床についた血の拭きそうじをおねがいできないかしら。あんまり汚いんだもの」

でも、思ったとおり新入りくんは気ぜつしちゃった。ああ、やっぱりと思ったね。男の子って、こまごましたざつ用からはどんな手をつかってでも逃げようとするからね。これじゃあ女性解放論者（フェミニスト）になる女の人だっているわけだよ。

★日本の小説家。代表作『伊豆の踊子』『雪国』他多数。日本人初のノーベル文学賞を受賞している

女先生が授業で「比かく」について説明をした。黒板にかかったミカドの写真とネコの写真を見て、これらの共つう点を見つけなさいだって。ほかの子たちはいろいろ見つけてたけど、あたしはぜんぜんダメだった。そしたら、明日までによく考えて見つけてきなさいって先生に言われて、ひとりだけ宿題を出されちゃった。ブー！　比かくなんて授業、ほんとつまんない。

つぎの日あたしは「シュテファン・ツヴァイク」★といっしょに——っていうかその死体といっしょに、登校した。ていねいに切り分けたやつを塩酸に漬けて、二本のビンに詰めてね。で、バラバラにした部分をゆびさしながら、ミカドとネコはどこも似ていないんだって、あたしは長々と説明しましたよ。そしたら先生から0点をつけられて、校長室に連れて行かれちゃった。

★オーストリアの作家・評論家。代表作に『マリー・アントワネット』『メリー・スチュアート』など

062

日よう大工って、大好きなんだ。お金なんかたくさん使わなくても、すごく楽しいことができるもんね。

いちばん最近うまくいったやつって言えば、ベルトとかっ車を組みあわせた、手動の四つ裂きマシンだな。もちろんこれを作ったのははじめてだから、「ペトロニウス」★をちゃんとズタズタにできてるか自信がなくて、何度もハンドルを回した。けっきょく三日かかったから、まじでクタクタになっちゃった。四つ裂きってほんとに重ろう働。でもほら、けいぞくは力なりっていうじゃない、ちがう？

★ローマ帝国ユリウス・クラウディウス期の政治家・文筆家。5代皇帝ネロの側近。小説『サテュリコン』の作者とされる

063

なんてべんりな世の中！　ネコを売ってるお店で、タランチュラも買えるんだって。有どくな生き物にかまれたネコがどうなるか、ずっと前から知りたくてしょうがなかったから、これは耳よりなニュースだよね。あたしは、念には念を入れて実けん台の「ソクラテス★」のために、ガトー・オ・ショコラみたいなでっかいタランチュラを50ぴきも用意した。

結果には大まんぞく、なんだけど、どんなふうになったか完全に見ることはできなかったの。ガラスのケースからクモたちがだっ走しちゃって家じゅうに散らばっちゃってね。パパとママが居間のせの高い戸だなによじ登って、ヒステリックな声でギャーギャーさわぐんだもの。二人はあたしのことを怒りたかったはずなんだけど、タランチュラ50ぴき分のクレジットカードのひかえを見せても何にも言わなかったよ。

この頃、何かへんなことばかり起きるんだ……あたしにやりたい放題やらせて平気なパパとママ……ドクターのあの笑顔……テレビでやってるのは、ミカドとネコが似てるって話ばかり……。

★古代ギリシアの哲学者。自らは著作をしなかったが、プラトンやアリストテレスらによってその思想が後世に伝わった精神分析学者は、精神分析学者に必要とされる資格を満たしていたし、世間を見つめる眼差しもまた、きわめて精神分析学的だった。帝の発言には精神分析学的に耳を傾け、美しい女には精神分析学的に欲情した。ステーキの焼き加減ならば「精神分析学的にレア」を好み、強烈に精神分析学的な性的興奮の絶頂も知っていた。精神分析学的な頭脳から、全ての事象に対して精神分析学的な判断を下した。彼にとっては花でさえもっぱら精神分析学的によい香りであるかそうでないかに分けられた。

というわけで、委員会から人民を救えとの命を受けたとき、彼は精神分析学者として少なからず焦ったのだった。彼が長いことかけて入念に練り上げてきた精神分析学的策略は、出色かつユニークで、天才的かつ繊細緻密な、注目すべき、驚嘆すべきものであったし、それら全てにもまして、とにかく精神分析学的なものであった……これは精神の領域の問題だ、と精神分析学者は考えた……そう、精神の領域の問題だ。全てのことは精神が決定し、統治するのだ……潜入し、かく乱し、秩序を失わせ、服従させる必要があるのは精神なのだ。彼が標的とすべき相手は明白だった。あの呪われた悪魔っ子——無益な外道のチビスケ——の精神を屈服させ、帝を殺害させることだ。

精神分析学者は、断固とした決意を胸に刻んだ。相手が正常な人間だったら、天才であり英雄でもある人物を殺してくれなどと出し抜けに頼んだりはしないものだ。それでは悪趣味にもほどがある。しかしこのアスカは正常な人間どころか、更生不可能な悪童、地獄の申し子、化け物なのだ。あの子がやらかすことに理由などないのだ。たったひと言「さあ、帝を殺してこい」と言えば、この件は一丁上がりなのだ。そう思案した精神分析学者は、次にアスカと面会したとき、自分でも気づかぬうちに一語一語を区切るような話し方をしていた。

「ネコ。そう、ネコもいいが、たまには相手を変えてもいいんじゃないかい？」

アスカは、精神分析学者の正面に座っていた。その膝の上では、綺麗なシャムの子ネコが喉をゴロゴロ鳴らしていた。

「変えるって、なにを変えるの？」

「そうだね……ネコ以外の何かを殺すとか……」

「なに言ってんだか！　ドクターって、まじで変なことばっか言うよね」

「そうは言うけどね、昨日もネコなら今日もネコ、いつまで経ってもネコ……さすがに退屈してこないかね」

「いいえ、退屈どころかあたしはちょうエンジョイしてるよ」

その言葉を証明するかのようにアスカは、ネコの頭蓋を角の尖った灰皿でぶちのめした。その血が四方に飛び散ったとき、精神分析学者は、自分の立派な研究室で嘔吐しそうになったのをこらえた。

「よかろう」と、彼は青白い顔でため息をつきながら言った。

「うん、面白かったよ……帝のことは前に話したね？　帝を殺すことに興味はないか？……ネコと大した違いはないだろうし」

「帝を殺す？　そんなのダメだよ、またおしおきにデザートをもらえなくなっちゃうじゃん」

「そんなことはないよ、私が保証しよう。実は、ご両親と少し話してみたんだよ。女先生にも、校長先生にも、それ以外のみんなにも……だから君がそうしたくなったら、いつ帝を殺したってかまわないのさ。それならキャンディを何キロも買いましょうって、確か君のお母さんが言ってたよ……」

「キャンディを何キロも？　帝を殺せば買ってくれるって？」

「うんうん。そんなご褒美が待ってるんなら、悪くない話だろう？」

「ふうん……」

「どう、帝を殺すかい？」

「いやよ」

想定外の答えが返ってきた。が、たやすく負けを認めるような精神分析学者ではない。たかがこんなハナタレ娘に、いいようにあしらわれてなるものか。

「なぜ、いやなのかな？」諦めずに彼は言った。

「いやなんだもん……いやなものは、いや」

「そんなにいやなのか？」

「そうよ。いやだから、いやなの」

「しかし、それさえやれば君は……」

「ぜんぜん面白くなさそうだから。やだやだ、やっぱりしたくないの、ニャ！」

「キャンディをあげるって言っても？」

「あ、キャンディなら今でもたっぷり買ってもらってるから。帝なんて殺す必要ないの」

精神分析学者にとって、それは全く予想外の結果であった。この腐れチビめが、まさか大量のキャンディにもなびかないとは。アスカの興味の対象はネコのみ、そう、しょうもないネコだけなのだ。今どきの子供たちの考えることなどわかるものかと挑発されているかのようだ。

のっぴきならない状況になってきた。アスカに帝の殺害を承諾させることは、想像していたよりも遥かに困難であった。だからと言って委員長も明言したように、失敗が許されないことには変わりない。第一の試みは悲惨なことになってしまった。おお神よ、私はどうすれば？　不幸は往々にして、別の禍いも連れてくるものである。精神分析学者が帰宅するや否や、彼の妻が飛んで出てきて、今日のケンカのネタは何にしようか思案しながら彼を睨めまわした。そして、アスカのやらかしたネコ殺しの痕跡を目ざとく見つけると、

「あらあら」とぼやき始めた。

「あんたったら、またあちこちに血をつけて。その服を誰が洗濯するのかわかってんの、え？」

「ああ、すまないね。今はその話をする気分じゃないんだ」

「これじゃあチビさんが帝を殺した日にはいったいどうなるんだろ？　ネコなんかとは比べ物にならない血がつくんでしょうが、ええ？」

「何だって？　なぜそれを……」

「たとえあの子がうまく殺ったとしても、後始末を手伝うなんてあたしは真っ平ごめんですからね」

「もう知ってるのか……どこでその話を……？」

「ドアのところで聞き耳を立てれば一発よ、この老いぼれが。まさかあたしが、一日中テレビの前でくだらないドラマばっかり見てるとでも思ってた？」

「絶対いかん、いいか、それは許されんのだ！　盗み聞きなどするんじゃない。そこでの会話は口外厳禁なんだよ。この仕事のプロとして、私は守秘義務を誓っ……」

「ハン、守秘義務ねえ！　あんたの患者たちの面白い話を触れ回っちゃあ、こっちはさんざん友達を笑かしてきたんだけど」

「ああ、嘘だと言ってくれ……どこまで私を苦しめれば気が済むんだ……このままでは訴えられ、辱められ、身の破滅だって招きかねないんだぞ、そんなこともわからないのか！」

「いいじゃない。さぞかし見ものでしょうよ！」

「なぜこんな真似をするんだい？　少しぐらいは私を立ててくれてもバチは……」

「諦めるんだね、このワラジムシ。あんたみたいな除け者、どうやって立てろってんだい」

妻はそう言うと、甲高い笑い声を響かせながら居間の方へと引き返した。診察室に一人残された精神分析学者は、自分用の椅子に座ったまましョックで身動きが取れなかった。外から見ると彼は、完膚なきまでに打ちのめされているように見えた。しかし実際には、激しく活動し始めた脳が煮えたぎっていた。頭の中で彼は、この下劣な配偶者を殺そうとしていた。煮えくり返りそうなはらわたを抱えながら、トラックか列車の下敷きになる妻を想像し始めていたのだ。そうでなければ何種類もの悪性ガン細胞にジワジワと蝕まれていく妻を。あるいは、宗教裁判で魔女として裁かれ、なおも己の罪を否認した挙句、最も残酷な拷問にかけられている妻を。その次は妻をなぶり殺しにしてくれる貧乏人の大群の出番だ。精神分析学者は満足そうにほくそ笑むと、ヒゲの奥でつぶやいた。

「わたしが除け者かどうか、今にわかるさ。性悪女(メガイラ)め！」

やがては何十、何百、何千人もの貧乏人どもが妻に襲いかかるのだ。何千人単位の人間に殺される妻を想像すると、彼は心が満たされた。何千人……そう、何千人単位だ。うちの死の女神(ハルピュイア)の言ったことは正しい。自分一人では何もできない。しかし複数集まれば……。

精神分析学者は不意に背筋を伸ばし、ノートに何やら走り書きをし始めた。アスカはたった一人。都市には多数の人々……よし。これなら大丈夫、抜かりなくやれるはず。つまるところ、それは明快にして巧妙、かつ非常にエレガントな思いつきだった。街じゅうの人間を説き伏せた彼の手にかかれば、ゴミ同然の少女を屈服させる日も遠からずやって来る……なに、それほど難題ということもなかろう。これはひとえに彼が多くのヒステリックな人々の問題を解決してきたからこそ立てることのできる見通しだった。悪妻を持つのも不利益ばかりではないと考えるに至って、彼はようやく胸を撫で下ろすことができた。

それから彼はその作戦について吟味するために丸1週間を費やした。その間、あらゆる細かい部分で熟考を重ねたり、行動プランを総合的に点検したり、メモパッドのすぐ脇にボールペンを全て縦に並べ直したり、一文字も埋まらないページを前に頭を抱えたり、草稿を全て破り捨てたり、辞書や事典と睨めっこしたり、自分用のセリフを20回も書き直したり、句点や読点を打つ場所を入れ替えたりした。それはそれは大変な、骨の折れる仕事であった。が、とうとう完成したのだ。彼は自分の原稿を暗記した。委員会との対決に向け、準備は整った。

水曜日の午後。張り詰めた雰囲気の中、ことさら親しげにふるまう委員会のメンバーたち……。使い古されたジョークが飛び交っている。精神分析学者が話し出すのを誰もが待っている。委員長が現れて議会の開催を宣言すると、その場はたちまち静まり返った。

「我が親愛なる同胞ならびに友よ、精神分析学者君から計画が発表されます」

精神分析学者が非常にゆっくりと立ち上がると、委員会の列席者全員の目が彼に釘付けになった。彼は、咳払いをしないこと、時間をかけて練り上げた原稿を見たくなっても視線を落とさないことを決意して、全同僚に向かって話し始めた。

「精神の領域の問題」精神分析学者は、いかにも医者らしい口調（これは「いかにも精神分析学者らしい口調」とは異なる。蛇足ながら）で言った。

「そう、これは精神の領域の問題です。全てのことは精神が決定し、統治するのです。あの呪われた悪魔っ子――無益な外道のチビスケ――の精神を屈服させ、帝を殺害させるのです」

「実に鮮やかな前置きだ」委員長がうなずいた。

「気に入った」

「我々はこの都市を救わねばなりません。都市の力を最大限に利用するのです。なぜなら、都市こそは力であり、都市こそは愛と真実と幸福であるからです」

「そのとおり。愛と……」

「端的に申し上げます。アスカという薄汚い子供、ネコを殺すのが好きな娘っ子がいます。非常に結構なことだ、好きなように殺させましょう。好きなようにどころか、もっともっと多くのネコを殺させ、また殺させ、さらに殺させ、あとは以下同文。で、住民はと言えば、華々しい大団円の日を――すなわちアスカが最後の標的、我らが愛と献身の結晶である帝を暗殺する日を、ネコの死体でも勘定しながら待っていればいいのです」

「失礼ながら」と料理人が遮った。

「この子がネコではなく帝を狙うようになるんですか。どういう理屈でそうなるのかがさっぱりわかりません」

「それはですね、都市住民の精神を鍛錬することによって初めて可能になるのです。誰もが考えもしなかった真実へと、彼らを教え導くのですよ。コレコレが真実であると断言してやれば、彼らはやがてそれを信じ込み、疑いなんてこれっぽっちも抱かなくなるものです」

「しかしその真実とは?」

「実は私も」と会計士がモゴモゴ言った。

「住民が知っておくべきことを一つ知ってます。この私がノーミスで比例計算問題を解けたということ、あれは確かに奇跡だった」

「ええ、会計士君、それをもっと詳しく……」

「声明です、皆さん。委員会からの声明文です」

完全なる静寂がおとずれた。

「我々の声明は権威そのものです。毎週水曜日、人々は我々の声明を心待ちにし、咀嚼し、味わい、楽しみ尽くします。それは、どんな寺院やモスクで唱えられる祈りの言葉よりも尊ばれるのです。このあと間もなく、スポークスマンがレセプションルームに赴き、聞き取りやすいその声でマイクに向かってハッキリとこう言うのです、『委員会は、帝がネコに似ていると認識した』と」

「いや、しかし……」自動車修理工が思い切って口を開いた。

「帝がネコに似てるとは、到底思えないが」

「今はもちろんそうでしょう、ご同胞諸君、今のところはね。でも、メディアを使った徹底的な集中報道が終わる頃には、あなたもまた——他の人たち同様に——今とは逆のことをおっしゃるはずだと確信しています。大人しい主婦も、帝がネコに似ていると思うでしょう。会社員も、帝がネコに似ていると思うでしょう。北の丘のブロンドも、南の丘の巻き毛も、スポーツ選手も作家も、子供たちも切手収集家も、そして我々自身も、みんなが帝はネコに似ていると思うでしょう。害虫少女のアスカだって、みんなと同じように考えないはずはない。あの子はただ、こんな風に思うだけです。帝とネコは同じ、帝とネコは変わらないって」

「つまり……?」

「ついに明かされた揺るぎない真実、すなわち、帝はネコに似ている。これが自明の理として、あっと言う間に、いともたやすく伝わっていく。あとは三段論法の簡単な応用ですよ。アスカはネコを殺す……帝はネコである……アスカは帝を殺す」

あちこちから力強い喝采が湧き起こった。

「素晴らしい頭脳だ」委員長はたどたどしく言った。

「同胞諸君、素晴らしい頭脳だ！」

「出色の着想だ！」

「ユニークだ！」

「天才的だ！」

「繊細で緻密だ！」

「注目すべきものだ！」

「驚嘆すべきものだ！」

「まるっきりのインチキだ……うまくいくわけがない」

最後に水を差したのが、自分への不当な扱いを根に持つ弁護士その人だった。

「バカにしたいならお好きにどうぞ」精神分析学者が言った。

「あなたのお粗末な疑念とやらが何なのか知らないが、要するに私に嚙み付きたいだけでしょう」

「お粗末な疑念などは持ち合わせていないぞ。根拠のある疑念だ。委員長もそう言っていた」

「私が？　私が何を言った？　まさか！　ああ、確かに、間違いなく言ったがね。いや、まさか言うわけがない」

「どちらを選ぶか決めてください」

「選ぶ？　いやいや……まあまあ……私自身は何も選ばないという道を選ぶよ。投票しよう、それではっきりする——匿名で投票するんだ。一人につき1票。私は例外だよ……委員長は2票分の権限を持つのだ。うち1票は精神分析学者のために、もう1票は弁護士のために投じるのです。誰も妬むことのないようにね。委員会の中の調和を保つことが、わたしの職務であるからして。さあさあ、皆さん。投票願います、投票を……」

それから6時間ほどのち、ハンサムなスポークスマンがくすんだ色合いのネクタイを締めて、レセプションルームで待ち受けている報道陣の前に姿を現した。彼は、緊張で顔がひきつりそうになるのをこらえ、居並ぶ人々をぐるりと見回した。それから視線を落とし、原稿から目を離さないようにしながら発表した。

「委員会は、帝がネコに似ていることを認識しました」

報道陣は虚を衝かれた……が、それも一瞬のことで……すぐに、またいつもの如く矢のような質問が浴びせられた。

「どこが似ているのですか？」

「ネコの種類は！　シャムですか？　ブチですか？」

「その相似性ですが、パーセントあるいはキロジュールを使ってご説明願えませんか？」

その日の一面トップは全て、委員会の発表についての記事に差し替えられた。同日の夜、テレビスタジオではさっそく熱い討論が繰り広げられた。

「委員会は、帝におけるネコらしさ——いえ、より正確に言うならばそのネコ性——を強調したかったのでしょうね……鋭敏かつ独立心に富み、すばしこくて柔和で、類まれな性質を備え、他に多くを求めず……」

「いやいや、まさか。委員会の見立ての意味するものは何か？　帝の存在価値が人類を超越しており、鉱物も植物も、動物もそしてネコも、全ての森羅万象はその中に生かされているということではありませんか」

「見当違いも甚だしいですね。委員会が、スピリチュアル系の神秘主義に舵を切ろうとしていることは明白ではないですか。『ネコである』ではなく、『ネコに似ている』と言ったのは看過できない点です」

テレビカメラは無謀にもスタジオを飛び出し、街の人々にマイクを向け始めた。

「確かに」ある人が言った。

「言われてみれば似ている。先が尖った耳……ネコのように」

「夜になると輝く目……ネコのように」

「肉食なところも……ネコのように」

「赤ん坊のとき、四つ足でハイハイしてたのも……ネコのように」

「毛の生えたシッポだって生えてるんじゃない？……ネコのように」

「足音も立てずに歩くんだ……ネコのように」

「真っ白で小さな糸切り歯が生えてるし……ネコのように」

「飛び上がったときはいつも、両脚を使って着地するし……ネコのように」

「哺乳類だし……ネコのように」

「時々寝てるし……ネコのように」

「吠えないし……卵を産まないし……食べた物を反芻しないし……まるでネコだ」

「歯を磨いてる姿を見たことがないぞ……まるでネコだ」

「納税通知書に字を書き込んだりもしない……まるでネコだ」

「時々、話をしながらニャーオと言ってる気がする……まるでネコだ」

「大の遊び好きなところも……まるでネコだ」

「大いなる独立精神も……まるでネコだ」

「帝がヒゲを生やしたら、ネコそっくりになるはずだ」


そうこうしている間も、委員会ではしかるべき準備に余念がなかった。精神分析学者による計画を実行するため、各自が街じゅうのペットショップや地域の野良ネコ保護施設をシラミつぶしに回り、アスカに捧げるため大量のネコを持ち帰った。呪われた腐れチビが帝殺しを無事に遂行するまでは、彼女の犯罪衝動を刺激し続けなければならないのだ。この仕事に最も熱心なのはスポークスマンだった。

「ほらね」戻るなり彼は大きな声で言った。

「カゴの中に四匹います。アビシニアン一匹とミックスが二匹、あとシマウマ模様が一匹と——品種はわかりませんがネコはネコですよね、ニャーニャー鳴いてますから」

「なるほど」委員長がつぶやいた。

「では優良証を渡します」

「うわあ、やったね！」

そう言うとスポークスマンは、スキップしながら退室した。委員長の隣では会計士が、スポークスマンから渡された勘定書きの明細を書き写しながら数字をブツブツ読み上げていた。

「1、382・41＋975・37＋1、050＋1、196・24＝4、004・02……えー、ブツブツ……」

そのあくる日、戦利品を捧げようとやって来たのは娼婦だった。

「五匹もいます……ソマリにロシアンブルーでしょ、アメリカンショートヘアにハバナ、それからこのペルシャなんて、あたくしの服まで毛だらけにしてくれちゃった……で、優良証はいただけて？」

委員長は満足そうに頭を揺らした。

「ええ、もちろん。当然の結果です」

「やっほー！　あたくしの胸の谷間にピッタリね！」

この調子で毎日、委員会のメンバーが代わる代わる収穫したものを持ち寄った。１週間経った時点でアスカのために集められたネコは20匹以上になった。スポークスマン、医師、公証人、娼婦にボディガードに秘書の面々は、ボタン穴に優良証をつけて見せびらかした。全ての委員のうち、ネコ集めへの協力を拒んだのは、弁護士とペンギン氏だけだった。

テレビ中継はまた多くの学校でも行われた。男の教師も女の教師も、自分たちの指導方針に従って段階別の方法を採用した。低学年の児童には、その子らの意識に働きかけるような、それでいて年齢的に無理のない質問をする必要があった。帝とネコの共通点をみとめるコメントを彼らの口から引き出すのがこの企画の目的だった。二者の共通点を多く挙げられた子には優良証が授与され、一番よくできる子へのご褒美として箱入りビスケットが別に贈られた。パステル画を描く授業で帝を擬ネコ化して描いた子には、大量の紙が進呈された。中学校は「わが帝はネコである」を主題にした詩のコンクールを開催したし、高校では「帝のネコ性」について討論会が行われ、大学では様々なテーマに関する議論が花ざかりとなった。たとえば、「帝とネコ――その変数幾何学に対する相互主観的な心理的時間性」や「人間性の彼岸にある生命――行動生態学から読み解く帝とネコの関係性」、あるいは「ニャンニャン――帝の声を聴け」などなど。以下は、ある高名な論説委員の手による長文の記事で、後年まで語り草になったものである。

『ネコ帝のこと』

最も単純な真理に到達することは、時として最も困難である。かつて我々は帝のことならば全て知っていると信じていた。ところが、我々は突如として目の当たりにしたのだ。火を見るよりも明らかな、その身体的特徴を。帝はネコに似ているのだ。見せかけや一時しのぎによる報告ではない。それどころか、これは帝の本質に迫る言及である。

ネコに似ている人間などそうそういるものではない。正確に言えば、誰もがネコの持つ全ての特性を兼ね備えられるものではないのだ。鋭敏かつ独立心に富み、すばしこくて柔和で、類まれな性質を備え、他に多くを求めない。これらの資質を誰もが兼ね備えていたならば、帝はそもそも帝たりえないであろう。だが、現に帝は厳然と存在しているのである。

この衝撃的事実を我々に突きつけた帝の委員会は今週、帝の後継者に関して画期的な決断を下した。委員会の勧告に対し、ただのまやかしとかインチキな代物だと言って冷ややかな態度を通してきた有識者層は、今回ばかりは己の見通しの甘さを思い知るだろう。

と言うのも、以下のことが委員会によって明らかにされたからである。委員会の本分は、分析することでもなければ、また現存の（すでに死に体となりつつある）体制内でその勢力を拡大することでもない。帝その人に自己を重ね合わせ、世界における帝の存在意義を模索すべく、この委員会という場所は、倫理に根ざした強大な組織あるいは存在論的な権威へと役割を変えたのだ。

それというのも、委員会の仕事として目指すべきレベルを遥かに越えた資質——つまり超人資質

――が、帝には備わっているからに他ならない。この場合、比較の対象はネコである。これは説得力ある選択、断固たる選択である。一見、非常に馴染みぶかく、いつだって我々のそばにいると思われている生き物だが、実はあらゆる動物の中でも屈指の神秘的存在だ。

エジプト人はネコの真価をよく知っていた。彼らはネコを神のように崇拝したという。彼の地の聖職者たちは、ネコの引っ掻いた跡を解読することをその職務とした。そこには精霊からのお告げが隠されていると信じられていたからだ。死んだネコはファラオやミイラと同様の誉れある扱いを受け、手あつく葬られた。東洋では、動物の中ではネコだけが仏陀の死の床に駆けつけなかったとされている。あたかもネコが遥か昔から複雑かつ独特な知識を持っていたと、あるいは人間にとって不可解なこともネコにはわかっていると信じていたかのように。

今述べたことも、西洋においてネコが汚名を着せられ、魔法使いに知恵を授ける悪魔の動物として忌避された歴史も、つまりは同じ論理が出発点なのだ。火刑台にネコを連行した人間は、ネコの超自然的な力、不可解で底知れない能力を見抜いていたのである。

時代は移り変わっても、ネコは依然として特別な存在であり続ける。飼い慣らされていながら自由。生きるために必要なものは水と餌と寝床のみ。それ以外には人の手を必要としない。気位が高く、付き合ってもよい人間かどうかは常にネコの方が決める。さる遠方の辺鄙な国では、ネコをかたどった精緻な人形が開運のお守りとして用いられている。

さて、どうだろう。帝がネコに似ていることが、さほどの驚きに値するだろうか？　ネコ同様に帝は、人智の及ばぬ領域と交信する術を知っていると思われる。ネコ同様に帝も、威厳と熱意に溢れた、尋常ならざる存在感(オーラ)を持つ。ネコ同様に帝は、人々のすぐ隣にいながら、なおかつ誰とも違っている。「打ち解けた態度」がこの場合のキーワードであろう。彼の気安さは我々を常に驚かせ、浮世の上空あたりを無制限に漂っているような取りとめなさを印象づける。彼は自分の意思によって、我々のそばを離れ、高い場所から我々を見下ろして嘲笑したり温情をかけたりするのを選んだのだろう。

これ以上に尊い存在があるだろうか。今もなおそうであるように、彼は我々を導き、その叡智と財産を分け与え、友情と尊敬という名の恩恵を施してくれた。

「人間との交流」は本能的行為だと思いがちだが、そんなことはない。それは疑いなく、じゅうぶんに吟味された営みであり、ある種の賭けであり、継続する意思の表れである。帝にとって、あるいはネコにとって、つまり人間でないものにとってその選択は容易ではない。

我々はこれまで愚かであった。不寛容でもあった。ネコたちはそれを知りながら、その犠牲になってきた。帝とてそれを知っていた、それでも彼は選択したのだ。孤高ではなく、人間と交わって生きることを。そこに我々は、運命の不思議な類似性、人間社会の運命共同体の姿を見るのだ。

単にネコに似ているということではない。帝はネコだ。ネコそのものなのだ。ネコにおける人間性なのだ。人間性の中にあるネコ性なのだ。我々の全ての存在は彼の中にある。我々でない全てのものも然り。この世界の不可思議さ、生命の恒常性を、彼は総括し、同時に超越してもいるのだ。

「ふむふむ、ふむふむ！」

委員長は、唇を舐めながらこの長文の記事を読んだ。

「いい記事だ……何が言いたいのかわからんトンチンカンな文章ではあるが、この際それは問題にならない。これならバッチグーだ」

それから手にしていた新聞を置くと、精神分析学者の方に向き直った。

「わが同胞にして友人君、その後、何か進展は？」

「万事着々と進行していますよ……まあご覧下さい、これが最新の調査報告です。『99％の住民が帝はネコに似ていると考えている』。大成功ですね。明日かあさってにも、チビのアスカは帝を殺さずにいられなくなるはずですよ」

「おお、それはいい。帝の暗殺まで秒読み態勢だ」

委員会のメンバーも口々に声を上げた。

「いざ救済せん、文明社会を」

「都市全体を！」

「愛、真実、幸福は永遠なのだ！」

「完璧な世界になるのだ！」

一方、帝の方ではこれが全く気に入らなかった。部屋に入ってきた精神分析学者に対し、自分の不機嫌さをあからさまに見せつけた。

「さあ、説明してもらおうか。いったいどうなってるんだ……私がネコに似ているだって？」

「ああ！　そうです、いい話でしょう……非常にいい話だ」

「何がいい話だ、このタコ。私の顔のどこがネコだ？　その目は何を見てる？」

「暗喩的に申し上げれば、類似性があるのは確かです」

「暗喩的？　そんな言い草は聞いたことがない」

精神分析学者は居心地が悪くなってきた。

「暗喩……つまりメタファーとは、ある種の言葉の使い方ですね……類似性と言っているのは現実のそれではなく……何と言うか、よくよく注意して見れば……つまり私が申し上げたいのはですね……ネコに似ているというのは褒め言葉でして……本当にかわいいものですからね」

「かわいいだと？　料理人は冷たい牛乳と変な臭(にお)いがする餌しか出してくれないし、スポークスマンは私にニャンとしか言わないし、メイドは官邸中のトイレに巨大な寝床を取り付けた。話している最中に喉をコチョコチョしようとする奴らが、一日じゅうそこらをウロウロしてるんだぞ！　ウンザリだよ、本当に！」

「それは確かに、やりにくいことでしょうね。お察ししますよ、しかし、わかっていただきたいのですが、全てはあなたのためを思えばこそ、でして」

「私のためだと……こいつは恐れ入るね」

「いやつまり、正確に言うならば、都市のためです。おわかりでしょう……世間、文明社会……」

「……世間……文明……」

「愛、真実、そして幸福！」

「おいおい、勘弁してくれ」

「死！」

「何だよ？」

「死、です……正確に言えば、あなたの死。これにはご興味がおありでは？」

「私の死？　いったい何を言い出すんだ。また遺言書の話か……？」

「まだ医者の方から話はないのですね」

「医者の話って、何のことだ？」

「あなたがガンだという話です。進行が速く、治療は不可能です。あなたの体のあらゆる器官は、白血球に食い尽くされるのです。ほんの数か月ぽっちしかあなたが生きられないことは、もはや確実で避け難い事実です」

「ガン……死……数か月……」

「ほんの数か月ぽっち、です。医者の診断が発表されたときの委員会は、そりゃあもう大騒ぎでした。あなたの遺言書がその原因だということはおわかりですね。あの場におられなかったのは残念でした。あなた好みの眺めだったですよ」

帝はしかし、委員会の大騒ぎの話をそれ以上聞こうとはしなかった。

「私が死ぬと言うのか？　自分の血球に冒されて？」

「まさにそのとおりです」

「私の予定と丸っきり違うじゃないか。許さんぞ、私の血球が白くなることはまかりならぬ。帝の命令だ！　以上！」

「しかしですね……血球が命令に従わない可能性も考慮していただかないと……都市はまさに危機に瀕していますので」

「それが何だってんだ。死ぬか死なないかというときに……おのれ血球、ゴクつぶしめ。私の栄光、富、権力。それが全部、血球の餌になるだって？　こんな無茶なことがあってたまるか」

「全くです、帝、まさにそのとおりです。だからこそ委員会は、例のネコの話を考えたのです。出色かつ非常に精神分析学的な発想、こう見えても私の専門は……」

「ネコ？　なぜまた、よりによってネコなんだ？　私が死ぬことと何の関係がある？」

「都市を救済するために考えたらそうなったんです。完全に合法的にあなたを殺害しうる、ただ一人の人物。それがアスカなのです……覚えておいででしょうか、ネコの死体を集めているあの呪われたクソガキを」

「ああ、例の愉快なおチビさん……待て、そりゃ正気の沙汰じゃないぞ。年端もいかない娘っ子を使って私を死なせようなんて、まさか本気で考えてるのか？　だとしたら、三流小説の読み過ぎだよ。

クズみたいな出来の推理小説ならいろいろ読んだが、さすがにどれもこの話よりはマシだったぞ」

自尊心を傷つけられてカチンときた精神分析学者は、肘掛け椅子に座り直すとうやうやしく言った。

「全会一致で可決したのです」

「全会一致だと？」

「まさしく。いやつまり、ほぼ……賛成票が圧倒的多数、というやつです、はい」

「ガッカリだ。君たち全員、もう少しマシな奴らだと思っていたよ」

「よろしいですか、それもこれもあなたによかれと思えばこそです」

「笑わせるな、何が『よかれと思えば』だ……」

「ええ、遺言書を考慮してのことです。誰も手出しのできない人物に死をもたらす方法として、少なくとも独創的ではないでしょうか」

「どうにも馬鹿らし過ぎるよ。野蛮だし……滑稽だし……ちゃんちゃらおかしいよ……絶対にうまくいくもんか」

「さあ帝、お願いしますよ、あとほんの少し歩み寄ってくだされば」

「あんたは人ごとだからそう言えるんだ。あの連中に蝕まれているのは、あんたらではなくて私なんだ。あいつら、何て奴だっけ？」

「白血球ですね」

「それだ、そいつだ。バイキンめ、失せやがれ……」

「ちょうどいいじゃないですか。アスカに仕事をさせるなら、あなたが白血球にやられる前に間に合います。それなら好都合でしょう？」

「見方によっては、まあ……」

「有益なる死です……壮大で……象徴的なね。あなたは、人間のあるべき姿として語り継がれることでしょう。銅像が建てられ、福者の列にも加えられることでしょう」

「それならとっくに済んでる」

「そうでしょうね。まあそれはいいとして、重要なのはあなたが都市を救済するだろうということですから」

「それであんたは、私の暗殺を担当せよと委員会から言われたのか？」

「と言いますか……チビのアスカにこの仕事を引き受けるよう説得せよ、と」

「もうダメだ！　この先いったい……」

「帝、どうぞご安心ください。このことは私だけでなく、委員会のみんなが充分な時間をかけて考えたのですから。委員長も、医師も、会計士も、娼婦も、ボディガードも、その他の多くの人間も……これが唯一無二の解決策です……アスカをおいて他にはありえない……だって、ね？　ここは文明社会ですから」

「文明社会など知ったことか。そんな死に方は真っ平だ。何もかも台無しじゃないか。私の死が壮大？　私の夢は……この意思は……この運命はどうなる！」

「しかしながら……」

「だめだ、私は断る。帝の命令だ！」

　精神分析学者が帝の突然の抵抗にあったのと同じ頃、弁護士とペンギン氏は、地域の野良ネコ保護施設へと全速力で向かっていた。委員会のメンバーとして、今日はこの二人がアスカのために大量のネコを調達しなければならないのだった。初めのうち、弁護士は断固として拒否しようとした。

「私が？　ネコを？　冗談じゃない！　私を何だと思っているのだ、ペンギン氏！」

「いや、これは全員に強制された仕事ですから。今日は我々の番なんですよ」

「お断りだ。そもそも私は反対票を投じたんだ、こんな滑稽かつ、精神分析学的かつ、ヒゲの生えた案には！」

「ええ、こう申してはアレですが、多数決で決定したことですから、どうしようもないですよ。しかし、肝心なのはここからです。実を言いますと、いくら相手がネコでもまさかそこまでと、私も実際信じられなかったのですが、あのですね、他の委員たちは優良証を受け取っているんですよ。カッコいい優良証……私だってほしいぐらいです」

「ペンギン氏。君にはガッカリだな」

「すごく立派な優良証なんです。光を反射してキラキラするんです」

　弁護士はとうとう口をつぐんだ。もはや委員会を敵に回している場合ではない。すでに大変な危機的状況に陥っているのだ。が、あまりの苛立ちに理性を失った弁護士は、ハンドルを握るや常軌を逸した勢いで街路を走り回った。隣のペンギン氏は生きた心地がしなかった。

「あのう、出過ぎたことは言いたくないんですが、もう少しばかりブレーキも踏んでいただけたらと思うんです。時速120キロでヘアピンカーブを曲がったら、ぶつかっちゃいますからね。こう言ってはなんですが、このままでは事故が起きちゃいます」

「ペンギン氏、君は黙ってろ！　運転してるのは私だ！」

ペンギン氏は言われるまま黙り込んだ。そのため、反対車線から大型トラックが近づいていると弁護士に知らせることも叶わなかった。それは目を疑うような派手な旗がフロントではためいている、まるで鯨みたいなトラックだった。

弁護士がとっさにハンドルを切ったので、相手車両との衝突は辛うじて免れた。が、巨大なトレイラーがこっちに向かって突進して来た。ほとんど非現実的とも言えるような鈍い衝撃が走り、テレビゲーム以外では聴いたことのないような鈍い音がした。車はまるでスローモーションのようにガードレールの数メートル上方に放り出され、くるくる回転する姿を披露して、それから地面に向かってまっすぐに落下した。見る影もなくなった自動車は、ほんの束の間ブルブルと振動していたが、やがて完全に息絶えた。運転席と助手席の二つのドアがギーっと音を立てて開いたと思ったら、弁護士とペンギン氏がピンピンした体で出てきた。どうやらシートベルトとエアバッグはちゃんと機能を果たしたようだ。確かに両者とも、少しぐらいのカスリ傷は負ったものの命に別条はなかった。これを奇跡と言わずして何と言おうか。ペンギン氏が呆然(ぼうぜん)とした状態で言った。

「助かったなんて嘘みたいだ……しかも無キズで。あれほどの事故だったのに！　今までずっと、社会党並みの負けイヌ人生だったのに」

　まるでこの言葉を裏付けるかのように、ペンギン氏はそう言っている途中で一台の小型車に撥(は)ね飛ばされた。先ほど事故を起こした車から離れようとした際、うっかり車道に足を踏み入れていたのだ。彼にぶつかった車の運転席には、血の気の多そうな小柄な女性が乗っていた。

「ああ大変、あたしの車が！　まだ慣らし運転中なのに！」

　いいかげんウンザリしながら一部始終を見ていた弁護士が言った。

「ペンギン氏、えらい失敗をしてくれたね。いいか、この女性の車をぶっ壊したんだぞ。いやはや、ありがたくて涙がちょちょぎれそうだよ」

　ペンギン氏は言葉が出なかった。先ほどの衝撃が彼を完全にノックアウトしていたのだ。あっと言う間に現場に到着した救急移動隊員たちの見立てでは、単なる脳震盪(のうしんとう)に加えて軽微な錯乱を起こしているだけだということだった。事故の詳しい説明を聞かされた隊員らは笑いをこらえきれなくなり、ペンギン氏を乗せた担架を手から滑り落としてしまった。それは不吉な音とともに地面に落ちた。

「ああ?」一人の隊員が言った。

「おいおい、こりゃどこか折れたかもしれないぞ」

　どうにかこうにかペンギン氏を助け起こすと、救急車がピーポーピーポーと大音響を鳴らしながら遠ざかっていった。弁護士は不運な出来事を呪うように低くつぶやいた。

「結局、よりによってこの私がたった一人で、つまらんネコどもを掻き集めて回るハメになったってわけか。ありがたくて涙が出るよ」


娼婦はこの知らせを持って帝のもとに駆けつけた。帝は、委員会の計画についてしつこく繰り返しては懇願する精神分析学者とまだ同席していた。広い執務室では真剣そのものの話し合いが進行中だったが、帝とは懇ろ（ねんご）な間柄であるのをいいことに、娼婦はノックもしないで入って来た。

「帝、私の坊や。ちょっと失礼してもいいかしら……」

「別嬪（べっぴん）さんが来たか」腕時計にチラっと視線を走らせて、帝が言った。

「ちょっと早過ぎるよ。お遊びの時間まで、まだ20分はあるじゃないか」

「そうじゃないのよ、おバカさん。ペンギン氏のことよ。事故に遭ったの」

「またあいつか」

「今度ばかりは大変なことになってるみたい。今病院にいるんですって」

帝はほとんど無意識に薄紫色と褪（あ）せた白の格子模様のジャケットを引っつかむと、公用車のリムジンが停めてある駐車場へ急いだ。精神分析学者もそのあとに続いた。これは自分の本分ではないと思いつつも、今の状況では献身的なふりをして同行するしかなかったのだ。二人が病院に着くと、医師が患者の枕元で鼻を掻きながら小ぶりの書類を見ているところだった。その場には弁護士もいた。その右手に持った柳製のカゴの中には、ハムスターやトガリネズミがぎっしり詰まっていた。

「献上用のネコですよ」

訝しげにカゴの方を見ている精神分析学者に、弁護士は冷徹に言い放った。

「ネコですって？　あの、あまり細かいことは言いたくありませんけどね、これはどう見ても……」

「私は弁護士だ」弁護士が遮った。

「動物の専門家ではない」

「それにしたって」精神分析学者は言った。

「ネコかそうじゃないかは、見ればすぐ……」

「もう結構だよ、物知り博士君」

二人の大人げない小競り合いの最中、帝は自分でも意外なほど気づかわしげな声で訊ねた。

「先生、君、どうなんだ、彼は持ち直すだろうか？」

落ち着き払った医師は、まばたきをしながら、

「問題ありませんよ」と宣言した。

すぐそばにいた会計士も、熱っぽい調子で同意を示した。

「ざっと見積もった感じでは、三日から四日。せいぜいそんなところでしょう」

「何日かすればまた歩けるようになります」医者が続けて言った。

「それに加えて、明日は天気もよさそうですし。ご心配には及びません」

帰りの車中、精神分析学者がちょっとした冗談を言うのもためらってしまうほど、帝はひどく沈鬱な様子で黙り込んでいた。車窓を流れていく惨めな街並みは、社会派ドキュメンタリー映画のように寒々しく冴えない情景を呈していた。15分も走った頃、リムジンは専用の駐車場に着いた。車内の二人は依然として会話もなく、ただ簡単な挨拶を口にしながらぎこちない様子で車を降りた。疲れた脚を引きずって官邸の入口階段を上りながら、何食わぬ顔で帝が精神分析学者の耳元でささやいた。

「あのおチビさん、ほら——何て名前だった？」

「は……」

「そう、あの子……それしか打つ手がないと言うんだな？」

精神分析学者も、こんな形で事態が好転するとは予想していなかった。あまりの急転直下に頭が追いつかず、みっともないほどシドロモドロになりながら返事をした。

「そ……そのとおりです、間違いなく、申し上げたとおりです……つまりこういうことでしょうか……ええと、もしかして、あなたはこの計画を……」

「他にどうしろと言うのだ。病院の粗末なベッドでくたばりかけているペンギン氏を見たからには、腹をくくるしかないではないか。私のための仕事であんな事故が起こったんだから。先生の言うとおりだよ、私には義務と責任があるのだ」

「ああ、帝、そう言っていただける日が来るとは！　それはもう、きっときっと……」

「ただ、ひと言だけ言わせてほしい。あの計画はとんでもないインチキだ。うまく行くとは微塵も思えないお粗末さだ。それでも私が従う気になったのは、これを考案したのが先生だからだ。そうでなければ……

「はい、帝！　了解しました、帝！　恐縮の至りです、帝！」

ついにやった。精神分析学者は喜び、大いに自画自賛した。病床のペンギン氏を見たとたんに一丁上がり、帝が承諾した。彼を説得することがこれほどたやすいのだから、あのクソチビっ子だって三回かそこらで落としてやろうじゃないか。きっと進んで飛び込んでくるさ。ガマンの限界に達した子が、ホイホイとトイレに駆け込むように。

●精神分析学者による草稿

最近、以前に比べて帝の口数が多くなっている。会話のふとしたはずみに、きれぎれの記憶の断片がひょっこりと現れるのだ。すでに彼の不思議な幼友達が二度三度と話題に上った。

「友達と戦争ごっこをしたなあ」

「お友達というと……委員長のことですか？」

「まさか、誰があんな間抜けと。そうじゃなくて、私の幼なじみの話だよ。大学時代よりもずっとずっと昔、夜中にそいつとコッソリ壁を乗り越えて……」

「壁を乗り越えた？　どうやってそんなことが？　あの高さ、あの警備、あの有刺鉄線を……」

「そこらのガキなんか警戒するやつはいなかったよ」

注目すべき新事実だ。帝は、我々が想像するような賢くて聞き分けの良い子供なんかではなかった。ミシシッピ州あたりの育ちの悪いヤンチャ坊主のように、我が子が眠り込んでいるとばかり思っている両親の目を盗んで夜中に部屋を抜け出していた。当てもなく歩き回り、彼の言う「戦争ごっこ」をして、本物の危険と隣り合わせにいたのだ。壁を乗り越えるなどということは、もはや遊びとは言えない。当時の警備人ならば銃の引き金を引くのにも大した抵抗はなかったはずだ。

「二人のうちどちらが先に言いだしたのか？」興味深いこの質問には未だに明確な答えが返ってきていない。その幼友達はどうなったのかと聞くと、帝はあいまいな調子で戦争で死んだと言っただけだ。そして、それ以上のことは何もわからなかった。

父親と母親は、人格形成においては非常に重大な役割を果たす。彼らはルールを提示することで、大なり小なり子供たちを抑圧する。その抑圧に対する答えは、その子が選んだ友達を見ればおのずと明らかになる。健康で精神状態も安定している相手が友達にいれば、その子は暗黙の了解のうちに生きていく上での価値観を形成していく。対照的に、乱暴で落ち着きがない友達とつるんだ場合、それは反逆志向の表れであり、両親が力で抑え込もうとするほど悪化する。私に言わせれば、それは起こるべくして起こったことである。考えるまでもないことだ。スピーカーが一日中あざといプロパガンダを垂れ流し、何百もの死体がゴロゴロしているような、憎悪や恨みがはびこる都市において、それでも敢(あ)えて愛と真実と幸福を讃えながら生きようとすれば、ある意味、相当な反逆精神が必要であったにちがいない。

軍事記録をざっと紐解(ひもと)いてみた結果、手つかずのまま保存されていたものはほとんどなかった。壁を乗り越えようとする二人の子供がいて、そのうちの一人が逃げ遅れて撃たれたのではないかと想像しつつ、それに関する記録を見つけたかったのだが。期待はずれであった。そんな筋書きのエピソードはどこにもなかった。ほんのわずかな手がかりさえなかった。警備の人間も子供には注意を払わなかったという、帝の話のとおりであった。

それにしたって、と私は落ち着かない気持ちになる。壁が有刺鉄線とガラス片に覆われ、50メートルごとに監視塔が据えられた様子を、私は今でも鮮明に覚えている。そこらの子供がどうやって警備員の手助けもなしにあんなものを乗り越えられたのか、いくら考えてもわからない。ただただその実行可能性を知りたいという現実的な疑問である。もちろん、秘密の回廊だの、罠(わな)だの組織網だの、廃墟(はいきょ)と化した地下鉄用トンネルが暗躍するなどという説はいくらでも出てこよう。しかしそれらは、せいぜい三流の犯罪小説の中で活躍していただく以外に用はない。

「お友達と一緒に壁を越えたときのことを、もっと具体的に聞かせていただけませんか」

「ふむ……ある仕掛けがあってね」

ここで拒絶反応。私は別の質問をぶつけてみる。

「お友達はなんという名でしたか？」

「おいおい、ずいぶん個人的なことを聞くんだな。まるで異端審問のようだ」

私と会えばこうして反抗的になるのに、なぜ帝がこの面談を続けたがるのか、時々わからなくなる。幼友達について話すことは被害も危険も伴わないのだと、帝には口を酸っぱくして説明したのだが、それも無駄な努力であった。返って来たのは完璧な拒絶反応のみだった。私はただひたすら彼を説得するために、自分の懐の深さをこれでもかというほど強調してみせた。

「幼友達というものは、ただの遊び相手とはわけがちがいます。両親に保護された世界と外界の狭間で、第三の比較測定装置の役目を担うからです。それによって、家庭の領域外で情緒的な人間関係を切り結ぶよう導かれ、子供の世界は広げられていくのです。友達、それは個人が独立するための最初の一歩であり、アリスにとっての鏡の国と同じぐらいの重要性を持つ、人格形成の基礎の段階なのです」

無反応。もっと知ろうと私がもがけばもがくほど、帝はむっつりと黙り込んでしまう。友達との夜の脱出劇の話題も避けるようになってしまった。超人的英雄たる潜在能力を持つ一方で、ものものしい警備と有刺鉄線をすり抜けた過去を持つ人間。一体どういう人物なのか、私は日に日にわからなくなってきていた。

昨日、帝は私に向かって委員会のメンバーから仕入れたばかりのあまりパッとしない二流のジョークを飛ばした。彼は笑いながらくたびれた肩を上下に揺らし、不快なブタのいななきのような鼻息を漏らした。やがて私も理解した。帝の言う幼友達とは完全に想像上の人物であり、はかなくも悲しい作り話であったということだ。受け入れがたい現実という檻（おり）の中に閉じ込められ、早い段階から別天地を夢想する子供たちにとっての、典型的でさえある虚構の世界だ。想像上の子供時代が、スクリーンがわりの部屋の壁に投影されるのだ。帝は恐らく、自分の両親をたいそう嫌っていたのにちがいない。

先だっての会議は、全委員の出席のもとに行われた。ペンギン氏もケガから順調に回復し、ちょうど退院したところだった。杖（つえ）を片手に官邸内をヒョコヒョコ歩くその姿は、ずいぶんと滑稽ではあるけれど、本来のペンギン氏の歩き方と比べても大した違いはないのだった。

退院までの数週間、弁護士はペンギン氏の病室に通い詰めていた。彼は来るたびに、生のイワシを何キロも病室に持ち込んだ。

「ペンギンの好物と言ったら魚だからね」

弁護士はペンギン氏にちょっとばかりウンチクを傾けてみせた。イキのいいイワシを丸呑（まるの）みさせようとすることもあった。

「そうだよ、ペンギン氏、そんな風に思い切りのけぞるといい」

ペンギン氏は目を白黒させてそれらを腹に詰め込んだ。魚なんて大して好きでもないし、内臓もウロコも骨もついたままの生魚はなおさら勘弁してほしかった。が、弁護士の好意には応えたかったのだ。今では弁護士以外の委員など誰も見舞いに来なくなっていた。もっとも初めのうちは、そもそも自分がこんな目に遭った責任はこの同僚にあったのだと恨みに思ったものだった。けれど、

「我がペンギン氏、ちょっとばかり被害者意識が過ぎやしないか？　確かに君はひどい災難に遭った。それを誰かのせいにしたい気持ちもよくわかる。しかしね、君は自分からあの車の下に飛び込んだんじゃないか。法的な見地からしたって、私には何の責任もないんだ。恨むのならヒゲの生えたあの男の方だろう。元はと言えば、今回の事故はネコ集めなんかしようとしてたから起きたのだよ。そうだろ、ヒゲ学者のせいだろ、何もかもあいつの仕業だ。あいつを憎めよ、ガルルルル」

などと説き伏せられて、弁護士に対するペンギン氏のモヤモヤは解消された。何よりもペンギン氏は委員会における唯一の友人を手放したくなかったのだ。

「そうそう、ペンギン氏にいい知らせがある。君はもうすぐ立って歩けるようになると医者が言っていた」

ペンギン氏はこの朗報に小躍りして喜んだ。本当なら、もう何日も前にベッドから自由になっているはずだった。が、イワシの過食のため胃を洗浄する必要が生じたことで、少々余分な時間がかかっ

てしまったのだ。

弁護士は、退院の日にペンギン氏を迎えに行くとそのまま一緒に官邸へと向かった。鳴り物入りで開催される今回の会議で精神分析学者と対決するためには、とにかく手を組める相手を確保しておく必要があったのだ。本当のところ、この仲間が大した力を持っていなくとも、ともあれ一人ぼっちで闘うよりは遥かにマシなはずだった。

と言うのも、精神分析学者は委員会において最も重要視される存在に成り上がっていたのだ。彼が帝の寵愛（ちょうあい）にあずかっていることは誰もが知るところで、多くのメンバーが彼の姿を見かけると頭を下げるほどだった。彼の考案した、市民生活を救済してくれそうな希望に満ちた天才的戦略については言わずもがなである。委員長でさえもが彼の前ではオドオドしているのだ。今や精神分析学者は会議室の真ん中に陣取って、並み居る同僚たちを相手に余裕たっぷりと長広舌を振るうのだった。

「親愛なるご同胞諸君、いいお知らせがあります。帝が委員会の決定に同意を示し、アスカを後継者として承認したのです」

「素晴らしい！」

「おお、ブラヴォー！」

「お待ちください」と弁護士が言葉をはさんだ。

「一つお伺いしたいのだが……」

が、話の途中で医師が横槍（よこやり）を入れて来た。

「もういいでしょう。実のないムダ話に付き合ってるヒマはないんでね」

「そうそう」ボディガードが加勢した。

「個人的な揉め事はおいといて、今は仕事の話をしましょうや」

弁護士は同盟相手の援助を求めた。

「ペンギン氏？」

「はあ」ペンギン氏は口ごもりながら言った。

「つまりは、その……よくわからないのですが……」

「ペンギン！」

「ええと……未解決の儀礼に関する案件が何点かありますが、それはまたの機会に、ええ」

はっきり言って、この展開は弁護士にとって全く不利であった。普段は仕事仲間に対して否定的な態度を取らない公証人ですら、意識的に自分と目が合わないようにしているではないか。

精神分析学者の発言は続いた。

「情報操作キャンペーンは大変な成果を上げました。あの小汚いガキ……もとい、いたいけな少女に対しても、人々は親近感を持ってきています。あとは時間の問題です。結果が出せる日もそう遠くないはずだと、私は確信しております」

精神分析学者のこの言葉に、大喝采が鳴り響いた。今度は委員長が立ち上がり、列席者を静かにさせるため手を数回叩いて合図をした。それから、少々くたびれたような声で宣言した。

「親愛なる我がご同胞諸君。我らが精神分析学者君の見事なお手柄です。傑物です。まさに超人です」

感嘆のどよめきが室内に湧き起こった。

「というわけで、精神分析学者氏に対する信任投票をお願い致します」

弁護士は、息が止まりそうになった。

「まさか、ご冗談でしょう」

「静しゅくに！　弁護士君。では投票を始めましょう」

精神分析学者の信任投票は可決された。満場一致には2票だけ欠ける結果であった。

弁護士は、あわや卒中を起こす一歩手前であった。彼は、委員会が終わるやいなや、広過ぎる自分の事務所に引っ込んだ。怒り心頭に発した弁護士は、部屋の中をズカズカ大股で行き来した。同僚への呪詛(じゅそ)を吐き捨てながら、腸が煮えくり返る思いであった。しまいには歯ぎしりまで始めた。

「ギリギリギリ、ガルルルル、アンニャロー」

あるときは天井の方を見上げ、またあるときは床を見下ろした。両手もデタラメに上げたり下げたり。肩も首もそれぞれバラバラに動いていた。唯一正しい動きをしているように見えたのは、彼の両脚だけだった。反復と垂直の永久運動という原則に準じ、大いなる摂理を保っているかのように。

「ああ、あの忌々しいヒゲ医者めが！」彼は唸(うな)った。

部屋の隅には、不安そうに硬直しているペンギン氏の姿があった。彼はすっかり狼狽(ろうばい)していた。体を細かく震わせながら、目の前を行ったり来たりする弁護士をどうにかなだめる方法を考えていた。

「後生ですから、どうぞ落ち着いてください。汗で体じゅうから湯気が立ってます。アザラシみたいな息づかいで。古い蒸気機関車が停車するときの様子にそっくりです」

「それがどうした！　機関車ばんざい！　蒸気ばんざいだ！」

「帝、あまりお怒りになるとバカみたいですよ」

「今何と言った？」

「ええと……帝……しかし楷書ではなくてですね……ほら、楷書ではっきり帝と呼んでもいい相手と言えば……おわかりでしょう、あの……」

「ふむ、悪い気はしないものだな。帝ね、気に入ったよ。で、今のはあれか、楷書ではなく……」

「だって、それはもう……」

「ああ、もちろん。君の言うとおりだね。少々頭に血が上っていたよ……何もかもあのヒゲのインチキ学者が悪いのだ。全てはあいつのせいだ」

「そうですとも」

「それにしても君ね、ちょっとぐらいはうまく立ち回ってくれてもよかったんじゃないか」

「あんなの、初めから勝ち目はありません。精神分析学者はとっくに彼らを丸め込んでたはずですよ」

「間違いないな……学者め、学者め！」

「ヒゲだらけのモジャモジャめ」

「全くだ、モジャモジャめ。あのクソガキもクソガキだ、ほら、あの子……」

「アスカ」

「ああ、そうそう。大体あの子は何者なんだ」

「何でもありゃしませんよ」分厚い書類を調べながら、ペンギン氏が言った。

「まだ10歳にもなりません。学校の成績もムラだらけ。精神分析学者との面会は、週に二回。ネコを殺す」

「週に二回だって？　ふーむ。二回とはまたずいぶん多くないか。それだけ会っていれば、悪知恵を仕込むことも可能だろうな。10歳ぐらいの子は言われたことを簡単に真に受けるもんだ。愚にもつかないデタラメ話でその子を洗脳したんだろうよ」

「大いにありうる話ですね」

「それしかありえないと言ってほしいね。ああ、共謀の匂いがプンプンするぞ。この鼻にプンプンとな。あのチビスケは……」

コンコンと、ドアをノックする音がした。

「何だ、入りやがれ！」

戸口に立っていた公証人は、この上なく無表情な顔で応えた。

「えー、また何ともご丁寧なお出迎えで……」

「これはこれは、我が親愛なるご同胞よ」弁護士は早口でまくし立てた。

「非礼をお許しください。どうも気が……そう、気が立っておりまして」

言うが早いか、弁護士は同僚に対してとびきりの笑顔を作ってみせた。公証人もまた法を代表する者であり、弁護士にとって軽んじるべきではない相手だった。

「お邪魔して申し訳ありません」と公証人は言った。

「君のことが気になったものでね。今日の委員会では少なからず打撃を受けられたのではないかと」

「ええ、実はちょっとばかりね、ご同輩。ちょうど今、例の何とかって娘っ子の話をしてたんです」

「アスカ」公証人がすかさず言った。

「そう、それです――その子が操られてるのは間違いありませんから」

「操られてる？　そう思われるので？」

「もう一度言いますが、間違いありません。ネアンデルタール人の生き残りみたいな学者が、また何を思ってあんな子を我々に押し付けようとするのかは存じませんがね。あいつらの企み(たくら)がマトモでないことだけは確かだと思っています」

「それについては説明があったでしょう？　あの子はネコを殺すのだと……それが三段論法を経て、帝の死につながるって」

「その話、どうにもコジツケっぽいと思われませんか？　暗殺計画というものは、いつからこんなにややこしい代物になったのでしょう。イギリスの推理小説か何かじゃあるまいし」

「いやあ……彼の話は筋が通っているように思えましたよ」

「そうそう、思えるんです。確かにそう思える。しかし私はね、ずっと前から何やらよからぬ策略がありそうだとピンときてたんですよ。被告がちょっとでも込み入った筋書きを披露し始めたら、陪審員はそいつを有罪とみなすんです。それはもう決まってるんです。反復的にも、垂直的にもね。潔白というものはきわめて単純、そう、単純なものなんです。なのにどうでしょう。あのヒゲ学者の屁理屈には、単純さのかけらもない。疑ってかからねば」

「屁理屈を？」

「あのヒゲを！」

「しかし、その場合の容疑は何ですか？」

「まだわかっていませんが、そのうち突き止めます。いや、一緒に突き止めましょう。ペンギン氏と私と……できればあなたとで。団結は力なり、です。あの卑怯者(ひきょうもの)め。まずは一本取ったつもりかもしれないが……」

「この戦争に勝利したわけではない！」ペンギン氏が高らかに言い放った。

「そうだ、ペンギン氏。この戦争にな。よく言った……まさに戦争なのだ。私はここにいる。いや、我々はここにいる。悪に勝ち目などない。幸いにも我々のような者がいるのだから。我々のような、偉大なる法の代弁者、愛と真実と幸福のために全てを抛つ戦士、悪党・極道・凶悪犯の行く手に敢然と立ちはだかる……」

「実を言うと」公証人が暗い表情になって口ごもった。

「私は、精神分析学者に信任投票をしてしまったんだが」

「本当に？　信じられないことだ！　法のプロフェッショナルであるはずの、あなたともあろう人が！」

「だって、彼の話を信じてたからね。すっかり信じ込んでた。私は疑うことを知らない人間だ。人の言うことを書類にするのが私の仕事でね。つまり、言葉というものは私にとっては絶対なんですよ」

「何たる裏切り、何たる卑劣さだ」

「口では何とでも言えますよ。私がもらってる報酬と引き換えなら、誰だって言葉を絶対視するようになる」

「あの学者の言葉は信じるのに、私の言葉は……」

「しょうがないでしょう。彼の話が先だったんだから」

「あいつの卑劣な行為には証拠があると言ったらどうします？」

「証拠？」

「しかも書面でね！　ペンギン氏に頼んで、あいつの身辺をちょいと探らせたんですよ。手始めに裁判上の記録を……」

ペンギン氏は、否定の意を伝える手振りをしてみせた。

「どうした、ペンギン氏？　腕木信号機（セマフォリック）の真似でもしてるのか？」

「違います。調べて調べて、さんざん調べまくって、けっきょく何も見つからなかったってことを言いたいんです」

「何も？　本当か？」

「本当に、何も」

「そんなはずはないだろう。よくよく探ってみたのか。どんな人間だって、生きていれば必ず何かしら悪事をやらかすものだ。この私ですら、融通のきかないおまわりのせいでスピード違反の切符を切られたことがある」

「あの学者は車を持ってません」

「地下鉄でキセルをしたとかは？」

「ありません」

「ということはまさか……殺人も暴行も、傷害もシロってわけじゃないだろうな」

「遺憾ながら！」

「ケチな空き巣狙いとか？　スリとか？」

「全くありません」

「脱税はどうだ……それなら自由業のお得意ワザだろう」

「二回、査察が入ってます。結果、違反はゼロ」

「くそう。国税庁のやつらを二回も手ぶらで帰らせたなんて、本当だったら大した男だ」

「大学の講義室で女子学生の胸を触ってもいない」ペンギン氏は続けて言った。

「試験は全て、優良な点で合格しています」

「信じ難い……若い頃に麻薬をやったとか、反核運動の傍らで炭鉱の女を孕(はら)ませたとかは？」

「全てシロです。いくら叩いても、ホコリ一つ出やしません」

全く思いがけない展開ではないか！　どこの馬の骨ともつかない法の敵が、こともあろうに清廉潔白の身だと言うのか。考えられない。仮にそれが事実だと言うのなら、あの学者が第三者の手を借りて悪事を行ったという以外に説明がつかない。とてつもない悪党である。ここへ来てまた共犯者論に立ち戻る時が来た。しかも、それはあらたな局面を見せ始めていた。彼自身はあくまでも伝統的な意味合いにおいてのみ、共犯者論を唱えていたに過ぎないのだが、それよりも遥かに恐るべき共犯が登場したのだ。ヒゲづらによって行われているゲームが手に取るように見えた。そいつは自分の患者を利用して、彼らをたらし込み、その卑しい目論見(もくろみ)を遂げるよう半ば強制的に協力させているのだ。診察だと言っては催眠術をかけ、誰にも見咎(みとが)められることなく怪しげな薬を手に入れては患者に投与して洗脳しているに違いない。不吉な呪文を唱えたりもしているのだろう。これまでに何人の哀れな者たちが、彼の支配のもとで罪を犯す羽目に陥ったであろうか。次にこの化け物の餌食になるのは誰だ？　委員会か？　帝本人か？　あいつの真の目的は何ぞや？

このような事態は断じて許せない——法的にも許容しえない。実際は無実であるにも拘わらず表面上の容疑をかけられ、あるいはすでに起訴された人々がいる。その一方で、真犯人であるところの非合法のヒゲモジャはうまいこと立ち回り、処罰を免除されうる社会的階層の中にまんまと潜り込んだのだ。垂直の原則に対する、恥ずべき冒瀆である。

目下の彼は帝と週二回の逢瀬(おうせ)を重ね、小さな焼き菓子(プチ・フール・セック)を共に楽しみ、全委員会の注目を恣(ほしいまま)にしている。正真正銘の病原菌だ。要するに、このヒゲ学者は悪魔よりもタチが悪いではないか。

「つまりこういうことだね」と公証人が言った。

「彼の疑惑を決定づける証拠は何もないと?」

「まあそうあせらずに」弁護士はボソボソと言った。

「まだ話は終わっていない」


精神分析学者が先導に当たった陽動作戦が始まってから2か月が経った。マスコミによる集中報道も、未だその勢いが衰える様子はない。最近では住民に対して魅力溢れる報酬が用意されるようになり、特に公徳心に富んだ人々は必要とあらば自分のネコを差し出すことも辞さなかった。

「ネコか帝か。選択の時が来た!」彼らは、テレビ用撮影カメラの前で堂々と宣言した。

その謝礼として、まず小切手が渡され、さらに新車の自家用コンバーチブル・ワンボックス・ディーゼルカーが用意されていた。ご褒美作戦は確かに高くついたが、移り気で、そのくせ権利意識だけは強い住民たちを満足させることが目下の最重要課題なのだった。精神分析学者は、より人々の耳目を集められそうな新たな策略を打ち立てるべく、昼も夜も猛烈に働いた。アスカの母親からの電話を受けたのも、彼が診察室でメモ帳にいくつかのアイディアを走り書きしていたときだった。

「これはこれはマダム、お電話ありがとうございます。喜んでください、お宅の愛すべきあの……」

「……ガキね！　うちの呪われたクソガキのことでしょう……堕落と、糞尿と、厄災にまみれた、第一級の人間のクズと言い換えてもいいわ。神さま、私が何をしたと言われるのですか、いったい何の罪で、あんなゴミを授かってしまったのでしょう？　冗談じゃない、悪いことなんて私は何もしてないわ」

「えーと……どうぞ落ち着いてください。何か問題でも？」

「問題ですって？　何もかもよ、どこもかしこも問題だらけなの！　あの怪物……あれがせめてトロい子とか、分別のつかない子とか、悪魔憑きだったら言い訳もできたでしょう。ところがとんでもない……あいつは確信犯なのよ。あの白癬菌そっくりの出来そこないの、ドブネズミの糞みたいな娘はね、わざと私に鞭打たせようとしてるんだわ……そもそもお産のときから散々な目に遭わされた……14時間もの間、まるで殉教者のように苦しんだわ——あの子の意図ではないなんておっしゃらないでね、私にはわかっていますとも、私の子ですもの。ハナ垂れ娘が私を苦しめようとしたら、こっちはすぐにわかるんです」

「マダム、なるほどそうかもしれません。しかし……」

「ああ、それから母乳を飲ませたときもそうだったわ。あの子が大人しく飲んだとお思いになる？　とんでもない、業務用の粉砕機にかけられたようだった……あたしの胸をつまみ上げたんだもの。握り潰す気かって言うほど、するに事欠いて母親の胸をひねり上げたのよ！　一日に八回以上もよ。お腹をすかせたからじゃない、ただ私に拷問を与えるためだけにね」

「子供というものはねえ。特に幼い頃はどうしても……」

「あいつはどこにでもウンチをした。考えつく限りのあらゆる場所に。絨毯の上にも、床板の上にも、テーブルにも椅子にも、ローンで買ったばかりの新しいテレビの上にもよ。お客用の煮込み料理にも、バーコーナーのシャンパングラスにも、朝食用のコーヒーにもね。そして、書斎の本全部を使ってお尻を拭いたわ。そろそろおマルの使い方を覚えるはずの年頃に、あの子は、自分のウンチで家じゅうの窓ガラスに絵を描いてたわ」

「ええ、わかります。お察ししますとも……」

「いいえ、あなたにわかるもんですか！　あんな化け物を娘に持つってことがどんなことか。綺麗な洋服とリボンで飾ってやれば、すれ違う人たちは足を止めてあの子の頭を撫で撫でして、『おお、なんてかわいらしい！』とか何とか、おめでたい声で言うのよ。それを聞くたびにゾッとする。私は、あの虫けらっ子に骨の髄まで苦しめられるでしょうよ。ええ、骨の髄までね。むごたらしいやり方であの子をなぶり殺す夢を、私はもう何度見たことか――ヨダレが出るほど素晴らしい夢だった――。殺って、殺って、殺って、殺りまくるの……あの生ゴミ娘をね！　あの子の胃袋はかき出され、目玉はついばまれ、頭蓋骨にはヒビが入ってたわ。ちょっと、聞いてる？　あの白癬菌はしぶといのよ、コレラの病原体よりも！」

「あのですね、コレラというものは……」

「で、私はどうなるの？　私にかわいいって誰か言ってくれたことがある？　誰もいないのよ。一度もない。誰からも。ひと言も。笑顔どころか見向きもされないのよ。パッとしない、人の目に留まらない子だったから……無視。いないも同然ってことよ。母にかわいい服を買ってもらったこともないわ。うちには子供が四人もいて家計が苦しかったから。パパとは死別してたんだけど、ママに愛人ができたときは、兄弟や姉妹は折檻されて1週間も消えないぐらいの赤いアザをお尻に作ってた。忘れもしないわ。顔をやられることも珍しくなかったけど、そっちのアザは赤じゃなくて青いのよ、どす黒い感じの青。妹が死にそうになるまで叩かれるのも見たわ。男の兄弟も死ぬんじゃないかってくらいやられてた。なのにママは、私には触ろうともしなかった。ビクビク怯えてたのは、いつだって私以外の子。お尻の赤アザも顔の青アザも、私には縁がなかった。ママに抱きしめられたり、キスをされたりしたこともないのよ。つまり、愛されもしなければ、憎まれもしなかったわけよ。無の存在、誰でもない何か、それが私だった。ずいぶん経ってからは胸も出てきたし、20歳かそこらでお化粧の仕方も覚えたわ。そして心に誓ったの。もしも自分が子供を持つことになったら、ネコかわいがりって言われるぐらいその子のことを溺愛しよう。暴力なんかとは無縁に育てよう。絶対、絶対にってね。それがどう？　ドクター、今のこれはいったいどういうことですか？　教えてくださいよ……なぜアスカのような娘が私の所に生まれてきたの？」

それからしばらく、受話器の向こう側が無言になった。重苦しく気詰まりな沈黙の時間。

「えーと、なるほどなるほど……この続きはいずれまた折を見て話したほうがよさそうですね。できれば電話ではなくね。今日お電話をいただいたのは、アスカの件でしょう。今度は何をしたのですか?」

「アスカ? あの子なら、校長室で居残りさせられてるわ。帝は全然ネコに似てないってしゃあしゃあと言ったから。しかも担任に面と向かって、あろうことか顔色一つ変えずにね」

「あの子がそんなことを……本当にそう言ったのですか……? 世も末だ! この世の終わりだ」

失態! 完全なる失態、不面目もいいところだ。今やこの都市全体が、帝とネコは似ていると信じ込んでいる。大人しい主婦も、帝がネコに似ていると信じている。会社員も、帝がネコに似ていると信じている。北の丘のブロンドも、南の丘の巻き毛も、スポーツ選手も作家も、子供たちも切手収集家も、誰も彼もが帝はネコに似ていると信じている。犬たちでさえ、帝の姿を目にしたとたんに猛々(たけだけ)しく吠えかかり、威嚇するかのように牙をむき出しにしてヨダレを垂らす。北から南から、西でも東でも、都市じゅうでこの罠にはまらなかった者はいない。彼らが帝を描けばネコの絵になったし、帝を彫ればネコの彫像になり、帝の詩を詠(よ)めばネコの詩になった。帝をネコそのものとみなすということに異論を唱える者はいなかった。例外はただ一人。言うまでもない、呪われた少女・アスカであった。

「ちがう、ちがうったらちがうもん! 帝はネコに似てないもん」

「違うもんか（長期にわたる徹底的なキャンペーンの末に、いつしか精神分析学者自身もこの作り話を半ば無理やり信じ込むに至っていた）、なぜわからないんだ? ニャオー、ニャオー! どこから見たって帝は人類よりもネコ類っぽいだろう」

「ちがう！」

「違わニャイ！」

「ちがう！」

「違わニャイ！」

「ちがうったら！」

「なぜ違うと思う？」

「ちがうったら、ちがうんだってば！」

「それじゃあ答えになってない。ちゃんと説明しなさい……論理的に……しかるべき筋を通しなさい。因果関係をはっきりさせ、過去の例を引用し、観察し、分析し、あるいは反論し、総括し、結論を導きなさい。今言ったことを君がやりさえすれば、帝がネコに似ているという事実を認めざるを得ないだろう」

「ニャンと言われても、いやなものはいや。帝はネコじゃない、以上！」

「論理的に！　理論を踏まえて！」

「あのさ、もっとこう、愛と真実と幸福っぽく話してもらえる？」

「えーと……いいだろう。しかしいつまでもこんな話はしてられない」

「いやだって言ってるじゃん。帝とネコはちがうの！」

「もういい、アスカ。君のお遊びもここまでだ。この街の人たち全員、帝はネコに似てると考えている。街じゅう全部がだぞ。おびただしい人数だ……そりゃあもう、１００人、10万人……それ以上なんだぞ。そのたくさんの人たちが全員間違っていて、正しいのは自分一人だけだと、君は本当に思うのかね？　そんな無茶な話があるか。現実を受け入れるんだ。現実、つまりは世界、あるいは道理と言うものを」

「いやよ、そんなの。帝はネコじゃない、以上おわり。ねえ、キャンディ持ってない？」

特大の白い錠剤を二個飲み下すと、精神分析学者はアスカを追い払った。それから丸二日間というもの、彼は診察室に閉じこもり、頭を抱えて過ごした。時折、自分のヒゲを強く引っ張り過ぎて涙が出そうになった。失敗は許されない。この世界と市民の生活がかかっているのだから。今回はたまたまうまく行かなかったけれど、これで終わりというわけではない。新たな可能性に賭けるための時間ならまだあるではないか。委員会の要請と反復および垂直の法則、そして可能ならば精神分析学的条件をも満たすような、新たな解決策があるはずだ。何と言っても自分は精神分析学者なのだ。最上の方法をきっと見出してみせる。

部屋に閉じこもりヒゲを引っ張って丸二日……その間、彼は重厚なオーク材で出来た研究室の中で泣き、祈り、疑い、わめき、震え、詩篇を唱え、誰も寄せ付けず、用便までそこで済ませた。まさに生き地獄のような二日間が過ぎ、とうとう診察室を出てきたときには、精神分析学者の胸は喜びに震えていた。なぜなら彼は、出色かつユニークで、天才的かつ繊細緻密な、注目すべき、驚嘆すべき、そして何よりも精神分析学的な、新たなる戦略を完成させていたのだ。

矛盾によって証明されるもの

064

ドクターが、あたしをにらみつけて言った。

「ミカドを殺してはいけない！」

パパが、あたしをにらみつけて言った。

「ミカドを殺してはいけない！」

ママも、あたしをにらみつけて言った。

「ミカドを殺してはいけない！」

ありゃりゃー。だれもかれも、あたしをにらみつけるのね……。

「だって……あたしは……ネコしか殺さないし……」

「だったらかまわない、ネコを殺してるぶんにはね。何でも好きに殺しなさい、ただしミカドはダメ！　わかった？　ミカドだけは！　いけない！　禁止！　ダメ！」

いいよ、ぜんぜん平気。ネコなら殺してもいいんだよね……あたしは、おさいほう用の小さな針を「ピエル・パオロ・パゾリーニ」★のひ臓めがけてぶっ刺して、冷たいお水をたっぷり飲ませてやったの。結果は保しょう付きよ。

★イタリアの映画監督・小説家。代表作「ソドムの市」の撮影終了後、死体となって発見された。その死の真相は未だ不明

065

パパがすっごくとくいそうな顔をして、手に持った夕刊をふり回しながら言った。

「ほら見てごらん、新聞に出てるじゃないか……『アスカはミカドを殺すべからず』だって。第一面にデカデカと、しかもきれいなカラー写真つきだぞ」

あたしは新聞なんてどうでもよかったの。だって手がふさがってたんだもん。「エイブラハム・リンカーン[★]」を、頭だけ残して布バッグに押し込めて、それから、ホレッ！　とカタパルト射しゅつ機にせっ置したんだよ。サン、ニの、イチ。一気にひもをカットしたら、とんでもない大声で「ニャーオオオオオー！」って鳴きながらブッ飛んだきょりが、ぴったし1、000×1、000分の1キロメートル。これがX↓サインX＋Kってやつ？　数学ってほんとにロマンチック！

パパの視線はあたしをすっ通りして、また新聞記事にもどった。たしかによくとれてる写真だったわ——髪の毛にはリボンをつけて、すっごくイジワルそうな目をしたあたしの顔。8時のテレビで、ほっぺをピンクにそめたあたしの顔が出てたよ。

★第16代アメリカ合衆国大統領。奴隷解放運動の父との異名を持つ

066

学校に行くと、男子も女子もやって来て耳もとで叫びだすの。

「おれを殺せ、ミカドだけは殺すなよ！」

「ミカド、ダメ！　ミカド、ダメ！　殺るならあたし、あたしよ！」

こんなふうに大さわぎされちゃうと、しゅう中力もなくなるよね。おかげで「ピコ・デラ・ミランドラ★」をうっかり逃がしちゃうところだったし、まじでかんべんしてほしい。それでもあたしは、あの子をじょうずにカベにくっつけて、おなかのまっ白いところに色つきの的をかいたけどね。ただ、いざ矢をなげてみると、三本めまではぜんぶはずれちゃった。四本めでやっと目と目の間にバッチリめい中したんだけど、そこには的をかいてなかったんだよね。つまり、とく点ゼロ。さいあくの日だよ。

カべから「ピコ」の死体をおろして手を洗ってから授業にもどったんだけど、「名詞」だの「動詞」だの「形よう詞」だのの話で、あたしにはさっぱりワカランチンだった。教室を出ていこうとすると、女先生があたしを呼びとめてこう言った。ちゃんと勉強すること、あとミカドをぜったい殺してはいけませんよ。

★イタリア・ルネサンス期の哲学者

067

男子よりも女子のほうが、うんと優しいよね。下の学年のクラスに、すっごくかわいい女の子がいるんだ。あたしがその子のお下げにした髪をひっぱっても、その子はあたしの顔に石を投げてこなかった。この頃なんて、髪の先がわざと鼻さきにふれるようにしながら、あたしにまとわりついてくるんだ。で、あたしがそれをひっぱると、顔を赤くしてにげちゃうの。

あたしは、おじいちゃまのでっかい三つまたフォークで「ジョン・レノン」★をつき刺して、その子にあげたんだ。あの子、吐かなかった。気も失わなかった。あたしのことを変人みたいな目で見なかった。きらきら光る真っ黒な目玉であたしをじーっと見つめてた。それから、あたしに向かってニコっと笑いかけたんだよ。

★イギリスのミュージシャンで、ビートルズのメンバー。1980年、ニューヨークで射殺された

068

天気よほうによれば、今日はとってもいいお天気だって。最高気温は日かげでも36度、ひじょうに暑い日となるでしょう、だって。やったあ！　あたしは、この日のためにとっておいた、たい熱強化ガラスせいのケージを出して来て、いじらしい声でニャーニャー言ってる「ウァレリア・メッサリナ」★を、心をオニにして閉じこめた。まだ朝の8時だったけど、気温はうんと上がっていた。

ガランとして何もない空き地にケージを置きっぱなしにして、あたしは学校に行った。石けりで遊んだり、男子の顔に石を投げつけたり、おやつを食べたりもした。しずかな一日だったわ。

★ローマ皇帝クラウディウスの妃。残忍かつ淫乱な陰謀家として悪名を馳せた

069

髪の毛ひっぱられたがり屋の女の子に手伝ってもらいながら、「チェ・ゲバラ」★をとっつかまえて、お手せいの赤と白の大きなロケットをそうちゃくさせたんだ。

「わーい、できた！」あの子が言った。

「ねえ、ロケットのあちこちからケムリが出てるよ。空中でばく発したりしない？」

「まかしといて！　じゅんび万たんよ」

ところが、自分たちの頭の上に高圧線があるのをすっかり忘れてたんだよね。発射して4秒もたたないうちに、「チェ」のヒゲに20ミリボルトの電流が走ったの。

「チェッ！　ついてないや……」

ロケット用の燃料をマンタンにしてやり直し。バーンッ！　てすっごい音がして、おとなりの鉄塔がこわれちゃった。街じゅうが停電になること1時間40分。でも、消防長さんには怒られなかったよ。ミカドさえ殺さないなら、なんでも好きなことをすればいい、って言われただけ。

★アルゼンチン出身の革命家で、キューバ革命のカリスマ的指導者

070

ママはダメって言った。ダメったらダメよ、って。あたしはまだ小さすぎるから、かかとの高いクツなんてはくもんじゃないってさ。っていうかさ、あたしがちっちゃいからこそハイヒールが必ようだと思うんだけど（ママって、ろんり的な考えかたがとことんニガ

テなの）。あんたはミカドを殺さないようにってことだけ考えてればいいのよって、ママは言うんだよ。

あたしは、「ローザ・ルクセンブルク」★に八つあたりした。パパのでっかい葉巻き用カッターを使って、四本の足とシッポを切ってやったの。「ローザ」が死にかけてる横で、パソコンをカタカタやってたら、すっごくおもしろそうなサイトをいくつも見つけた。その中のひとつを見るとね、おとなの女のひとが、太ももまであって、黒くてツヤツヤしてる、あみ上げ式の大きなブーツをはいてたの。ふく面とクサリをつけた変な男のひとが、そのブーツをベロベロなめてたよ。困ったことに、そのカタログでは29（注：18～19cm相当）のサイズがないんだよね。そのうえ、18さい未まんの人は申しこめないんだってさ。

★ポーランド出身の社会主義者。ドイツで政治活動を行った

071

それでもとにかく、ツンツンにとがったビョウをビッシリ生やして、ほそい革ヒモが何本もついた長いムチを注文したんだ。うちに届いたのを見てほんとにガッカリしちゃった……まず、ムチは画ぞうで見たのより短いし、こん包もすっごくいいかげんだったし、それより何より、ビョウがちっともツンツンじゃなかったの。あたしがヤスリで一本ずつとがらせなきゃいけなかったんだからね。とんだ大仕事だよ！　でも、苦労したかいはあった。「ウルグ・ベク」★のおなかと顔をハンパなくメッタ打ちにしたら、右目なんてボロって飛びだしちゃった。そこらじゅ

うに色んなものがとび散ってね、これこれ、こうじゃなくっちゃ！　って感じだったな。

パパが心配そうに部屋までやって来て、さっき受け取っためいさい書の買いものは、ミカドのあんさつ計画と関係あるのかい？　ってあたしに聞いたよ。

★ティムール朝の第４代君主

072

歴史の勉強。むかしむかし、パパもママもまだ生まれる前のこと、山にかこまれたどこかの国があったんだって。心のやさしい男のひとが、意地わるな男のひととかけをしたんだって。で、リンゴと弓が出てくるって話。あんまりよくわかんなかったんだけどね。まあとにかく、最後はやさしいほうの男のひとが勝つわけ（もし負けてたら、このいい人が意地わるになって、意地わるなほうがいい人になるの。ややこしいんだよね）。

髪の毛ひっぱられたがりの子にまた手伝ってもらって、これのマネっこをしたんだ。弓を引く用意をしているあいだ、あの子が「謝霊運★」の頭にリンゴをのっけてくれた。あたしは片目をつぶってねらいを定め、息をぴたっと止めて、グサッ！　友だちはちょっとガッカリしてた。

「リンゴに当たんなかったじゃん」

「リンゴなんかねらってないもん」

★中国東晋・南朝宋の詩人・文学者。「山水詩」の祖と言われる

073

「アスカはミカドを殺すべからず」

街の30か所にあるけい示板に、白地に赤の大文字でデカデカとそう書かれてる。道を歩いていても、人から指をさされちゃう。あたしをつかまえて、らんぼうにゆさぶってくる人までいる……みんながあたしに言いたいことは、もうわかってる。ネコを売ってるペット屋さんまで、ぜったいコレコレしませんってちかわないかぎりは君に「フェデリコ・ガルシーア・ロルカ」★を売るわけにはいかんね、なんて言い出すしまつ。あーあー。あたしはただ、おでこに水を1てきずつポタポタ落とす式のごうもんで、いやになって死んでくれるネコがほしいだけなのに。この苦労ったらどう？　いやほんと、ずいぶんおかしな人たちだと思うよ。

★スペインの詩人

074

テーブルについてる金ぞくの脚がまがりくねってるのはどうして？　ってパパに聞いてみた。そしたらね、「や金職人」たちの、たくみのわざのおかげだよ、だって。「ほとんど1、000度に近いぐらい高温の金ぞくをあつかうんだよ。これだっていう形になったところで、水をかけて冷やすのさ」

すごいじゃない！　街のはずれのようせつ所に「小林多喜二」★を連れてって、アッツアツになってた大きなタンクの上に——ほんの数秒だけね——かざしたあと、いそいで水につけてみた。工場の人たちは、ぼうぜんとした顔でこっちを見てた。おかげでステキなネコの置物ができたけど、うちに置くのはやめてちょうだいってママに言われちゃった。

★日本の小説家。プロレタリア文学の代表的存在。代表作『蟹工船』など

075

あたしたちは、ロケットのじっ験のやり直しをした。今度はじゅうぶん注意した。高圧線や橋の下、家の中なんかでやらないように……じゃまものがない大空の下でやるように。仲よしの髪ひっぱられっ子からヒモを受けとると、あたしは「エセル・ローゼンバーグ★」にロケットをガッチリとゆわえ付けた。じゅんびオッケー。

「いくわよ……サン……ニ……イチ……それ！」

みごとな発しゃだった。ロケットは、毎時およそ３６００キロのスピードで、大気けんをつっ切っていった。ばく発したかどうかは未かくにんだけど、地上４８０キロ上空をさがせばきっと見つかるはず。ひんやりした真空の中をただよう人工えい星、「エセル・ローゼンバーグ号」をね。

★旧ソ連によるスパイ事件の容疑者（容疑は、原爆製造に関する機密情報を入手してソ連側に売っていたというもの）

076

パパがつかってるペンキの成分は、以下のとおり。化学色そ、乳化ざい（アクリル系きょう重合じゅし）、人工染りょう、び量の鉛、ＡＤＳＭ０－６３２２特許取とくずみ。

「食べられないものばかりだね」とパパが言った。

もう、言うことなしだよね……あたしは「アントワーヌ＝ローラン・ラヴォワジェ」★の足のウラに、ペンキをサッとひとぬりした。そしたら、肉きゅうが冷たくて気もち悪かったんだろうね、めいわくそうにニャーニャー鳴くと、あっという間に全部きれいになめちゃった。ほら、ネコってきれい好きな動物だから。で、またペンキをぬってやったら、ニャーと鳴いて、またペロリ。それを何回か続けてるうちに、「アントワーヌ＝ローラン」は立っていられなくなったのね。飲みすぎの人みたいにフラフラし始めて、とうとう左のわき腹のほうから倒れこんじゃったんだ。バタンキュー！

★フランスの化学者。「質量保存の法則」を発見した。フランス革命時、徴税吏であったため投獄され断頭台で処刑された

077

コインランドリーってだい好きなんだ。とくにあの、バカでっかい大型かんそう機がいいよね。50度以上もある空気を吐き出しながら、ゆっくりグルグル回るでしょう。うちの近所のコインランドリーの、４台あるかんそう機の一つに「ヤン・フス」★を閉じこめて、コインを3まい、投にゅう口におしこんだ。コイン1まい分で、15分まわるんだ。ネコを完全にかんそうさせるには足りないかなと思った。でも、運よく仲よしのお下げっ子がいっしょだったんだ。そ

の子も小ぜにを持ってたから、けっきょく合計で六回分まわせたの。

「ヤン・フス」が中でグルグルしてるあいだ、あたしは少し前から気になってたことをしつ問してみた。

「どうして、あたしがネコを殺すのを手伝ってくれるの？」

「だってネコを殺していれば、ミカドを殺そうとは思わないでしょ」

★ボヘミア出身の宗教改革者。コンスタンツ公会議で有罪判決を受け火刑に処された

078

ドクターはニコニコがおでごきげんそうだった。部屋にはいったとき、あたしはトーチであぶったばかりの、まだけむりが出てる「マーティン・ルーサー・キング」★の死体を手にぶら下げてたんだけどね。ドクターはそんなことおかまいなしで、いい知らせがあるって言ってきた。

「ミカドだよ、アスカ……ミカドが！　君と会ってもいいって……それも今日すぐに。ミカドに会えるんだぞ、うれしいだろう？」

「そうねえ……ミカドのところって、キャンディはあるの？」

「ミカドのところには何だってあるさ。さあ、支度しなさい。すぐに出かけるぞ。おっと！　ひとつだけ言っておこう。ミカドがネコに似ているからって、ミカドを殺していいわけではないからね」

あたしは出発の前に、自どう小銃、刃わたり25センチの折りたたみナイフ、4ミリグラムのヒ素

（まじりものなし）、野きゅうのバット、物ほし用ロープ、それからシュリケンを十何個も持たされた。ミカドに会うのってずいぶん大ごとなんだね。

★アメリカ合衆国のプロテスタントの牧師。アフリカ系アメリカ人公民権運動の指導者で、「キング牧師」の愛称で知られる

何千という人々がこの日のために集まってきた。そうそう滅多にあるものではない稀有な催しだったからである。一回きりの歴史的な企画。官邸に勤務する人は皆通常より1時間早起きして、ドアや階段用ランプを丁寧に磨き上げた。庭師たちが上機嫌で芝を刈ったあとの中庭に、小間使いたちが仮設テーブルを置いて行く。山のようなプチ・フールや何百リットルものカラフルな飲み物を、街じゅうの惣菜屋が自社トラックで運び込んでくる。ゲストの目の前を漂うようにしながら大皿を運ぶのは、制服を着たサービス係軍団の仕事だ。当日の会場は幟や花輪飾りや紙吹雪で溢れかえり、ハメを外したい向きにはカーニバル用のマスクや葦の横笛なんていうものまで用意されていた。日当をはずんで雇われた人気ＤＪは、特設のラウド・スピーカーから流行りのおしゃれなメロディーを流すのに大忙しだった。

日はすでに高く昇り、そろそろ招待客が入場し始めていた。伯爵夫人や男爵、大臣や建築家、大学教授や芸術家、高級官吏や実業家、スターの息子や社長の姪っ子、投資家、インテリ、百万長者、美食家、アカデミー・フランセーズ会員、僧侶らの姿があった。ボサボサ頭の一文無しまで紛れ込んで

いた。この都市の有名どころは、みんな動員された。知った顔同士は互いに挨拶を交わし合った。近況を尋ね合い、冗談を言い合い、最新の噂話に花を咲かせた。

その頃、帝は未だ自室内で熱心なメイドを相手にウンザリするような争いを繰り広げていた。

「やめろ、こんな騒ぎはもうたくさんだ！　今日という今日は自分で決める。私が着たいのはな、地味な灰色一色の、縞模様もヘンテコな柄もないこの上着なんだよ！」

「こんな大事な日にですか！　とんでもございませんよ、こういうきちんとしたのをお召しにならないと！」

メイドがそう言いながら振りかざしたのは、蛍光オレンジのラテックス生地にフェイクファーの襟付き、プラスチック製の大きな造花があちこちにアップリケされた代物だった。怒りのあまり平常心を失った帝は、足で床をめいっぱい踏み鳴らし、部屋中にひびく雄叫びを上げた。

「いやだ！　いやなものはいやだったらイヤだあああ！」

徒労であった。このガンコなメイドを説き伏せることなど、しょせんは無理な相談だった。帝は例によって観念した。室内にある大型の鏡を前に、肩をがっくり落ち込ませ、いかんともしがたいほど悲嘆に暮れた自分の姿に見入ったのだった。

「まあ、帝！　ご立派でいらっしゃいますわ！」

「この格好でみんなの前に出ろと言うのか……なんとブザマなんだ！　今日どんな面々が集まるのかわかっているのか？」

街の名士たちは今か今かと帝を待ちわびていた。東の導師、南の高級官吏、西からは君主、北からは頭の空っぽな王女。この四人はかつて、それぞれの丘においては文字どおり帝の地位にあり、自らの領地を絶対的権力で統治しつつ他の丘に向かってミサイルを手当たり次第に撃ち込んでいた。しかし終戦以降はその光景も見かけなくなった。つまり、和平と帝およびその委員会の台頭によって彼らの特権が奪われたのだ。とは言え、彼らは今も当然ながら、夥しい数の使用人を抱えながら広大な城での生活を続けてはいる。が、北の丘は別としても、彼らは互いに対して以前ほど関心を払わなくなっていた。スキャンダルに飢えたパパラッチが、目を覆いたくなるような彼らの私生活のあれこれを防水加工の紙面に嬉々として暴露するぐらいのものだ。

四人の中で最も記事のネタになりがちなのは北の王女だろう。哀れなこの女性は生まれてからずっとぼんやりした頭の持ち主で、大人になっても改善されることはなかった。90歳をいくつも超えた今も、日がな置き物を壊しまくるか、あるいはワックスがけをしたばかりの床に寝転んで過ごしている。言うまでもないことだが、彼女と会話をしようなどという気を起こしてはならない。ほんの社交辞令のつもりで発したひと言が、意味不明な答えの呼び水となってしまうからだ。

「そうね……マーマレードよ……コンマは2個でね」

周知のように心優しき帝は、何か適切な治療法があればと思い、自分の医師を王女のもとに向かわせた。果たして医師は、最終診断結果を携えて戻ってきた。

「あの方の頭の中に詰まってるのは脳ではなく、マシュマロのかたまりです」

この状況は誰もが承知していたので、人々は彼女を、嘲笑と同情心が半々の鷹揚（おうよう）な態度で取り扱った。ごくまれに彼女を何かの集まりに招こうと考える猛者（もさ）もいないわけではなかった。彼女はそのような場合、廊下を歩けば迷子になるし、通りがかりに飾り物を二つ、三つはダメにするのだった。大騒ぎするほどのことではなかったが、主人にしてみればじゅうぶんに立腹のタネだった。

「妃殿下、どうかお手元にお気をつけください！」

「翼手竜（プロテダクティルス）って？」

しかしこの日の催しは外交上きわめて繊細な意味を持ち、かつ大規模なものであった。なので——敢えて表現を慎むならば——可哀想な王女を蚊帳（かや）の外に放っておくわけにもいかなかった。そこで、この絶好の機会を逃すまじとばかり、報道陣が大挙して詰めかけたというわけである。

「プチ・フールも悪くないが」と彼らは言った。

「帝とアスカに頭のおかしな王女も飛び入りとくれば、こっちの方がオイシイぜ」

何十人という報道関係者が揃っていた。有名な論説委員たち、舌鋒（ぜっぽう）鋭いコメンテーターたち、熱血コラムニスト、前衛写真家や張り込みのカメラマン……フリーのジャーナリストまでが数名、入場許可証を手に入れていた。彼らは服の裏側につけたパウチ加工のワッペンを見せつけながら、立食用テーブルを渡り歩いていた。中庭の端っこで、重そうなカメラとマイクロフォンを持ち運ぶ者もいた。刻一刻と熱気が高まっていくのがわかった。アスカと帝がいよいよ公式に面会する運びとなったのだ。

「おい、あの子のあどけない顔を見たか？　性格のよさそうな、かわいらしい子じゃないか……」

「あれでネコを殺すそうじゃないですか」

「変わってるよ……ネコだぜ……かなり早熟なんだな」

「私にも同じ年頃の娘がいますが、うちのはお人形遊びばっかりしてますねえ」

「とんでもないご時世ですな、いやはや」

そうして話題が途切れるたびに、招待客はプチ・フールを無造作にぱくついた。

スポークスマンへの忠告の手紙

美しいバリトンの持ち主こと我が同胞なる君へ。今この瞬間に我らが委員会で起こっていることを、貴殿にお知らせすることが我々のつとめであると考えます。公証人・ペンギン氏および私こと弁護士は、ある数名のメンバーが、特に精神分析学者の挙動がきわめて疑わしいものであることを認識しております。すなわち、密談、異例の出費、度を越した快活さ、黒い交際の気配、などなど。精神分析学者が週に二度も帝と膝をつきあわせる権利を有するという事実そのものに、我々は不安を禁じえないのです。かくなる現況に鑑みますに、激しく憂慮せざるを得ないさる不正行為が、我々の委員会内で行われつつあることはご想像いただけるかと思います。ただし、決定的な証拠を摑むまでは何らの手の打ちようがないことは言うまでもありません。貴殿におかれましても、最大限の警戒意識を持たれますよう、また決して他言はされませぬよう心よりご注進申し上げる次第です。

署名　弁護士

気ぜわしく動き回っていたのは、官邸の勤め人ばかりではなかった。委員会のメンバーもまた、パーティを前に興奮のあまり飛び回っていた。

「なんてったって祭りは最高だねえ。パーっと楽しもうじゃないか！」

その場でピョンピョン飛び跳ね、手を叩き、舌なめずりをする彼らの頭にあるのは、これからありつけるご馳走のことだけだった。彼らは今日のために引っ張り出した一張羅を着込み、官邸内の鏡に映った自分の晴れ姿をうっとりと眺めた。彼らはその場の喧騒に影響されて、珍しくイタズラっ気を起こしつつあった。招待客がまだ現れない数時間ばかり前のこと、三、四人のメンバーがお互いにお世辞を言い合っているとき、廊下の曲がり角のあたりにペンギン氏の姿が見えた。

「おい」その中の一人が言った。

「ありゃペンギン氏じゃないか」

「まさしく、あれはペンギン氏だ」

「いっちょ、からかってやるか！」

「いいねいいね、名案だ、いっちょやろう」

彼らはラグビーのスクラムよろしく1か所に集まると、含み笑いをしながら耳打ちで話し始めた。

やがて相談がまとまると、ペンギン氏に呼びかけた。

「おおい、ペンギン氏！　我がペンギン氏！」

ペンギン氏は振り返り、たった今大声で叫んだ人たちに気がついた。それから、多少警戒しながらもそのグループに近づいていった。委員会のメンバーが楷書でハッキリとものを言うなんて、それがペンギン氏に対してであればなおさら、普段はまず考えられないことだった。

「はい？」ペンギン氏が口を開いた。

「何のご用で？」

「やあ、ペンギン氏。我らが古きよき友、ペンギン氏！」

「古いもんか」と別のメンバーが反論した。

「ぜんぜん若いじゃないか。まだまだ元気だし、何よりも……」

「元気ハツラツ！　それにどうだい、この儀礼担当の制服姿ときたら。なんという品のよさ、なんという貫禄(かんろく)！」

「あの、失礼ですが」ペンギン氏が口をはさんだ。

「まだまだ仕事が残ってるんです。終わってない準備作業が山ほどあるので」

「そんなことはわかってますよ、我らがペンギン氏。ただね、ちょっとした問題が発生したんだなあ。君の管轄に当たることだと思うんだけど」

「本当ですか？」

「本当ですよ。厨房(ちゅうぼう)の冷凍室に保存用の食料品が届いたんだが、その容器や段ボール箱の表記を見たら、楷書が全く使われてないんだ」

「楷書が使われてない？」

「そのとおり。楷書のない官邸なんて。楷書のない帝なんて、ねえ」

ペンギン氏は失望して頭を振った。

「ちょっとした問題どころじゃないですよ。儀礼に対する重大な違反です。前もって注意する人はいなかったんですか」

「我々もついさっき知ったばかりなのでね。取り急ぎ君にお伝えしたんですよ」

「冷凍室ですね？」

「そうそう。よかったら一緒に行きましょうか」

ペンギン氏とメンバーたちは、階下の厨房へと足早に降りていった。一行は冷凍室の扉を素早く開けると、室内の検分を始めた。ペンギン氏は、最後に到着した荷物の中身を引っ掻き回して調べた。

「何も問題はない。どの容器も段ボール箱も、ちゃんと楷書の文字が印字されて……あの、これのどこが……？」

質問を言い終わる時間は与えられなかった。委員会のメンバーたちが、彼一人冷凍室に残して重い扉を閉めてしまったのだ。

「バタン！　ペンギン氏を閉じ込めたぞ」

「ハッハッハ、こいつは面白いや」

「どこまでトロい男なんだ、ペンギン氏め！」

連中は、このちょっとした冗談に大いに満足しながら足取りも軽く厨房をあとにしたのだった。それからしばらく経って、彼らは弁護士と廊下ですれ違った。

「失礼、ペンギン氏を見かけなかっただろうか。あらゆる場所を捜したんだが」

メンバーたちが答えていわく、

「もっとよく捜してみるんですな」

言うが早いか、盛大に吹き出しそうになるのをこらえながら、彼らは愉快そうに庭の方へ移動したのだった。

弁護士の捜索は長時間にわたった。帝の事務室、会議室、図書室、喫煙室、地下室二つ、私室、手洗い、掃除用具入れ、果てはネズミの穴まで。何時間もかけて捜し回った挙句、ペンギン氏はようやく冷凍庫内で発見されたのだった。弁護士は驚き、呆（あき）れ果てて言った。

「おいペンギン氏、君はペンギンにでもなったつもりかね？　そんなに大氷原が懐かしいか？」

かわいそうなペンギン氏は、全身に霜を生やしていた。皮膚は青ざめ、鼻のまわりでは鍾乳洞（しょうにゅうどう）が出来つつあった。

「そこでグズグズしてるんじゃない！　風邪をひくだろうが！」

微動だにしないペンギン氏を見かねた弁護士は、その腕をつかんで引っ張り出そうとした。

「うわあ、カチカチに凍ってる。これじゃまるで大理石だ。みんなが仕事でテンテコ舞いしてるっていうときに、君はいったい何時間ここで油を売ってたんだ？　全く、君のやらかすオフザケは、時々目に余るものがある」

弁護士は、ペンギン氏の体をデパートのマネキン人形のようにしっかり抱え、冷凍室から運び出した。

「私にこんな余計な仕事までさせて！　普遍的垂直の原則に反してるじゃないか。誰かにこんなところを見られてみろ、異端審問にだってなりかねん」

弁護士はペンギン氏を、厨房の大テーブルに手加減なしでほうり出すと、手桶に汲んだ熱湯を浴びせて生き返らせた。ペンギン氏は、荒い息をしながら本来のペンギン氏に戻った。

「ガタガタガタ……ブルブル……ハガガガガ……」

「とんだドジを踏んでくれたな」弁護士はきつい口調で言った。

「いいか、最初の客はとっくに着いてるぞ。君ときたら出迎えに行こうともしなかった。敢えて言わせてもらうがね、君は儀礼担当者として、少し自覚を持ったらどうなんだ」

そのとき、帝が姿を現した。

「やあ、ペンギン氏。やっと見つけ……おいおい、いったい何ごとだい？」

「ブルブル……アアアアア……ハガガガガ……」

「あまりお話ができる状態ではないのです」弁護士が割って入った。

「楷書ではっきりと話そうにも、ひどく弱っておりまして」

帝は腕時計を見て言った。

「まいったな、あの子は時間どおりここに来るぞ」

「聞こえたか、ペンギン氏！　仕事だ仕事だ！　さっさと動けよ、おかしな真似はもういいから。少しはまともに働いたらどうなんだ」

弁護士はペンギン氏の後頭部に向かって、痛烈なビンタを一発喰らわせた。そうでもしないことには、ペンギン氏が我に返りそうには見えなかったからだ。

ペンギン氏が千鳥足で惨めたらしく出口に向かっている間に、帝は見るも無残なこの茶番劇を引き起こしたメンバーを探しに行った。あまりの惨状を目の当たりにして、さすがの帝も黙っていられなくなったのだ。

「おい、悪ふざけが過ぎるぞ。ペンギン氏にかまうんじゃない。彼がいくらクソ真面目で困った奴でも、今回のあれはやり過ぎというものだ」

メンバーたちはバツが悪そうに深々と頭(こうべ)を垂れていた。彼らは平謝りしながら、もう二度とこんなことはしないと誓った。間一髪で解凍が間に合ったペンギン氏は、すばやく最後の準備作業に取り掛かった。ペンギン氏はこの騒ぎのせいでひどい風邪を引いてしまっていた。３秒おきにくしゃみが出るし、官邸内通路を鼻水を盛大に垂らしながら歩く始末だった。

アスカは、リムジンでのお迎えやら何やかや含め、まさに最上級のもてなしを受けた。アスカは車中のわずかな時間に備え付けのミニバーの中を探り上げ、ありったけのビン詰めソーダ水を飲み干した。めざましい活躍で急速に信頼度を伸ばした精神分析学者は、アスカのそばについて彼女のしたいようにさせていた。

「今日という佳き日には」彼は考えた。「さすがにこのロクデナシのチビスケといえども、私の機嫌を損ねるなんて真似はしないだろう」

彼は、仲介者たる自分に満足し、いっぱしの重要人物気分でホクホクしていた。リムジンが官邸に近づくと、精神分析学者による観光ガイドの口真似が始まった。彼はしきりに手や頭を振りながら語るのだった。

「ここだよ」彼は高らかに言った。

「これが官邸だ。美しい建物だろう、建築史に残る傑作だ。まあ内側はね、ちょっとゴチャゴチャしていなくもないが……」

ソーダ水をパンパンに詰め込んだアスカは、全く興味ナシと言わんばかりに彼の鼻先でいきなりゲップを吐き出した。

「わかったわかった」理性を保とうと努めながら、彼は話を続けた。

「今日の予定をざっと説明しておこう。まず、帝との歓談。それから中庭に移動する。そこでたくさんのエラい人たちと会うんだ。好きなものがあれば何でも食べていい。それだけさ。あと、これだけは忘れないように。決して……」

「……誰かさんを殺さない、でしょ、はいはい。そこまでバカじゃないからね」

アスカはそう言うと、二度目のゲップを放った。

官邸の第2玄関の前にリムジンが止まった。先ほどの受難から復活間もないペンギン氏が扉を開け、大げさなお辞儀で彼らを出迎えた。特にアスカを。ヒゲの精神分析学者は、ペンギン氏にとってほとんど重要ではなかった。冷凍室騒ぎから数時間、ペンギン氏の足取りはまだヨロヨロしてはいたものの、こうして少女に対し歓迎の意を表するに至ったのだ。

「ハアックション！」

「はあ……こちらこそハクションです」

そう答えてから、アスカはペンギン氏の変てこりんな衣装に気が付いた。

「遊園地から逃げてきた人？」

「いえ、まさかそのような……クション！……自己紹介を……私はズルズル……儀礼担当のペンギン氏。決して粗相の……ズルズル……なきように。会話は楷書ではっきりとックション！」

アスカはいささか面喰らってしまい、精神分析学者の方を振り返った。変なドクターならば変なペンギン氏のこともわかるだろうと思ったのだ。

「わかりやすく言えば」精神分析学者は肩をすくめながら言った。

「言われたことだけやればいいんだよ。それが一番手っ取り早いのさ」

「なるほどね……初めまして、ペンギンさん」

「ペンギン氏！……ブルブル……お嬢さん、ペンギン氏です……楷書ではっきりとね！」

彼は、けたたましいくしゃみをすると再び言った。

「ブルブルブル……何もかも楷書に願います」

「わかったわ。ペンギン氏、あなたはたいそうお洟が出ていますね」

それから精神分析学者にたずねた。

「楷書で話すって、こういうこと？」

精神分析学者は、ありありと皮肉な笑いを浮かべて大いにうなずいた。

「上出来じゃないか……ハハハ」

ペンギン氏はイライラして、最大限の怒りをこめた目で精神分析学者を睨みつけた。それから2回くしゃみをして、早く移動するようにと申し入れた。

「官邸内には、もう誰もおられまクション！……おられません。皆さん中庭に移動されました。ですからどうぞそちらにズルズルズル、さっさと集合願いますよ。さあさあ、行った行った。ズルズル……ヘックション！」

「しかし、私は……」

「しかしも私も関係ありまックション！　帝は、ズルズルックションン、その子と二人きりでお話をしたいとハ——ックション！」

精神分析学者がなおもその場を去ろうとしないのを見て、彼は指をピンと立てながらこう言った。

「帝の命令です！　フガフガフガ！」

精神分析学者は妥協することにした。ペンギン氏と話をすることは平時であっても困難なのだ。ましてや体調がすぐれない彼となんて、到底会話が成り立つわけがない。

「そうです、ブルブルブル、私がこれからフガフガフガ、帝にックションッ！　お伝えするつもりでズルズルズル。あなたの企みを」

精神分析学者は眉をひそめ、いかにも不可解だという顔になった。

「とぼけてもムダですよ、全てお見通しなんですからクションッ！」

「お大事に……」

「恐れ入りますズルズル……あなたが黒幕だってことは見当がついてんですよ、あのブルブル室……」

「なに室だって？」

「冷凍……ズル……冷凍室」

「何の話かさっぱりわかりませんな、お気の毒なペンギン氏。冷たいシャワーでも浴びれば正気に戻るかもしれませんよ」

「ハックショイ！」

「ペンギン氏って、めっちゃ面白いね」アスカが口を開いた。

「そこのズルズルズル、娘さん、楷書を使って話しックションッ！」

ペンギン氏が騒々しく洟をかんでいる間、弁護士は儀礼規範書を取り上げるとペンギン氏が身振りで止めようとするのにもおかまいなしに説明し始めた。

「さあ、仕事に取りかからねば。こうしてるうちに日が暮れてしまうよ。いいかい、帝の前では……言っちゃいけない言葉が山ほどある」

「ックション！」

「この本には、大事なことがどっさり書いてあるからね。どんなにしょうもないと思えることも、ペンギン氏にとっては大問題なんだ。だからこの本の扱いには気をつけて。粗末にしちゃいけないよ。いいかい？」

アスカは、了解の合図としてうんとお利口そうにうなずいた。ペンギン氏がくしゃみをした。

「ではよかろう。ペンギン氏の仰せに従って君だけ行かせるから、そこで帝に紹介してもらいなさい。誰と会ってもいい子にできるね？　おふざけはなしだよ」

アスカは小さな頭でもう一度大きくうなずいた。精神分析学者が行ってしまうと、ペンギン氏がまた洟をかんでからアスカの方に向かってきた。

「では……ズルズル……私と行きまッショ――――イ！　ブルブル……帝のお部屋へ。ここで待ってなックション！　この本を読んで覚えることズルズル……」

ペンギン氏が見事なくしゃみを連発しながら事務室へと入っていく間、アスカは礼儀正しく膝小僧を揃えて待合用のソファにじっと座っていた。暗記するのは好きではないので、ペンギン氏から手渡された本のページを何枚か破りとってオリガミを作ってみた。

カメさん……トリさん……カニさん……ペンギンさんの折り方はまだ知らなかった。アスカは二重折り、四重折りと、習ったとおりにキチンと折りたたんでいった。ペンギン氏は事務室から出てくると、今そこにある大惨事に恐れおののいた。その細長い顔に浮かんだ表情には、儀礼のギの字も見られなかった。

「ああ、なんということだ！　ハックショーン！　私のフガフガ、本が！　ちょっと君、ハクション、こんガキャー、何しとんのんじゃワレ！」

「あのね、これがカメさんでしょ……で、これはカニさん、あとトリさんね……みんなかわいくってステキでしょ、ね？　はい、プレゼント」

「私の本、大事な私のズルズル……何てことを！　ぎゃあああ！」

ペンギン氏は、くしゃみを連発しつつ長いこと泣き続けた。哀れなペンギンはまさしく嘆き悲しんでいた。すると、泣き声を聞きつけた帝が何ごとかと執務室から飛び出してきた。

「ペンギン氏、おいペンギン氏！　いったい何ごとだ！」

「ハーックショーン！　ひえええ！　私の、ほ、ほん、ホーックション！」

帝が規範書の解体結果をつくづく眺めていると、ペンギン氏はアスカを指差して非難がましく言った。

「この子が犯人でックション……この本ズルズル……おのれェ！」

「騒ぐなよ、ペンギン氏。君にはこれより立派な大規範書を用意させよう。これよりも、立派。今のは楷書だぞ」

「本当に？　本当の本当に？」

「帝の私が約束する」

「おお、帝。おお、ハクション、全ての命に栄光あれ、ヘックション、その奇跡を讃えたまえ、運命の守護神よ！」

「あなたんちのペンギン氏、すっごくいい人なんだけど」と、ちょっぴり遠慮がちにアスカが言った。

「何かの病気にかかってるんじゃないかなあ」

「何かの病気、じゃなくズルズルズル……楷書で、『何かの病気』だ！　ちゃんと楷書で、ハックションー！　はっきりと……」

ペンギンは、今の自分のツッコミに満足しながら騒々しく洟をかんだ。

「もうそれぐらいでいいだろう」帝が言い放った。

「ペンギン氏、洟を拭いたら下がりなさい」

「ただ今すぐに、我がハックショーン！」

「まあ、楷書がおじょうず」アスカがすかさず指摘した。

会計士への忠告の手紙
激務を物ともせぬ大黒柱こと我が同胞なる君へ。今この瞬間に我らが委員会で起こっていることを、貴殿にお知らせすることが我々のつとめであると考えます。公証人・スポークスマン・ペンギン氏および私こと弁護士は、ある数名のメンバーが、特に精神分析学者の挙動がきわめて疑わしいものであることを認識しております。すなわち、密談、異例の出費、度を越した快活さ、黒い交際の気配、などなど。精神分析学者が週に二度も帝と膝をつきあわせる権利を有するという事実そのものに、我々は不安を禁じえないのです。かくなる現況に鑑みますに、激しく憂慮せざるを得ないさる不正行為が、我々の委員会内で行われつつあることはご想像いただけるかと思います。ただし、決定的な証拠を摑むまでは何らの手の打ちようがないことは言うまでもありません。貴殿におかれましても、最大限の警戒意識を持たれますよう、また決して他言はされませぬよう心よりご注進申し上げる次第です。

署名　弁護士

ペンギン氏が消毒薬を取りに部屋から廊下に出ていく一方、アスカは帝の執務室にやって来た。だだっ広い室内は、無用の小物などは何もない、そっけないしつらえだった。隅から隅まで質素である。帝本人もまた、トンチンカンな上着は別として、テレビで言われるようないかにも非凡な人物という感じには見えなかった。

「月を光らせたり、空に命令したりする人なのに、ずいぶん普通っぽいね」

「月を光らせたり、空に命令したりなんてできないからさ。私はいたって普通の人間なんだからね」

「普通？」

「そうとも、普通なのさ。普通のものを食べ、普通のものを飲んでいる。普通に寝て、普通に息をして、普通に用を足し、普通に夢も見て、普通に泣いたり笑ったりしている。最後ぐらいは野垂れ死にしたいもんだね」

「それって普通かなあ？」

「そうだとも。最高に普通の願望だ。だからこそ君を呼んだんじゃないか。私の死についての話だよ。我々の共通の友人、精神分析学者から話は聞いている。君はネコを殺すんだってね」

「あたしの友人なんかじゃないもん。バカバカしい質問が大好きな、変なドクターっていうだけよ」

「それが彼の仕事なんだから仕方ない……そんなことより、君が殺したネコの話を聞かせておくれ。なぜよりによってネコなのか、それが不思議なんだ」

「あなたに関係ないでしょう？　ネコとあなたはちっとも似てない。女先生にもそう言ったら、０点をつけられちゃった」

「ひどい話だな。今後はそういうことのないよう、先生に言っておこう」

「ホントのこと言うけどね、あなたとネコは、ぜんぜん、ぜんっっぜん、これっぽっちも似てない。ネコのほうが全然かわいいよ」

「これは一本取られたな……ま、いいだろう。私はネコに似てないんだな。よくわかった。で、私を殺したいとは思わない？」

「どうしてあなたを殺すの？」

「たまには気分を変えたいだろう。いつもいつもネコばかりじゃあ、しまいにはイヤにならないかい?」

「いいえ、まさか。変なドクターにも話したんだけどなあ。すっごく面白いし、ぜんぜん飽きないよ」

「帝を殺す方がずっと面白そうなのに。いやいや、だってそうじゃないか。君は歴史的な瞬間に立ち会える。私は理想の終末を遂げられる。惨めったらしい死に様……か弱い少女に殺されてね」

「自分は普通の人間だって言ってたくせに、どうしてみんなのような死に方じゃだめなのかなあ……肺炎をこじらせるとか……チンチン電車にはねられるとかさ。そういうのでいいじゃん」

「私は帝だからね。死に方も選び抜かなければ」

「悪いけど、あたしはネコ専門にやってるんだよね。帝を殺したいんなら他を当たってくださいって感じ」

「ネコを殺す者は帝をも殺す!」

「それ、選び抜かれたセリフなの?」

「いや別に。そんなことが問題なのでは……」

「わかった」アスカがきっぱりと遮った。

「問題なのはねえ、あなたの名前だわ、ムッシュ帝」

「私の名前!」

「そうよ、名前。あなたは何ていう人？」

「帝に決まってる！　みんな私を知っている、それ以外の名は不要だ」

「名前もない相手を殺すわけにはいかないなあ……」

「そんなバカバカしい言い訳、前代未聞だぞ」

「……だったらどう、あたしが付けてあげようか」

「付けてあげる？」

「めっちゃステキな、めっちゃカッコいい、あなただけの、帝の本名を……そうね、『エルヴィス・カーン・アレクサンドル・ジェロニモ・ロストロポヴィッチ・クラナッハ・ド・サド・フォン・フジワラ・イ・ナブチョドノソル・ダ・ヴィンチ』っていうのは、どう？」

「何だと？」

「あと、あなたの死んじゃった奥さんにも。歴史の教科書とか、ごッつい百科事典に出てるあの人ね。『コゼット・ラスコーリニコフ』っていう名前を考えたの。かなりイイ感じじゃない？」

「『コゼット・ラス……』？　いいかい、お嬢さんね……」

「うわあ、出た！　ママがあたしをお嬢さんって呼ぶときって、たいてい怒ってるんだよね……ムッシュ帝も怒ってるの？」

「全く、何の話をしてるんだろう。たったひと言で済むことなのに。わざわざ話をややこしくすることはないんだよな。いいかい、もし私を殺してくれたらほしいものを何でもあげよう」

「何でも？」

「そうそう、何でもかんでも」

「ほんとに、何でもかんでもだね。ムッシュ帝、キャンディは持ってる？」

「キャ……？」

「あなたのところにはキャンディがあるって、変なドクターが言ってたよ。あたし、キャンディがほしいな」

「よし、取引きしよう。キャンディをあげるから、かわりに私を殺すこと」

「キャンディちょうだいったら！」

「ええと、うん、わかってるよ。その前に……」

「きゃんでぃー！」

「おい、もうわかったから、怒鳴るんじゃないよ。何て奴だ、このチビスケときたら。いいとも、キャンディでも何でもくれてやる。ペンギン氏、おおいペンギン氏！」

呼ばれてたちまち執務室に駆けつけたペンギン氏は、様々な薬を両腕いっぱいに抱えていた。

「はいはい、ズルズル！　じゃなかった、帝！」

「官邸のどこかにキャンディがなかっただろうか？」

「何ですと、ックション！　いえ、よくはぞんじませんがズルズルズル……おそらくはパーティ会場の惣菜屋に聞けば、何とか……」

「よし、では聞いてきてくれ」

アスカがたちまち付け加えた。

「キャンディ何キロ分でもいいよって、変なドクターが言ってた」

「何キロ分も？　本当に？」

ペンギン氏はもう一回くしゃみをした。今やそれが彼の異議申し立ての合図みたいになっていた。とは言え、帝の命令には絶対服従であって、くしゃみでどうすることもできない。それで結局は数分ほどあちこちを走り回って探した挙句、両手に大きな袋をたくさん抱えて戻ってきた。

「お待たせしま、ックショーン！　これでも急いだんズルズル……」

「よしよし、ご苦労だったな。もういいから休んでいなさい。協力ありがとう」

「恐れ入りズルズルズル…」

帝は、ペンギン氏から受けとったキャンディをアスカに手渡した。彼女は帝の大きな仕事机の上で、包み紙を剝(む)いたのを散らかしながら、袋の中身のキャンディを全て形や色ごとに仕分けした。やがて分別作業が終わると、わざわざ分けたものを今度は手当たり次第に口に詰め込んでいった。帝はその光景を見て呆気(あっけ)に取られながら、とにかく平常心を保とうと努力した。このチビがいくら調子に乗ったところで、この自分という傑物よりまさっているわけではない。

「よし。君がキャンディを食っている間に、世界ってやつの仕組みをざっと説明してあげよう。いいかい、この世界は本質的に、反復および垂直の法則で成り立っている。この二つの概念は矛盾などしない。それどころか互いに不可分、コインの裏表なのだ。一つの山の二つの斜面になぞらえる者もいたし、一つの鼻の二つの穴に見立てた者もいる。あるいは、一本のナニに二つのタマ……おっと、この喩(たと)えはよくないな。要するに、反復的かつ垂直的な全てのもの、あるいは、垂直的かつ反復的な全てのもの。それがこの話の要点だ」

「もぎゅもぎゅ……ムシャムシャ……うんまーい」

「我々の住むこの街は、反復と垂直の原則からなる組織だ。高く高く上りつめて頂点に立てば権力が与えられる。そこは、誰しも高所恐怖症のために到達しえないほど高い場所だ。それでも反復法の法則に従うならば、権力は存続せねばならんのだ。人々が言う『継承』というやつだ。その権力は、誰かの手から誰かの手に、ホイホイと渡されるのだ。それを手にするのは、垂直と反復の法の問題を統制できる資質が備わった、類まれな存在でなければならない。なおかつ虚無を恐れないような人間でなければ」

「ガリガリ……ゴクン……まいうー」

「しかし、そんなことを言ってるとほとんどの人間は強制追放になっちまう。たとえばゴマすり人間たち。彼らはお世辞を並べ立てることに関しては非常に反復的だ。それは認めよう。しかし、頭を下げてりゃいいと言わんばかりのペコペコぶりは、とてもじゃないが垂直的とは言い難い。あの姿を見てしまうと、彼らがしかるべき地位にある人物だなんてとても思えなくなる。成人女性も然り。彼女らが権力から除外されるのも当然だ。前に向かって突き出したでっかい胸は、垂直性への重大な冒瀆と言わざるを得ないから。あのくだらない髪型にいたっては言わずもがなだろう。それから、年寄りという名の落伍者たち。彼らは例外なく腰が曲がってる。それに死者たち。説明するだけ野暮というものだが、横たわった彼らの、夢も希望もない水平ぶりはどうだ。異端とはまさにああいうことだよ。それで結局、上へ上へと垂直方向に伸び、反復的に繁殖し続ける子供たちだけが残ることになる」

「おいちーよう。ゴロゴロゴロゴロ、ゲフッ」

「君は定期的にネコを殺しているわけで、つまり非常に反復的な少女であるはずだ。また、想像力という点では文句なしに垂直的でもある。ということで、君こそが私を殺すべきだと考えたわけだ。この任務は大変な名誉でもある。しかし同時に重大な責任も伴う。文明社会はネコとキャンディで成り立っているわけではないからね。そこには愛、真実そして幸福も存在するのだ。反復および垂直の法に従えば、これら全ては決して絶やしてはならないものなのだ。だからこそ、君は私を殺さねばならないのだ。おい、待て！　私が話したことを、君はせめてひと言でも聞いてたか？」

「ゲフーッ……？」

「いやはや、ブタも顔負けの食べっぷりだな。たかがキャンディなんかでこれほど汚くなるものかね。そんなに体じゅうにベタベタくっつけて……こっちに来なさい、ハンカチで顔を拭いてやるから。それからね、いいかい、私を殺してくれよ。わかったか？」

　帝がハンカチを持ってアスカに近づこうとすると、ネコの泣き声が室内にこだました。アスカはキャンディから目を上げた。

「うわあ、かわいいニャンコね！」

「ネコだと？　何を言ってる、よりによってネコなんかいるわけ……」

ところが本当にネコがいたのだった。青みを帯びた灰色の長い体毛がツヤツヤと輝く、たいそう美しいペルシャネコで、せいぜい3歳ぐらいだろうと思われる。アスカは、長年の経験からある種のコツがわかっているので、この動物を手なずけようとしゃがみ込んだ。

「ネコちゃん、かわいいネコちゃん……」

「えーと、そっちはかまうな、おチビさん。私の言うことを聞きなさい」

「ニャンコ、ニャンコ。いい子いい子、ママのとこにおいで」

この少女のスゴ腕ぶりを、帝はまだよくわかっていなかった。ネコは、このあとに危険が待ち受けているなんて夢にも思わずに安心しきった顔つきでアスカの方にやって来た。

「おいアスカ、まず私の話を……そりゃどこから来たネコだ！」

「1＋1＋1＝3……」

「アスカ、いい子だからね。そのネコを殺すんじゃないぞ。いけないよ、とてもいけないことだ。君が殺す相手は帝だ、でないと……」

「コチョコチョコチョ、おチビちゃん、こっちおいで」

「ネコはだめだ、私を……わたしを殺れ！」

帝の鋭い叫び声にネコは怖気(おじけ)づいた。そしてやおら逃げ出すと、そのままうす暗い廊下へと姿を消した。

「ねえ、ニャンコったら行かないで。ナデナデしてあげるから」

アスカは、ペルシャネコのあとを追って駆け出した。帝は大声を出して呼び止めようとした。

「アスカ、戻りなさい！　戻れと言ってるんだ！　私は帝だ。誰もが従い、尊敬する帝だぞ」

それでも彼女が戻ってこないとわかると、

「ふん、冷凍ピザと話す方がマシだ。ペンギン氏！　おおい、ペンギン氏！」

「お呼びですか、帝。ブルブル……」

「あの子がいなくなった……ネコを捜しに行ったきり」

「ええっハックション？　官邸内でですか？」

「話し合ってる場合じゃないんだ。あの子が迷子になってしまう前に、連れ戻して来てくれないか。ここはまさに迷宮みたいな場所だから」

ペンギン氏は身をよじり、くしゃみをしてからまた身をよじった。

「あのう、グスグスグス、それを私にやれと本気でおっしゃるので……」

「ああ、本気だとも。他の連中はみんな庭に出払って、今ここにいるのは君だけだろう。どうした、まさか怖がってるわけじゃないだろうな？」

「いやその……ハックショーン！……問題はですね、また何か起こりそうな予感が……ズルズル、つまり厄介ごとに巻き込まれそうなので。もしも何かの罠が仕掛けられ、ハックション！　ているとすれば、それはきっと私を陥れるためです、グスグスグス」

「いいかペンギン氏、ちょっとだけその意味不明な寝言を止めてくれ。女の子を見つけさえすればいいんだ。それの何が危険だと言うんだい」

「何が危険かって、何がって……ズルズル、大体あの子は、アックション！ 異常な殺し屋だって聞いてます。グスグスグス、を殺すって」

「君はペンギンだろ、ペンギン氏。ネコじゃないんだ。心配は無用だよ」

「あの子にその区別がズルズル、つくと思われますか？ あの年ですよ、何でも一緒くたになりゃしませんかね」

「ペンギン氏……」

「グスグス？」

「帝の命令だ」

「は、ハックショ――ン！」

それから長々と洟をかんで言った。

「こんなことになるとは思わなんだ……」

中庭では、宴もたけなわというところだった。招待を受けた人々は、一人残らず顔を揃えていた。北の丘の王女でさえ、約束どおりにちゃんと現れた。超豪華仕様の４ドアセダンで官邸に乗り付けた彼女は、車から降りようとして芝生にでんぐり返りそうになったのだが、車のドアを開けた使用人の助けによって事なきを得た。愛想のいい笑顔の招待客の間を縫って、フリフリの飾りがついたかさばるドレスを見せびらかして歩くのだから、いやでも彼女のお出ましに気づかないわけにはいかない。中でもハイライトは、プチ・フールを満載した大きなトレイに彼女が自分のシャンパン入りグラスをひっくり返すという、あまりにも予想どおりのことが起こった瞬間であった。彼女は、こんなセリフを残しながらすぐにその場を離れた。

「ずいぶん慣れたニース風野菜煮込み(ラタトゥイユ)ね……」

数分後には、その姿を見たどの招待客もおずおずと彼女を遠巻きにし始めた。大量の飲み物が行き交って溢れ、ひっきりなしにカメラのフラッシュがパシャパシャと鳴った。表紙を飾るにふさわしいような、最も目を引く彼女のポーズをモノにしようと、彼らは競ってシャッターを切った。委員会のメンバーのまわりにも、取り巻きの報道関係者がくっついていた。服のどこかを引っ張って振り向かせたり、山ほど質問を浴びせたり。誰もが喜びを隠せずにいた。

少し離れた場所では、サーモンのムースを積んだ巨大なトレイ二つに挟まれながら、老委員長と精神分析学者が話し込んでいた。

「今、アスカは帝と会ってるんですね。で、どうでしょう、あの子は……つまり、帝がネコに似ているって話は納得したんでしょうね？」

「えーと、いいえ、実を言えば私は新たな作戦に手をつけておりまして」

「ほう？　新たな！」

最近、この件の詳細には大して関心を寄せていなかった委員長は、トーストの小さいのを危うく気管に詰まらせそうになった。

「うっ、ゲホゲホ、はあ……いやはやどうも……で、新しい作戦とは。差し出がましいようですが、お聞かせ願えますか？」

「それはもう。私はあの子に、帝を殺すなと言ったのです。新聞をお読みになってます？　テレビはいかがですか？　四六時中しつこいほど、このメッセージを繰り返し流してますよ」

「私はね、ほら、クロスワードパズル以外にはあんまり……しかしですよ、彼女に言ったというその話ですが……我々の目的とは逆のことでしょう？」

「そのとおり。いいですか、あの子は我々のいかなる命令にも逆らうのだということに、私は気づいたわけですよ。いかなる命令にもです。あの子にあることを命じたとする。なのに、おやおや、あの子はそれと反対のことをしてみせるんです」

「なかなか興味ぶかい子だ……」

「最低ですよ、全く……しかしね、今回に限ってはそれがうまいこと働くというわけです」

「と言いますと……？」

「しごく単純！　これをやれと言えばことごとくウラをかく。ということは、帝を殺すなと言えば、あの子は必然的にあることをしたくなる……」

「おお、なるほど、わかりましたよ……なんて頭のいい人なんだ、精神分析学者君。私には全く歯が立たないですよ」

「まあ、精神の領域ですからね」

「ははあ、精神の領域……まあ私は難しいことはわかりません、だって委員長なんですからね。でもまあ、要するにあのチビさんが帝の息の根を……もしや今まさに？　どうなんですか……？」

「さあ、それはまだ誰にも……」

ちょうどその瞬間、庭に面したガラス張りの大きな窓がかすかに軋みながらスっと開き、奥から帝が現れた。少し疲れているようではあったが、とにかく、まだ死んではいなかった。彼は両ポケットに手を突っ込んでゆっくりと庭まで降りてくると、招待客たちに会釈をした。それから委員長と精神分析学者の姿に目を留めると、これまたゆっくりと彼らの方に向かってやって来た。まず口火を切ったのは委員長だった。

「おお、帝、我が帝！　お元気そうで何よりです」

そう言いながらも、内心の落胆が滲み出てしまっていた。

「あのおチビさんはどうしました？　ご一緒ではなかったので？」

「ご一緒だったがね」帝が不機嫌に答えた。

「そこらをウロつく駄ネコをおっかける方がお好みのようだ」

精神分析学者はがく然として言った。

「ネコですと？　いったい、誰のネコなんですか？」

「何とも言えませんが」委員長が言った。

「もしや、それは野良ネコではないでしょうか」

精神分析学者は納得しかねる様子だった。

「お言葉を返すようですが、あの子が荒らし始めてからというもの、ネコというネコは底をついたも同然のはずですよ。野良ネコだって例外じゃない」

「いやいや」帝が力強く言った。

「あれは野良なんかじゃなかったよ。上等のペルシャだ」

「ペルシャ？　しかしですね、いったいどうやって……」

「そうそう、ペルシャだよ。ツヤツヤの長毛種で手入れも行き届いてたし、まるで美容院から抜け出したみたいだった。首輪もはめてたよ」

「ううむ、首輪まで……そりゃ野良なんかでは……」

「そうさ、野良なんかじゃないさ」

このちょっとした難問に気を取られるあまり、三人の男性は、両手をてんでバラバラに動かしながら近づいてくる北の王女にも背を向けたままだった。イタズラが発覚したおてんば娘の両肩をガッチリと拘束するときと同じ体勢で、年配の官邸使用人が彼女のそばに付き添っていた。

「帝」と使用人が言った。

「妃殿下をお連れしてございます。邸内のお手洗いの隅っこのところで、ご自分で麻薬を注射されているところを発見いたしました。どうしようもないおばあさんです！」

王女はその傍らで、空に向かって拳を振り回していた。

「光よ、パンパン！　光ったわ、パンパン！」

「ご苦労」帝がため息混じりに言った。

「騒ぐほどでもなかろう。行ってよし」

使用人が大人しく一礼して立ち去ると、王女は目の前の三名に視線を移した。彼らには見覚えがあると、ぼんやり感じ取ったようだった。それからかつて叩き込まれた礼儀作法が記憶の底の方で目を覚ましたのだろう、とびきりの笑顔を見せながらシワだらけの手を帝の口元に差し出した。こうなると彼も、マナーの基本たるところには従うしかなかった。

「妃殿下。ご機嫌うるわしゅう、お目にかかれまして、ペラペラペラ……」

「ハ、正弦曲線の靴底なのよ……」

そう言ってお調子ものの若い娘みたいなポーズを披露した彼女は、ますます間が抜けて見えた。帝にはすでに別の悩みのタネがあったので、一刻も早く彼女を厄介払いしてゲストでもサービス係でもいいからとにかく誰かにこの役を押しつけてしまいたかった。そこで彼は非常に愛想のよさげな声で言った。

「妃殿下、楽しくお話ができて光栄でした。何か足りないものがありましたら取りに行かせますが？」

驚くべきことに、王女はこの質問を理解したようだった。

「ネコ！」

「はあ？」

「ネコ、私のネコ……消えたの…あそこから……いなくなって…」

帝は、節度ある同情のしるしに彼女の頭頂部を撫でた。

「ええ、もちろんですとも、あなたのネコ。さ、どうぞ捜していらっしゃい」

ミャーミャーと猫撫で声を発し、そこらじゅうを飛び回りながら王女が行ってしまうと、帝はやれやれといった感じの微笑みを振りまきながら言った。

「お気の毒なご婦人だ」彼はため息をついた。

「お迎えが来るのもそう先のことではなさそうだねぇ」

それまで押し黙っていた年配の使用人が、咳払いをしてからおずおずと人差し指を上げて言った。

「あの、恐れながら申し上げますが、妃殿下がネコを連れていらしたのは本当でございます。ツヤツヤの長毛を生やした、上等のペルシャネコです。軽く運動をさせようとしてネコを手から放されたあと、いなくなってしまったので……」

帝と精神分析学者と委員長の三人はじっと一点を凝視するうち、ある共通の事実を理解するに至った。使用人に向かって、たどたどしく言葉を発したのは委員長であった。

「つまり……今日の祝典は、アスカに敬意を表するためのものであって……山ほどのネコをなぶり殺しにする、あの変なチビっ子のためのものですし」

「おっしゃるとおりです。しかし妃殿下のこと、朝刊だろうが夕刊だろうがおよそ新聞記事を読むような種類の方とは思えません。そしてさらに困ったことには、北の丘出身の仕事仲間の話ですが、あの方はご自分のネコをひどく溺愛されているとのことです」

「本当に？」

「本当に本当です。ネコはあの方を現実世界につなぎ止める、唯一のかすがいなのだと申しておりました。あの生き物の身に何かあれば、気の毒な妃殿下は一巻の終わりでございましょう」

「ふん」帝は大して関心なげに言った。

「たとえそうなったところで、我々にダメージがあるわけじゃなし」

「ところがですね」委員長が反論した。

「確かにあの方は、アクロバティックな神経回路をお持ちですが、あれでも北の丘の住民からたいそう愛されているのです。このようなことが起きますと非常にまずいです。両国間の外交関係に大変な緊張をもたらします。場合によりましては、戦争勃発（ぼつぱつ）の可能性も」

ボディガードへの忠告の手紙

鋼の筋肉の持ち主こと我が同胞なる君へ。今この瞬間に我らが委員会で起こっていることを、貴殿にお知らせすることが我々のつとめであると考えます。公証人・スポークスマン・会計士・

ボディガード・ペンギン氏および私こと弁護士は、ある数名のメンバーが、特に精神分析学者の挙動がきわめて疑わしいものであることを認識しております。すなわち、密談、異例の出費、度を越した快活さ、黒い交際の気配、などなど。精神分析学者が週に二度も帝と膝をつきあわせる権利を有するという事実そのものに、我々は不安を禁じえないのです。かくなる現況に鑑みますに、激しく憂慮せざるを得ないさる不正行為が、我々の委員会内で行われつつあることはご想像いただけるかと思います。ただし、決定的な証拠を摑むまでは何ら手の打ちようがないことは言うまでもありません。貴殿におかれましても、最大限の警戒意識を持たれますよう、また決して他言はされませぬよう心よりご注進申し上げる次第です。

署名　弁護士

今や中庭は、大混乱の真っ最中であった。大汗をかいている帝や精神分析学者や委員長を尻目に、王女は大事なネコを見つけ出さんと有名人ゲストが被った人毛製カツラの下まで覗きながら、まるで死への恐怖に翻弄される子ヤギのごとく跳ね回っていた。

「こん畜生め」帝が毒づいた。

「よりによって、このヨボヨボいかれポンチのネコだったとは」

「王女のネコだなんて。最悪の事態です」

「万一のことがあって王女が崩御することになれば……」

「一刻も早くあのクソネコを捜し出さねばならん」

精神分析学者がうなだれた様子で首を振った。

「やるだけ無駄だと思います。アスカの鬼畜ぶりは知ってるでしょう。そのネコはきっと、変わり果てた姿になってますよ」

精神分析学者の予想は外れた。アスカは、ゴタゴタした官邸の中にすっかり迷い込み、ネコを何度も見かけてはまた見失った。正門の所にネコを追い込もうと思案しながら、知らぬ間に大きな鏡張りの浴室に迷い込んでしまっていた
「ちょっと、この見世物小屋は何なのよ？　これじゃあ『不思議な国のアスカ』じゃん」

アスカはすぐに出て行ったが、扉の向こうに居間があると思いきや、そこは毛皮やレースがふんだんに使われた風変わりな装飾の寝室だった。ペンギン氏が少女を呼ぶ声が背後から聞こえる。ただし聞こえてくるのは、途切れることのないくしゃみと、洟をするときの壊れた掃除機のような音、あるいは我が身の不運を呪う言葉が大部分ではあった。

このような珍妙な鬼ごっこが官邸内で繰り広げられているのも知らず、帝と委員長と精神分析学者はイライラしながら自分の爪を嚙んでいた。まさに一触即発の事態であった。

「何か案はないか、くそ、何か！　ああ、そうだ。いい手を思いついたぞ」

帝は不意に決然とした態度になって、老使用人に言った。

「おい、そこの！　そう、君だよ！」

「は、何なりと、帝」

「ああ、この狂った官邸で頼みになる力がわずかでも残っているのはありがたいことだ。いいか、今からすぐに街に行ってネコを見つくろって来い。３歳かそこら、ツヤツヤの長毛種のペルシャネコだ」

「ネコをですか？　それはつまり……」

「そう、ネコだ」

使用人はしばらく上体をユラユラさせてから返事をした。

「そうですね、街の方なら少しはネコも残っているでしょうから」

精神分析学者は空の方を仰ぎ見た。

「いったい誰のせいでこんな騒ぎになったのか」

帝は全く動じなかった。

「これは死活問題だ。言ったとおりのネコを見つけてこい。帝の命令だ」

使用人は軽く頭を揺らしていたが、とにかく何とか返事をした。

「承知しました、帝！」

帝の命令とあらば問答無用、口を挟む権利など誰にもありはしない。官邸の人間ならそれぐらいは重々承知している。使用人が出て行くと、委員長が人のよさそうな口調で訊ねた。

「お考えというのは、もしや……」

「あの残念なばあさんにネコを返してやるのさ。たかがでっかい毛玉ごときが原因でまた戦争をおっ始めるなんて、冗談じゃないからな」

「でも、あの方のネコとは別物ですよ……本物の方は、今も官邸のどこかで……」

「どこかで今頃、あのガキンチョに惨殺されかかってるだろうよ。おめでたい楽観主義は私の趣味じゃない。邸内の廊下にケダモノの臓物が飛び散ってたって、もはや何の不思議もない状況だ。王女はネコを捜してる。だったらネコを与えるまでさ。そもそも、あんなに耄碌していながら二匹のネコを見分けられたら、それこそ驚きさ」

彼らの予想に反して王女のネコはピンピンしており、地階の事務室と上階の倉庫の間で走り回っていた。ペンギン氏はネコと少女の行方を完全に見失ってしまい、官邸の薄暗い廊下で途方に暮れていた。

「おおい、チビ？　ズルズルズル？」

一方でアスカは、たった今、王女のネコを取り逃がしたところだった。が、小さな螺旋階段を上っている途中で、照明灯から1メートルほど離れた円柱の軒蛇腹にネコを発見した。彼女はあやすような調子でネコに語りかけ、両腕を前に突き出しながら照明灯をまたいで越そうとした。これは彼女くらいの年齢の子供にとって、かなり危険な体勢である。アスカは、ネコを確保しようと前かがみになった瞬間にバランスを崩し、やっとネコをつかまえたと思ったところで、階段をお尻から転げ落ちた。

アスカが転落している隙に、またもやネコはまんまと逃げのびてしまった。それに加え、最後に着地した場所が悪かったため、アスカはそこにあった配管の上にしたたか体を打ち付けた。

「ひゃああ、イッテえ。お尻ちゃんがイタイイタイよう」

しかしご安心いただきたい。子供たちは我々が考えているほどヤワではないのだ。アスカはすぐに立ち上がると、敢然とネコの追跡を続行した。それとは対照的なのが配管の方で、一連の衝撃をより重く受け止めていた。接続部分はことごとく破壊され、パイプは現代アートの彫刻作品のように奇怪な形に曲がりくねり、要するに全滅といった風情なのだった。

●精神分析学者による草稿

われわれ精神分析学者は、仕事を通じてある種の反応を身につけるようになる。すなわち、患者から聞いたことを真に受けたりしなくなるのだ。人が生まれながらの嘘つきだと言いたいわけではない。ただ、口から発せられた言葉は、その背後に必ず別の言葉をも含んでいるのだし、どんなに確固とした主張も、網の目のように絡まりあう矛盾と根深い疑惑に根ざしているのだ。これは別に私が言い出したことではない。精神分析学の教科書を見れば、潜在意識の項目にちゃんと書いてある。精神が感受している途中で、それを凝り固まった猜疑心(さいぎしん)に、ましてや現実逃避などにすり替えてはならない。かようにあらゆる命題はそれ自体が自己矛盾の要素をはらんでいるもので、何であれ攻撃する意図は微塵もない。やみくもに言葉に拘泥する人は、そういう意味で危険なのである。

たとえば弁護士。あるいはバカなペンギン男。何でも字義通りにしか理解できない間抜けの典型で、ぴっしりと統制された信条の奥にある矛盾を認識できないのだ。彼らの思うままに任せていたら、この街は、愛と真実と幸福とは名ばかりの死刑台と化すであろう。あの二人は完全に病気である。この点では帝までもが私と同意見であった。

「そうさ、愛と真実、例のアレ。そんなのは、とんだお笑い種だよ！　かつて私は暗中模索の果てにそれらを発見した。それをこの都市の理念に掲げようと、くだらない骨折りも山ほど経験した。誰の手も借りることなく」

それから彼は、私が全て書き留めたのを見届けながら言った。

「その本には書かないほうがいいと思うがね。どうせ誰も信じやしないから。そもそも検閲で引っかかるだろう」

「検閲ですって？　それはあなたの手によって廃止されたはず……」

「勇気ある精神分析学者君。だからね、言葉だよ、いつだって言葉が問題だ。廃止したと言いながらも実際は続けてきたんだよ。検閲なんて当然しているに決まっている、ただしその役割は若干変わったがね。かつて検閲官をつとめていたのは、国に雇われた真っ正直な公務員だった。それが今では自営の知識人たちだ。ふた言目には表現の自由だなんだと騒ぎ立てる、あの視野の狭い連中さ。しかし、それがどうした？　あいつらだってしっかり仕事をこなしてる。検閲のない社会を夢見るなんていうのは、世間知らずも甚だしいよ」

　私は敢えて反論した。

「帝、何ごとであれ根本的に変えることは不可能だなんて本気でおっしゃるのなら、あれに関してはどう説明なさるんですか？……あなたご自身の二大原則のことなど」

「言い訳させてもらうがね、私は当時、まだヒヨっ子同然の学生だったんだよ。世にも稀なる大バカ者だったってわけさ」

　ここでまた、帝の青春時代に関する暗示的であやふやな物言いが出た。この時代のことはよほど思い出したくないようだ。

　言葉そのものを盲信することは、かように危険である！　私はここでまたしても、あらゆる主張の内に存在する矛盾に立ち戻る。この論理を我々の都市のスローガンにも適用すればよいのではないだろうか。つまり、愛は憎しみを内包し、真実は虚偽を内包し、幸福は不幸を内包するのだと。

　正当さや善良さが強く求められていることそのものが、世界は正当でも善良でもないという証(あかし)である。世界を変えたいと思う欲求は不公平感から生じる一つの症状で、それは自(おの)

ずと抑圧された激しい攻撃性を伴う。ここから先は私の推測になるが、帝が愛と真実と幸福の問題に直面せざるを得なかった日々は、うつ状態……とまでは言わずとも、ある困難にさらされた時期だったのではないだろうか。今日もなお帝の人間性のある一面は、生まれ持った抑うつ傾向を見せ、時には必要以上に声を荒らげるなどして激昂することがある。その姿は、結果的には自分が敗北するように敢えて仕向けているようにも見えるのだ。何びとにも優先することが公然と定められたその立場とは裏腹にである。上着一つ選ぶのにも、彼が自分の使用人の前でその下僕にまで成り下がってみせるのは、つまりそういうわけだ。こんな単純な役割交換遊びからも、彼の脆弱な精神状態が見てとれるのである。

言葉というものは欠陥だらけだ。綺麗ごとばかりに執着するのは、軽い精神障害の兆候と言ってもいい。文学も大体の場合においては文字通りゴミである。本を開きたくなったときは、よくよく考えてからにした方がよい。たとえ読んだところで、言葉には必ず対になる具体的な内容が存在するなどという絵空事が、ますます信じられなくなるだけである。

医師への忠告の手紙

穢れなき白衣の我が同胞なる君へ。今この瞬間に我らが委員会で起こっていることを、貴殿にお知らせすることが我々のつとめであると考えます。公証人・スポークスマン・会計士・ボディガード・ペンギン氏および私こと弁護士は、ある数名のメンバーが、特に精神分析学者の挙動がきわめて疑わしいものであることを認識しております。すなわち、密談、異例の出費、度を越した快活さ、黒い交際の気配、などなど。精神分析学者が週に二度も帝と膝をつきあわせる権利を有するという事実そのものに、我々は不安を禁じえないのです。かくなる現況に鑑みますに、激しく憂慮せざるを得ないさる不正行為が、我々の委員会内で行われつつあることはご想像いただけるかと思います。ただし、決定的な証拠を摑むまでは何らの手の打ちようがないことは言うまでもありません。貴殿におかれましても、最大限の警戒意識を持たれますよう、また決して他言はされませぬよう心よりご注進申し上げる次第です。

署名　弁護士

太陽はまだ、地平線の方に向かって徐々に傾きながらも晴れた上空に辛うじて留（とど）まっていた。その日差しは、官邸の建物にキラキラと反射しながら、群れ集った招待客の上にも気前よく降り注いだ。中庭の隅の少し引っ込んだあたりでは、二人のしがない使用人が、巨大なバーベキューセットに火をつけて大ぶりに切った肉や野菜を焼き始めていた。

売れっ子女優は、鼻孔のあたりをブンブン飛んでいるハエなど存在しないかのようにふるまった。二人の報道関係者は、パプリカ風味のポテトチップをちょろまかそうとしていた。そして王女は、慎ましくも執念深い決意を胸に、今なおネコを捜し続けていた。お目当てのネコが出てくることに何の疑いも抱かず、木々の枝の下を覗き、パラソルの上によじ登り、藪の葉っぱの一枚一枚までも細心の注意をもって調べ上げた。帝は折に触れて、ことさらに社交的な態度を見せつけた。

「妃殿下、我が妃殿下。そのシダの葉陰でおたくのネコちゃんを見かけましたよ。ほら、そこ」

王女は目を血走らせ、苦しそうにツバを飲み込みながらつぶやいた。

「まあ、代数的ネコにゃん……」

「ええ、そうそう、代数的ね……年は取りたくないものだ、全く。頭に特濃シロップでも詰まってそうだな」

委員長も精神分析学者も持ち回りでこの役目をつとめた。

「妃殿下、ネコちゃんがそっちに」

「妃殿下、ネコちゃんがあっちに」

とにかく代わりのネコがやって来るまでは、どんな手を使ってでも老婦人の注意をそらさねばならない。委員長が最初に思いついたのは、ちょっと意地悪をして彼女をからかおうということだった。ところが、彼自身がこの遊びにすっかりはまり、最終的には王女に大立ち回りを演じさせていた。

「ここです、妃殿下……あれ、こっち……違う違う、ここにいるよ！　ホレ、ここだ！　ハハハハハ……」

有頂天になって見守る委員長の前で、王女は言われるがままに大跳躍を繰り返した。もっとも、このショーを楽しんだのは委員長だけではなかった。プチ・フールに群がっていた数人の招待客が、こんなサプライズな見世物を見逃す手はないとばかりに移動してきたのだ。

帝がひと息ついてデザートの山に手を伸ばしかけたとき、その立派な鼻の穴は何やら異臭を嗅ぎ付けた。彼は、保安方面の専門家であるボディガードのところに行って質問した。

「おい。クンクンクン、何か臭わないか？」

「それでしたら中庭の奥のバーベキューではないかと。さすがの嗅覚に恐れ入ります、我が帝！」

「違うんだ、何だかガスみたいな臭いがするんだよ」

「はい帝。しかしバーベキューは本物の炭火でやっております。何も手落ちはございません。大丈夫です、ガスは使っておりませんので」

気を取り直した帝はその場を離れるとムース・オ・ショコラを二つ食べた。招待客の大群、正気じゃない老女、容赦なく照りつける太陽。こんなに厄介ごとを抱えているのだから、少しぐらい感覚がおかしくなったって不思議ではない。医者の話では、彼の抱えている病気は進行すると感覚機能障害を起こすこともあるという。それが頭のどこかに引っかかっていたせいで、帝は最後まで自らの言い分を通すこともなく、ただ肩をすくめて済ませたのだった。

「まあね、ボディガードが大丈夫だって言ってるんだから……」

娼婦への忠告の手紙

霞(かすみ)たなびく胸元こと我が同胞なる君へ。今この瞬間に我らが委員会で起こっていることを、貴殿にお知らせすることが我々のつとめであると考えます。公証人・スポークスマン・会計士・ボディガード・医師・ペンギン氏および私こと弁護士は、ある数名のメンバーが、特に精神分析学者の挙動がきわめて疑わしいものであることを認識しております。すなわち、密談、異例の出費、度を越した快活さ、黒い交際の気配、などなど。精神分析学者が週に二度も帝と膝をつきあわせる権利を有するという事実そのものに、我々は不安を禁じえないのです。かくなる現況に鑑みますに、激しく憂慮せざるを得ないさる不正行為が、我々の委員会内で行われつつあることはご想像いただけるかと思います。ただし、決定的な証拠を摑むまでは何らの手の打ちようがないことは言うまでもありません。貴殿におかれましても、最大限の警戒意識を持たれますよう、また決して他言はされませぬよう心よりご注進申し上げる次第です。

署名　弁護士

ダテや酔狂で帝を名乗れるものではない。彼はやはり間違っていなかったのだ。アスカが壊したのは、まさにガス管だったのだ。損傷した全ての箇所から、正四面体のメタンガス――化学記号CH_4――が大量に飛び出すと、通りがかりに重たい空気を蹴散らすような勢いで、官邸の通路の隅々へと拡散していった。ガスは窓や門扉などに行く手を阻まれて屋内を循環していたので、着飾った人々がひしめく庭の方へは漏れていかなかった。果たして30分も経つ頃にはガスが官邸内に充満していた。都市ガス特有の悪臭があたりに漂っていた。鼻が利く人ならば、その不自然な臭いはすぐにそれとわかる種類のものである。ただ間の悪いことに、そのときの邸内はほとんど無人に等しかった。慌てたネコは、非常口を見つけて丘を駆け下りた。脱走中のネコをさんざん驚かせてきたアスカもまた、獲物を追って官邸を飛び出した。たった一人あとに残されたのは哀れなペンギン氏であったが、その鼻腔は鼻水に占領されていたので、異常な臭いを嗅ぎ取るなんて無理な話だった。

さらにペンギン氏は別の問題も抱えていた。先刻、早く症状を抑えたいばかりにラベルもよく確めないで薬を飲んでいた。ところが、彼が飲み干したのは風邪薬ではなかった。それは超強力な緩下剤だったのだ。果たして彼は今、尋常ならざる下痢の症状に見舞われていた。下っ腹の中のものをその場にぶちまけたくないばっかりに、もはや彼は洟をかむ勇気さえなかった。

「急げ、トイレ、トイレはどこだよ！　くそう、あの鬼っ子の奴！」

彼はどうにか手遅れにならないうちに、最初に目に付いたトイレに飛び込んだ。ところがスイッチを入れても電気が点かず、暗闇の中で用を足すしかないことがわかった。このトイレが、つい先ほど王女がアンプル入りの麻薬を注射して強力にブッ飛んだ現場だということを、そのときの彼は知る由もなかった。

「電球が切れてる」ペンギン氏は歯ぎしりしながら言った。

「私が必要とするときに限ってこうなんだ。倉庫番の連中ときたら、全く大した働きぶりだよ。給料をいくら貰ってると思ってるんだ？　だいたいが楷書も使えない唐変木のくせに」

それ以上の時間の猶予はなかった。彼は便器のフタを開けるとズボンを下ろして用を足した。それから左右いっぺんに洟をかんでみたが、鼻の詰まりはまだスッキリしなかった。もしも彼らが自分で言うほど良心的ならば、医薬品の研究者は鼻用の緩下剤だって開発するべきだと、ペンギン氏は一人ごちた。

「グスグスグス、冗談じゃないよ。鼻の穴は役立たず、尻の穴は緊急事態、おまけに真っ暗闇ときた。人生ってやつは全く！」

そうやってブツクサ言いながら、ペンギン氏はトイレットペーパーにありつこうと暗闇に手を泳がせた。が、その願いもむなしく、その手はただ真っ暗な虚空をまさぐるだけだった。

「じゃあ何で拭けと言うんだ？　まさか自分の手で？」

それだけは避けるべく必死になってポケットの中を探ったら、いつぞやの誕生日に母から贈られた、大きな金メッキのジッポーが出てきた。彼がもらいそびれずに手に入れられたプレゼントは、後にも先にもこのライターだけである。

「あああああ」彼はため息をついて言った。

「よかったよう……それ、着火せよ！」

中庭では、王女がまだネコ捜しを諦めていなかった。委員長は、例のお楽しみも最初の数分で飽きてしまい、ただ彼女を野放しにしている状態だった。派遣されていた使用人が、プラスチック製のカゴを左手に中庭の石階段に姿を現したのはそのときだった。帝の勅令はつつがなく遂行されたことが、そのニヤケた顔からは察せられた。

ところが使用人の笑顔も長くはもたなかった。時を同じくして、ドカーン！　という大きな音が鳴り響いたからだ。ケタ外れの大爆発が起こり、官邸はあっと言う間に粉々になった。その音は戦争中によく耳にしたものと酷似していたが、映像は、今日びの映画技術の方がはるかにマシだと言いたくなるような代物だった。

爆発の衝撃に驚いてカゴから飛び出したネコは、歩兵部隊（レギオン）のカタパルト弾の火の玉よろしく空中に打ち上げられた。ニャーニャーとやかましい鳴き声を上げ、美しい放物線を描いて空を舞い、火だるまになりながら小さな池の中に落っこちた。その池では、大人しく泳いでいた鯉（こい）たちが飛び込んできた新しい獲物のまわりに集まってきて体のあちこちをついばんだ。ペルシャネコのグリル焼きなんてご馳走は、そう頻繁にありつけるものではない。しかし、さらについていなかったのは使用人だった。爆発直後の彼の姿は、色とりどりの紙吹雪と見分けがつかなかった。

客人たちのところまで火の手は及ばなかったものの、あの爆発はコンクリートや金属やガラスや木といったもの全てに多くの爪痕を残していた。手入れの行き届いていた中庭も、今となっては汚らしいゴミ捨て場同然だった。飛んできた破片から身を守ることができた招待客はほとんどいなかった。彼らは呆然とこの惨状を見つめながら、血だらけの自分の顔をどうにかこうにか撫でるのが精一杯だった。

地平線すら霞んで見えるほど、とんでもなく分厚い黒煙が立ち込めた。誰もが何をすればいいのかわからない状態でおよそ10分が過ぎた頃、最初の救急移動隊が到着を告げた。救急隊とは言ってもバンパーの凹んだポンコツ救急車たった1台で、乗っていたのは例の自動車事故の際にペンギン氏を助けたあの二人であった。彼らは注意深く車を停めると、のろのろと車から降りてきた。そのうちの一人など、バックミラーを見ながらご丁寧に髪型を直す余裕まで見せた。

「かわいい娘がいるといいなあ。そしたら、口移し式蘇生法の実習のお相手をたのもうぜ」

彼らはまず自分の身なりをよくよく点検してから、バスケットシューズを履いた足をズルズル引きずって事故現場に近づいていった。

「ピンポーン。救助の者でーす」

ちょうど負傷した招待客に氷のうを当てがっていた帝は、彼らを出迎えるなり怒りを露わにした。

「おいおい、何をぐずぐずしてたんだ？　それも救急車たった1台きりだと？　これほどの大事故に？」

特に動じることもなく、隊員らは言った。

「いやあ、今日は一日忙しくってねえ。このすぐ近所でも緊急呼び出しがあったもんでみんな出払ってんです。おたくの官邸からちょっと下ったあたりで、心臓病が流行ってるんすよ」

「心臓病が流行……？　おい、冗談もたいがいにしろよ」

「いやいや、本当ですって。『反復と垂直の離宮』って言う老人ホームでね」

「それなら知ってる……ここの隣じゃないか」

「そこの年寄りたちが、居間でテレビを観るとか編み物するとか、まあとにかく何かしてたんでしょ。したら突然、ネコが一匹、それに続いて10歳そこらの女の子まで飛び込んできた。その子がネコを捕まえて何をしたかって、ああダメだ、これ以上は言いたくないっすわ。ペースメーカーだって使いものになんないし。これがほんとの大虐殺ってやつね。まあ、もう20分も前からベンズアミドと電気ショックを鬼のようにカマしてますけどね」

そう言うと隊員は、こちらの惨事を一瞥(いちべつ)して言った。

「しかしお宅も相当なもんですねえ。やっぱりあの子のせいで?」

「そんな気がしている」

隊員の背後では、弁護士が精神分析学者に対して皮肉を言った。

「ふうむ、やっぱりあの子を官邸に連れて来るというのは名案でしたな。大成功ですよ。さすがだね、老いぼれマンモス君」

秘書への忠告の手紙

味わい深い珈琲(カフェ)のような我が同胞なる君へ。今この瞬間に我らが委員会で起こっていることを、貴殿にお知らせすることが我々のつとめであると考えます。公証人・スポークスマン・会計士・ボディガード・医師・娼婦・ペンギン氏および私こと弁護士は、ある数名のメンバーが、特に精神分析学者の挙動がきわめて疑わしいものであることを認識しております。すなわち、密談、異例の出費、度を越した快活さ、黒い交際の気配、などなど。精神分析学者が週に二度も帝と膝をつきあわせる権利を有するという事実そのものに、我々は不安を禁じえないのです。かくなる現況に鑑みますに、激しく憂慮せざるを得ないさる不正行為が、我々の委員会内で行われつつあることはご想像いただけるかと思います。ただし、決定的な証拠を摑むまでは何らの手の打ちようがないことは言うまでもありません。貴殿におかれましても、最大限の警戒意識を持たれますよう、また決して他言はされませぬよう心よりご注進申し上げる次第です。

署名　弁護士

のろまな隊員がようやく負傷者の処置を始めた頃、弁護士は、ペンギン氏の姿が見当たらないことに気づいた。

「ペンギン氏！　誰かペンギン氏を知らないか？」

「ペンギン氏！　ペンギン氏！」

「ああ、そうだった」帝が思い出したように言った。

「あいつは建物の中だよ。あのチビっ子を捜しに行ったんだ」

彼らは大急ぎで、まだ煙が上がっている廃墟の中へ駆け込んだ。長い時間をかけてようやく捜し当てたとき、ペンギン氏は全身真っ黒こげだった。肌はこんがりと焼き上がり、首回りにトイレの便座を被っていた。弁護士は哀れみで胸がいっぱいになり、大粒の涙を禁じえなかった。

「ああ、なんと気の毒なペンギン氏！」

隊員の二人は何か釈然としない様子で言った。

「これがペンギンだって言うんですか？」

「そうとも、白と黒の組み合わせと言えばペンギンに決まってる」

「いやあ、このひとはどう見ても黒と黒っしょ。これでもかってぐらい焼いてみました、って感じの黒ですよ」

帝が両者に向かって命令した。

「つまらん言い争いはやめて、私の質問に答えてくれ。ペンギン氏の容態は、その……どうなんだ……？」

隊員の一人が、ペンギン氏の脈を確かめた。

「へえ、すごいや。まだ生きてますよ」

「嘘つけ」もう一人の隊員が叫んだ。

「こんな状態で？」

「ああ。まんべんなく焼けてんのになあ…」

「焼けたなんてもんじゃないぜ、炙り焼きだぜ」

「本日のおすすめ、ペンギンのレアステーキです！　みたいな」

ふと気がつくと、帝が恐ろしい目で睨んでいた。

「いっすよ」隊員の片方が言った。

「ご心配なく。ペンギン氏の処置はやっときますんで」

それから隊員は、相変わらず手間取りながら持続注入器を取り出し、ペンギン氏の腕を触り始めた。するると突然、多量の血がほとばしり出た。

「あれ、クソ!」

「今度は何をやらかしたんだよ?」

「静脈じゃない方を切っちまった」

「何だよう。このペンギン、血管に欠陥があんじゃね?」

「なあ。よりによって動脈ブッスリやられてやんの! ついてなくね? ハハハ!」

「ハハハ! 欠陥ペンギンじゃね?」

二人は、爆笑し始めると止まらなくなってしまった。ペンギン氏の出血は放置されたままだ。帝は、救急移動隊員流のジョークにうんざりし、彼らを殴り倒してしまわないうちにこの場から離れた方がよさそうだと賢明なる判断を下した。

「できる限りのことはしてやってくれ。助からないなんてことがあったら、君たちも只じゃ済まないぞ」彼は、そう言い残してから立ち去った。

救急隊員は二人ともハイハイとうなずいてみせたが、うわべだけの返事なのが見え見えだった。

「お偉方ってのは、人を見下してもかまわないと思っていい気になってんだ。死んだものを生き返らせろとか、本気で言い出すんだからよ」

それから、ペンギン氏の上にかがみ込んだ。

「まあしかし、こりゃあ助けようと思えばやれなくもないな」

招待客の面々はようよう立ち上がったと思う間もなく、新たな爆発の衝撃に再びへたり込んだ。呼吸するだけでもひと苦労で、肺が停止したかと肋骨（ろっこつ）のあたりを探っている者もいた。重症を免れた人たちに両側から支えられボロボロのドレスを涙で濡らしながら、おぼつかない足取りで歩く女性たちの姿も見られた。

帝は、不運な使用人が連れて来たネコを、池の中から苦労して引き上げた。率直に言ってしまえば、哀れなこの生き物はもはやペルシャネコには見えなかった。と言うよりも、もともとがネコなのかどうかすらわからなくなっていた。爆発で焼かれた体毛はくまなく根元まで焦げていて、グリル状に焼けた肉の何割かは池の鯉たちががっついたあとだった。それでもなお、ネコは生きていた。不安定な振動子のようにガタガタ震え、自分ではニャーニャー鳴いているつもりなのだろう、くぐもってかすれた音をグルグルと鳴らしていた。帝は、意識を回復させようとネコの背中に強烈なパンチを見舞ってから、丁寧にラヴェンダー色のタオルでくるんだものを王女に向けて差し出した。

「妃殿下、お捜しのネコです……どうぞ」

かわいそうな王女。今なお官邸を燃やし続ける恐ろしい炎にすっかり魅入られてしまった彼女は、帝の言葉もどこ吹く風であった。その小さな手で拍手をしながら、キラキラと輝く瞳で目の前の惨禍を見つめていた。

「アハハ！　ドカーンドカーン……」

「あの、もしもし、いつまでお待ちすれば？　あんまりグズグズしてられないんで……おおぜいの負傷者の手当があって……外傷あり、心の傷あり。切断されたり、焼け焦げたりした人も」

「バーン！　ドカンと一発！」

「はあ、そりゃあドカン！　と来ましたね。もしもし、ではネコをお受け取り下さいね。もうこの話は終わりましょうね」


　帝は、相変わらずトンチンカンな反応ばかりする王女の両腕に、さっさとネコを押し付けた。

「あなたのネコですよ、いいですね？　かわいいネコちゃん、はい、ニャンニャンと」

　背後から、気難しく小うるさい報道関係者が無遠慮に口を出してきた。

「これが妃殿下のペルシャネコですか？　コウモリの餌食になった赤ちゃんイグアナみたいに見えますね」

　何にせよ、これくらいの些細なことは王女にとって大した問題ではないと思われていた。ところがあに図らんや、爆発による衝撃があまりに強かったせいか、彼女の内に眠っていたおぼろげな記憶がよみがえろうとしていた。老女は、視線は燃えさかる炎に釘付けのまま、突然歌うようにこう言ったのだった。

「バーン！　戦争バーン！」

「ちがいますよ、妃殿下」一語一語区切りをつけながら、精神分析学者が言った。

「戦争じゃありません、事故が起きただけ。ただのガス漏れですよ」

「戦争だわ」王女はそう言い続けた。

「北でバーン！　はい、南でもバーン！　それ、東にバーン！　西にもバーン！　どこもかしこもバーン、フフフ……」

帝は空を仰ぎ見て言った。

「ばあさんの好きなように言わせとこう。どのみち誰も相手にしないんだから」

「そういうわけには――」と委員長が反論した。

「いかないと思います、帝。妃殿下のお立場は、とりわけその発言は、大いに相手にされるんです。万が一あの方が戦車を出せと命じたならば、当然その言葉どおり戦車が出動するんです」

「まさか！　この老いぼれは、未だに実権を握らされているのか？」

「ええ、その……帝の統治が順風満帆でしたもので、彼女のひと言が影響力を持つような異常事態は想定できなかったのです。北の丘の住民にとって妃殿下はたいそう特別な存在ですので」

彼らの背後では、王女が腰をフリフリしながら「バーン！」「戦争！」とわめき続けていた。帝は、辛うじて被害を免れたガーデンチェアに荒々しく座り込むとガックリうなだれて言った。

「おいおい、また戦争が始まるなんて言いっこなしだぞ」

数名の招待客はこの話を聞きつけ、不安に満ちた表情で見つめ合った。一方で、まだ体力が残っている報道関係者たちは、小耳にはさんだばかりのこの特ダネを小型ノートに書き付けた。帝は、額に手を当てていたが、耳からは少量の血が流れ始めた。なんという日だろう……彼はショック状態から抜け出せないまま、目の前の悪夢のような情景をもう一度じっと見つめた。それから、精神分析学者に向かって言った。

「ちくしょう……あのチビは何者だ？　今まで天災ならいくつも見てきたが、ここまでひどいのは初めてだ」

計算合理性

079

ミカドがね、あたしがほしいものは何でもくれるって。

「何でもって、ほんとにほんとに何でも？」

「そうだよ、本当に何でもさ」

「まさか、アリさんでもいいの？　熱帯に棲(す)んでる、でっかい赤いやつがいっぱいほしいって言ったら？」

「うーん……そんなもの手に入れてどうする気だ？」

ミカドにとってはお安いご用だった。ガラスでできたケージいっぱいのアリの巣を、ほんとにくれたもんね。あたしはおことばに甘えて、「ナポレオン・ボナパルト★」をケースの中にぶちこんだ。

ママがゴキブリを怖がると、パパがいつも言うのね。小さな虫ケラなんか、ちっともこわがることはないよって。でもこれを見たらそうは言えなくなると思うよ、パパ。「ナポレオン」には気のどくなことしちゃったけどね。18時間もかけて、はじっこからジワジワ食べられちゃってね。

★フランスの軍人・政治家。革命後のフランスで軍事独裁政権の頂点に立ち、皇帝として即位した

080

「天ねん痘！　天ねん痘！」

たいしたものをねだってるわけじゃないのに、何でこんなに叫ばなきゃいけないんだろ！

「いいかい」ミカドが言った。

「ウィルスの標本があと二つしかないんだからね……」

「知らニャイもん！　一つでもあるんだったら、もらってくればいいじゃん。注しゃ器入りの天ねん痘がほしいよう」

　てなわけであたしはそれを手に入れると、「ホルヘ・ルイス・ボルヘス」★に、その悪役ウィルスを注しゃした。したらね、ふるえ、発ねつ、おうと、などのしょう状が出て、二日後に死んだ。でね、ミカドも、実けんのときにいっしょにいた人たちも、同じようなしょう状になっちゃったのね。でも、きゅうきゅう医りょうのせんもん家っていう人たちが助けにきたから、ぎりぎりセーフで助かったんだ。一歩まちがえば世界じゅうに伝せんしちゃうところだったんだって。それにしてもふしぎだなあ……あたしだけ、どこも悪くならなかったんですけど。

★アルゼンチンの小説家・詩人・評論家

081

　ドクターは、あたしのしつ問にやさしく答えてくれた。神経ガスの分子っていうのが神経けいとうの細ぼうにくっつくと、運動神経にしょうがいとか、マヒとか、組しきの機のう不全っていうのを起こすんだって。で、最後は死んでしまうんだってね。

「すごいね！　めっちゃ面白そうじゃん」

あたしが「ZGH－223X（これ、ごく秘の基地にかくしてあったんだって）」入りの大ビンで遊ぶって言ったら、はじめのうちはミカドもいい顔をしなかったの。この前の天ねん痘さわぎのとき、あたしのせいで世界中が死人だらけになるところだった、ていうのがその理由らしい。

でも、あたしたちはがんばって歩みよったの。ミカドがそう置を組みたてる。で、あたしがガスの栓をひねる、っていうことにしたわけ。これがうまくいったのよ。「アルベルト・アインシュタイン★」はあっという間に死んじゃった。見るもむざんな苦しみようでね、口の中いっぱいにたまった血とかヘドが、窓ガラスにべっとりこびりついたほど。ヒゲなんか溶けかかってたしね。

「本来ならば」ドクターが教えてくれた。

「ガスをビンに詰めるときには、液化するんだよ……硝酸で固定してね」

ね、よくわかる説明でしょ？

★ドイツの理論物理学者。ノーベル物理学賞受賞。著作は『相対性理論』他多数

082

聞いて！　天ねん痘のゆかいな実けんで使った注しゃ器が、捨てずに取ってあったのよ。あたしは、針だけ新しいのに取りかえて、「ガリレオ・ガリレイ★」のじょう脈に空気注しゃをしてやった——ほら、犯ざいものの映画でよくあるでしょ。「ガリレイ」はいきなり走り出したと思ったら、30びょう後にびょーんとジャンプして、それからドサっとたおれると、あっ

という間に死んじゃった。

まさか、これで終わり？　なんか、ただのシャックリみたいじゃん。でも、ほんとにこれだけだったのよねえ。ぜんぜんワクワクしなかった。って言うか、しょうじき、めちゃめちゃガッカリした。でね、気をとりなおさなくっちゃ！　と思って、髪の毛を引っぱりに仲よしの子のおうちまで行ったわけ。

★イタリアの天文学者・物理学者・哲学者。地動説を主張して異端審問にかけられたことはよく知られている

083

あたしのあこがれ……じつはいま、手品のれん習中なの。ミカドにも、すじがいいねってほめられたんだよ。ほんの何日か「しゅぎょう」しただけで、もう初ぶたいに立てるぐらい、うまくなったんだから。あたしは、赤と黒のおしゃれな衣しょうを着て、タネもしかけもある長いつえ（くわしいことは教えちゃダメなの。手品師のきぎょう秘密だよ）を持って登場した。いちばん前の列に、ネコをつれたお年よりの女の人がすわってたのね。あたしはその人にニコーっと笑いかけて、さいしょのマジックのためにネコちゃんをおかりしてもいいですか、ってお願いした。それから、お客さん全員に向かってこう言ったの。

「ご来場のみなさまがた。ここにおりますネコは、その名を『★アレクサンドリアのアタナシオス』ともうします。さあ、今からこの子を消してごらんに入れましょう」

「あら、ちがうのよ。その子の名前はね……」

「ちょっと、今はあたしが話す番じゃないかしら？　はいはい、おしずかに……アブラカダブラー！」

魔ほうのつえをサッとひと振りすると、ホーラ消えた！　はく手の音が会場じゅうになりひびく中、あたしはおじぎをした。ショーの終わりに、貸したネコを返してって女の人に言われたけど、ことわらせてもらったわ。消したネコを取り出すワザまでは習ってません、なにごとにも順番というものがありますよねって（まじめな話、10歳未まんの子どもにあんまりむずかしいことをよう求するべきじゃないと思う）。

★4世紀のキリスト教神学者・聖職者・ギリシア教父。エジプトのアレキサンドリア主教を務めた

084

ミカドとドクターが、動物園につれて行ってくれた。子どもの大好きな場所だからってさ。トラのオリの前を通りかかったとき、ドクターが冗だんを言い出した。いくらこいつがネコだと言っても、こんな大きくっちゃ殺すのはむずかしいだろうって。

「ネコ？」あたしは言った。

「まさか。これはトラだよ」

「ネコもトラも、もとは同じネコ科だよ。どっちもご先祖様は同じってことさ」

「ウソばっかり！　そんなこと言っちゃう人が、ドクターのお免状をもらえちゃうんだね……」

あたしは、ドクターの言ってることが完ぜんなデタラメだってしょう明するため、トラのオリに「西田幾多郎★」をほうりこんだ。トラはたちまちネコにおそいかかると、さすがの手ぎわのよさでペロッと一口でたいらげちゃった。

「今の見てたよね！　まさか今度は、身うち同士が食べ合いっこするとか言うつもりじゃないでしょうね？」

★日本の哲学者。西洋哲学と東洋思想の融合を目指し『善の研究』他の著作を残した

085

ミカドがすっごくやさしくしてくれた。10ミリグラム分の純ウランを、小さな鉛の缶につめてプレゼントしてくれたの。原子ぶつり学のせん門家とかいう人が五人も来て、原子ろ燃りょうペレットのあつかい方についていろいろ説明してた。とくに、どんなことに用心をしなければいけないか、とかね。でも——これはハッキリ言っておくけど——、「アルフレート・ヴェーゲナー★」にウランをせっしゅさせる役、あたしがやったんだからね。大人みたいでしょ。あのおバカさんったらね、じゅう度の白血病にかかっちゃって、4週間と二日と16時間とちょっとたったところで死んだんだ。

「ほら見てよ」あたしはミカドに「アルフレート」の死体を突き出しながら言ったの。

「こんな風にあなたも、じぶんの白血きゅうにやっつけられて死ぬんだよ。ちょうウケない？」

でもね、ミカドはちっともウケてないって感じだったよ。

★ドイツの気象学者。大陸移動説の根拠を求めて探査中のグリーンランドで客死した

086

あたしはミカドが呼んでくれた技師の人たちに、自分がほしいものを説明した。それはね、回転しきの電気ノコギリが2コくっついた、スピード調せつのできるベルトコンベアーのセット。しかも中に閉じこめたネコをちゃんと見られるように、ガラスのいれものにすっぽり入ってないとだめなんだ（中が見られないのにこんなもの作ったって、なんの意味もないよね）。

★「フランシスコ・デ・ゴヤ」は、そのセットの中に入れてもニャーとも鳴かなかった。電気ノコギリが回転しはじめたら、おびえたようなしぐさをしたけどね。で、ベルトコンベアーを動かした。初めはゆっくり、だんだんスピードを上げていくと、あの子は思いっきりさわぎ出した。

「ゴヤ」のスピードが時そく60キロを軽くこえたあたりで、ノコギリの刃があの子をぶつ切りにしちゃったの。ネコとしては大した記ろくだよ。それ、まだ誰にもこう新されてないもの。

★スペインの画家。代表作「巨人」「我が子を喰らうサトゥルヌス」など

黒いモモ当て（キュイッサール）と長い手ぶくろのセットを身につけて学校につくと、ちょっとしたさわぎになった。白地にお花もようがついたコットン100%のドレスに、バッチリ似合ってたんだよね。

087

「すてきでしょ、どう？　ミカドが買ってくれたのよ。ちゃんとあたしのサイズに合わせて作ってもらったんだから」

男子たちは、それ、すごいピカピカ光ってるねって言った。女子はもっとげんじつ的だからさ、そんなにかかとが高くて、うまく歩けるの？　って聞いてきた。

「『クヌート・ハムスン』★で練習したからね。ぶっとおしで2時間ぐらいはあの子をふんだかなあ。これがいちばんいい上達ほうほうだと思うよ」

お下げ髪の例の仲よしの子が、あたしのブーツをうらやましそうに見つめてた。だから、あたしはその子に、これをかぶってブーツをペロペロしてごらん、ってふく面をわたしてあげたんだ。れいのホームページでやってたみたいにね。あの子はそれがすっかり気に入ったみたいだった。担任の女先生はね、なんかゲッソリした感じの顔で白い小さなお薬を二つか三つ飲んでただけ。

★ノルウェーの作家。『土の恵み』でノーベル文学賞受賞

088

ねえねえ、あたし、軍部の役に立ったんだよ。くん章をいっぱいぶら下げて、まぬけな軍用帽をかぶった大きなおじさんが、ミカドに手紙を書いたんだって。新がたの地対地ミサイル用のひょう的として使えるような、動きがよくって小さなサイズのロボットのかい発を検とうしてくださいって。

「バカみたい！（あたしが言ったのよ）。ロボットがなければ、ネコを使えばいいじゃない？」

ミカドも、あたしの意見は正しいって言い切った。それで軍部の人も、バカらしくってお値段も高いロボットはあきらめたわけ。「ジークムント・フロイト」★は、砂丘もない砂ばくのど真ん中につれていかれた。高せい能の人工えい星があるから、それで全部の操作ができちゃうのね。コントロール用のモニター画面で照じゅんをさだめてから、ミサイルをドカーン！　と発しゃした。直けい50キロはあるような火の玉が上がったんだよ。あたしなんてぶったまげちゃって、あいた口がふさがらなかったもんね。

「あなたたちのミサイルって、ちょう強力じゃん！」

「核弾頭ミサイルと言うんだよ」軍用帽のおじさんがきっぱりそう言った。

★オーストリアの精神分析学者・精神科医。自由連想法・神経症の研究・無意識の研究など、数多くの研究や臨床報告を発表し、現代精神医学の基礎を確立した

089

スピーカー用の板（バッフル）をびっしり敷きつめた箱に「レンブラント・ファン・レイン」★を入れて、音楽のろく音スタジオにおじゃまさせてもらったの。ミキサールームに入っていくと、逆立ったヒゲの生えたおじさんをしょうかいされた。その人、音きょう技師って言うんだって。

「わーお、かわいい子が来たねえ！」おじさんはベラベラしゃべりだした。

「ごきげんな音楽でも聴こうか？　どれ、好きなのを選んでごらん」

それはどうもご親切さま――あたしは、デス系パンクのCDをえらんだ。技師のおじさんは少し意外そうな顔になった。でも、あたしはぴょんぴょんジャンプしたり、がんがんにヘッドバンギングしたりしたんだよ。さあ、1番の歌がはじまった。

「死ね（キル）！　死ね（キル）！　やれ（ファック）！　やれ（ファック）‼」

歌詞のいみはあんまりよくわからなかったけど、あたしはちょうノリノリだった。ことばをくり返すところ（『キルキル、ファックファック』）まで来たとき、あたしは音りょう調せつ用のつまみを540デシベルのとこまでいっ気にグーっとおし上げた。「レンブラント」がスタジオをひとっとびに飛んだせいで、電球がぜんぶダメになっちゃったみたい。技師のおじさんが、かべから「レンブラント」の体を引きはなしながら説明してくれた。音のボリュームがすごすぎて、ネコの脳みそが溶けちゃったんだろうねって。

音楽ってやっぱ、そうじゃなくっちゃね！

★オランダの画家。「夜警」「ダナエ」他多数の名画を制作。「光と影の魔術師」の異名を取った

090

今日、ドクターは来なかった。そのかわり、ヒゲも生えてないしニコリともしないおじさんがいた。あたしよりはうんとおっきいけど、それにしてもチビなの。で、おじさんはあたしに言った。

「精神分析学者は来ない。もう終わり、お別れだ。これからは私が君の担当になる。私は弁護士だが、『ミカド』と呼ぶように」

「あら、いやよ。あなた似てないじゃん、ネコに似てないミカドに」

「いいから言うとおりにしなさい。なぜなら私は法そのものだから。人は法律に従うものなんだ。手始めに、今後いっさいのネコ殺しを禁止する」

何のこっちゃ。あたしは家に帰ってから、野きゅう用のバットで「セ[★]バスティアン・ル・プレストル・ド・ヴォーバン」をぶち殺したけどね。ヒゲなしおじさんの言ってた法りつも、あたしを止めに来たりしなかったよ。法りつだってさ……ヘンなもの作っちゃって……おとなが考えることなんか、たいていうまく行かないのにね。

★フランスの軍人・建築家・都市計画家。国王ルイ14世に仕えた。要塞攻城の名手であった

「私が皆さんに予告したとおりでしたね。こうなることは、わかりきっていたのです」

弁護士は、普段とは打って変わって気味が悪いほどの穏やかな表情を浮かべ、委員会のメンバーを代わる代わる見比べながらこう言った。官邸での爆発騒ぎのあとで委員長は、この状況について対策を講じるための緊急議会を招集した。とは言え、大した成果が期待できるものではなかった。帝の新居は確保せねばならないし、北の王女はあいかわらずどんよりとした狂気の世界にいながら、都市のあらゆる場所に大規模な爆撃態勢を配備せよと命じていた。誰もが戦争の再開だけは回避したかった。というわけで、老婦人は朝が来ると巨大なテレビ画面の前に座らされ、特撮技術がてんこ盛りのハリウッド映画を延々と見せられた。彼女は、スタントマンたちが華麗な技を見せつける豪勢な爆発シーンに夢中になった。

「いけ、アハハー！　ドカーン、ズバーン！」

本物のミサイルの方は、筋骨たくましい若者のように、不気味なサイロの中でゆっくりと回転しながら出番を待っていた。北の丘の人々にしてみれば、現状の王女の扱われ方は悪趣味そのものだった。自分たちの王女が長いこと風刺漫画のネタにされ笑いものになっているなんて、決していい気持ちがするものではなかった。

戦争を望む声を上げる者こそいなかったけれど、時代の流れの中で次第に人々の敵意がむき出しになり始めていた。

帝は住むべき場所を失ったため、ひとまずは西にあるグランド・ホテルのロイヤル・スイートルームに落ち着いた。前よりも立派な新官邸の建設計画が委員会のメンバーの間で暫定的に持ち上がったが、それも帝の意見であっと言う間に却下された。遠からず帝の死が現実となる以上、無用の出費は控えた方がよいとの判断である。ホテル暮らしはたいそう快適だった。一人で生活するにはじゅうぶんな広さだし、迷子にならずに部屋まですぐに戻れるし、サービスだって申し分なかった。

委員会の特別会議が開かれたのもこのホテルの会議室だった。その正面の外観には、円柱と時代がかったレリーフが誇らしげに鎮座しているのだが、このホテルが完成したのはわずか数か月前のことで、その内部は最新の技術によってフル装備されていた。会議室は、特に音響効果を重視した設備を整えている。音には映像がつきものだというわけで、奥の壁一面がワイン色の分厚い枠で囲まれたデジタル式の巨大スクリーンになっており、まるで映画館のようだった。制御卓(コンソール)には複雑怪奇なレバーやツマミがびっしり並び、全員が各自の好みに合わせて空調を変えられる機能まで備わっていたし、各座席の前部にはスマートな小型マイクロフォンまで完備されていた。このように一分の隙もない豪華な場所にいながら、委員会のメンバーはむしろ居心地の悪さを感じずにはいられなかった。それは、懐かしの旧官邸に対する郷愁に他ならなかった。

彼らが少なからぬ心痛を覚えているのは明らかだ。運命に翻弄される苦しみと言ってもいいかもしれない。弁護士は同僚たちの苦悩をいち早く察知すると、ここは一つ勝負に出てやろうと腹を決めた。いかにも賢明そうに抑制を利かせた口調のまま、メンバーたちを証人に仕立てようとしていた。

「気の毒なペンギン氏の姿を、どうかよくご覧いただきたい!」

弁護士の隣の車椅子の上で、包帯と生乾きのギプスに身を包んだペンギン氏が静かな声で呻いていた。

「んんんん……うおおおお……むぐぐぐ」

包帯でグルグル巻きにされたペンギン氏は、ある意味では魅力的と言えなくもなかった。どことなく民俗博物館にある貴重な展示物を連想させるのだ。弁護士は彼を憐れんで大粒の涙を流してみせたあと、指示棒の先を精神分析学者に憎々しげに向けた。

「それもこれも全ては、この卑しいヒゲ男のせいなのです」

精神分析学者は驚いて椅子から飛び上がった。

「何だと！　私のせいだって？　なぜそんなことを……」

飛び上がった拍子にうっかり手元の小さなボタンを押したせいで、彼専用のエアコンが勝手に最大出力モードになってしまった。そのヒゲを思うまま風に舞い踊らせながら自己弁護をする彼の様子は、他のメンバーから見て、お世辞にも信用の置ける人物の眺めとは言い難かった。

「例の爆発が起こったときだって、私は庭に……クソ、こいつを止めるにはどうすればいい？」

「サル芝居はおやめなさい。我々があんたの腹黒い魂胆を見逃すとでも思ってるんですか？」

「魂胆も何もありはしない。ふざけたエアコンのせいでヒゲが乱れて困ると言ってるんです」

「誰もその手には乗らないぞ。あんたの口実は見え透いてるんだ。これまでも散々やってきた手口だろう。我々の息の根を止めようとして、地獄の申し子のようなチビを官邸に連れ込んだようにな」

ボディガードが驚いてカッと目を見開いた。

「そういうことだったのか？　我々の息の根を……」

「ぜんぜん違う」精神分析学者は反論した。

「そんな気は毛頭……ちっくしょう、誰かちょっと手を貸してくれませんか、この……」

「おやおや」弁護士が茶化すように言った。

「どうでしょう、あの説明のしどろもどろなこと。言ってることがサッパリわかりませんな。さあさあ、あんたは何を言っても無駄なんだよ。下心はすっかりお見通しなんでね」

「実はですね」医師があとに続いていった。

「我々はつい先頃、あなたの密談について情報を得たんですよ」

「異例の出費もね」と娼婦が続けた。

「度を越した快活さもね」と会計士も言った。

「黒い交際もね」と公証人が締めくくった。

弁護士が手紙を出さなかった残りのわずかなメンバーは、これを聞いて目を丸くした。精神分析学者を怪しいと踏んでいる者が、弁護士の他にもこんなにいるなんて、事態はここまで深刻だったのか。彼らはヒゲづらの精神分析学者の方を振り向いた。が、当の本人は答弁どころではなかった。数多い操作用レバーを次から次へといじって格闘しても、悪魔のような風を止めることはできなかった。

「おわかりでしょう」弁護士がダメ押しするように言った。

「彼は何一つ答えられやしないんです。売国奴！　人で無し！　テロリスト！」

「じゃあ、ひょっとして」美容師の女がおそるおそる聞いた。

「あの爆発は事故じゃなかったのですか？」

「事故？　まさか、あなた。テロだ。そう、テロだったのです！」

メンバー全員の間に大きな衝撃が走った。精神分析学者に限って言えば、ヒゲだけが反乱を起こしていた。

「非常に綿密に仕組まれたテロ行為だったのです。このヒゲお化け野郎は、自分の腹黒い計画にあのガキを利用してやろうとずっと前から決めていたのだ。定期的に週二回も面談していたのだし、あの子を薬漬けにした上で、ガス管を壊すという非道極まりない犯罪行為を仕込む時間もたっぷりあった。私が思うに彼女はきっと、この極悪人に対して何度も抵抗を試みたでしょうね」

「ああ、なんてかわいそうな目に！」

「官邸に連れて来られたあの日、あの子は麻薬と虐待による支配によって、おぞましい使命を果たすしかなくなったのです。自分が何をしているかなんて、おそらくたった1秒だって考えもせずにね。その間、ヒゲ男は庭にいた。人の目に姿をさらしてアリバイを固め、我が身を安全地帯に置きながら、じりじりして結果を待っていたのです。王女のネコをダシにして戦争を再開させ、都市を再び混乱の渦に突き落とそうという心づもりだったわけです。全く、とんでもない計画が実現するところだった」

「なんという恐怖！」

「なんという極悪非道！」

「なんという異端！」

「では、あの少女には何の罪もないと言うのですね？」

「あの哀れな娘は、怪物の悪の手の平の上でただ道具として使われたに過ぎません。考えてもご覧なさい、10歳にもならない子供に、自覚的にあんな破廉恥な行為ができるでしょうか。いくら何でも考えられないでしょう？」

弁護士の話は非常に説得力があった。全ての少女は愛らしく無垢なのだ。万人に共通の認識である。

「とんだお涙頂戴話だ」精神分析学者が声を荒らげた。

「あのクソガキこそ、この世の悪夢ですよ」

彼が怒りに任せて空調装置を思い切り殴りつけると、エアコンの風が突然に止まった。と思う間もなく、ものすごい音を立ててコイルがへし折れ、コンソールから飛び出した呼び名の不明な何か部品らしきものが、ペンギン氏のアゴを直撃した。ペンギン氏の包帯の中から新たに、いっそう苦しそうな呻き声が聞こえてきた。

「なあ、ペンギン氏」弁護士が抗議して言った。

「君の目立ちたがりにつきあってるヒマはない。真剣な話の真っ最中だぞ」

弁護士が説教をしている隙に、精神分析学者が反論を試みた。

「私が何のためにそんなことをしたと言うんです？　それをする動機が私にあるとでも？」

「動機？　そんなもの、火を見るよりも明らかでしょう。私はずいぶん前からあんたを監視してたんだ。あんたが非合法な悪の手先でとんでもない裏切り者だってことぐらい、私はすぐに見破ったからね。で、精神ナンタラ学者って仕事をザッと調べてみたところ、どうにも食えない代物だとわかったんです」

他のメンバーはこの話にすっかり夢中になっていた。

「で？　で？」

「精神ニャントカ学者というものは」弁護士が言った。

「帝の大敵だ。反復と垂直の法に対する敵だ」

「本当に？」

「バカを言うな」精神分析学者が反論した。

「私ほど、どこまでも反復的かつ間違いなく垂直的な人間もいない。誓ってもいい」

「凶悪犯の誓いなどお呼びじゃない。全ては事実が証明してくれますからね、ご同胞諸君。精神ホニャララ学者というやつは、あらかじめ患者をソファで横にさせてから話を聞くのですよ。横に……これを垂直的な体位と認められましょうか？　え？」

弁護士のまわりでは、不賛成のささやき声が聞こえた。

「横に？　まさか、そんなもの全く垂直ではない」

「はっきり言えば、それは反垂直的だよ」

「また一方では」弁護士は続けて言った。

「精神ドータラ学者は同じ患者と一度しか面談をしないのです。つまり精神ウンタラ学者と患者というものは、一期一会の関係だということになります。そんなこと、反復の法の基準にかなった態度だと言えるでしょうか？」

周囲のささやき声は、いっそう熱を帯びて来た。

「観念的に申し上げて」弁護士は結論に至っていた。

「私たちが今取り上げているのは、根本的に反・反復的かつ反・垂直的な人物であります。愛と真実と幸福の公然たる敵にして、人間のクズなのです。この男が極悪な卑劣漢であるという事実に、まだこれ以上の根拠が必要でしょうか？」

「いい加減にしろ」精神分析学者が叫んだ。

「新聞の連載小説でもあるまいし。そんな寝言の寄せ集めみたいな話、まともな人間なら取り合うわけがない」

弁護士はビクともしなかった。彼は全メンバーに対してどやしつけるように言った。

「我が親愛なるご同胞諸君、災難が起こりました。災難ある所には捜査がつきものだ。監視もつきもの、責任も……そして処罰もつきものです！　すぐにでも容疑者を挙げなければ、世論は委員会全体に責任を問うことにもなりかねません！」

メンバー全員が恐れおののいた。

「ひい！」委員長が叫んだ。

「委員会が告発されるだと…」

「何が何でも容疑者を立てなければ！」

「だったら精神分析学者だろ、決まってるじゃないか。あいつなら文句なしの容疑者だ。さあ、精神分析学者を法廷へ！」

「精神分析学者に死を！」

「精神分析学者に制裁を！」

「帝の敵め！　異端者め！」

「イヌ、ネズミ、糞め！」

「人間の腐った奴！　下の下のゲス野郎！　最低の男！」

しばらく委員会のメンバーたちに精神分析学者相手の鬱憤晴らしをさせてから、弁護士は静かにするように彼らを促した。大きく広げた手を空中に浮かべたその仕草は、見えない特大クッションでも叩いているようだった。

「親愛なる皆さん、私から提案があります。裏切り者に対して不信任投票をするのです。精神分析学者を追放することに賛成の方は挙手を願います。挙手をしなかった方には、恐ろしい報復が待っていることを覚悟していただきたい」

委員会において精神分析学者が最悪の局面を迎えつつあったこの瞬間、帝は自室のスイートルームで西の君主の訪問に応じていた。君主は、名高き帝の滞在先としてこの丘が選ばれた名誉と歓迎の意を伝えるため、ヒダの寄った盛装用チュニックをまとった姿で表敬訪問していたのだった。

「大変な栄誉です！　最高の恩恵です！　無上の喜びです！　どのような事情であろうとも、変わらぬ厚意にてあなた様をお迎えしたと存じますが、やはり何と言っても……」

「あーそうそう、北の方は今ちょっとね……」

「わかっております。あの辺の輩がまことに野蛮だということは、前々から存じておりましてね。こう言ってはあれですが、アブない老婦人なんかを崇拝したりしてね……何のことはありません、彼女ならもうじきあの世行きですよ。あの方さえいなくなれば、やっと本当の平和な生活が送れますね。ここ西の丘の人間は、北よりもずっと分別のある者ばかりです。誰もがあなたに熱狂し、あなたを崇拝し、ただあなた一人だけに誓いを捧げますすよ」

「本当に？」

「ええ、ええ。本当ですとも。あなたは偶像でありスターなんです。何をかくそう私だって、引き出しにあなたの写真を入れてるんですよ」

「そうですか……私の後継者問題の細かい点については、誰も異論はないでしょうね？」

「それはもう、ぜんぜん大丈夫ですよ……あの、細かい点とは？」

帝は何気なく答えて言った。

「権利の全てはアスカという子に譲渡することとか」

「そんなこと、本気で仰られるのですか？　我々を皆殺しにしかけた、あんな危険なアホガキにですか？」

「これは認めてもらわねば困ります。他の少女とはわけが違う子ですから」

「確かにそのとおりでしょうとも！」

君主はチュニックのヒダを神経質そうに撫でてから、少々バツが悪そうに言葉を続けた。

「どうか言わせてください、帝。権力というのは大人のものです。あの年の少女には、お人形ごっこをしたり大人にニコニコしたり、友だち同士で髪の毛を引っ張り合うというような遊び方がふさわしいのではないでしょうか」

「ところがあの子は違います。桁外れのことをして遊ぶ子なんですよ」

「うーん、それは実際に拝見しましたが……」

「あれは単なる事故だった。配管が裂けてドカーン！　ときて、官邸が消えてしまった。いつ起こってもおかしくない出来事だったんです」

「そうでしょうか？」

「そうですとも。いいですか、頭にリボンを結んだ小娘ですよ。本当のことを言って、恐れるような相手ですか？」

「そう言われてみれば……」

「何と言っても、あのかわいらしさですよ。もしよかったらご紹介しますよ」

この申し出に対しては、君主はあまり前向きな関心を示さなかった。

「大丈夫」帝は言い張った。

「アスカは後継者として理想的です。それに、これは委員会の総意でもあります。委員会の意見にはいつでも耳を傾けなければね」

「はい、しかし、帝はあなたです。あなたの力をもってすれば……」

「我が友よ、自分がやっていることはよくわかっています。後継者はアスカ。話は以上です」

そう言ってから、帝は客人の訪問に感謝しつつ彼を戸口まで見送った。彼は部屋に引き返す途中、一度だけ苦痛に顔が歪みそうになるのをこらえた。白血病の自覚症状が現れ始めていた。彼はなるべく体を動かさないようにして、そっとベッドに横たわった。全身を貫く、引き絞るような痛みとは裏腹に、その顔に浮かんでいたのは、奇妙な、なおかつ不吉な微笑みだった。

「とうとう来るぞ」彼はつぶやいた。

「犬死にの瞬間まであと少しだ」


新聞や雑誌では、精神分析学者が除名されたというニュースが大々的に報じられた。第一回投票で全会一致という結果が出たのは委員会始まって以来のことで、スポークスマンはこの背信行為を情け容赦なく伝えたのだった。惨めなドクターのもとには報道陣が押し寄せ、無遠慮な質問を投げかけた。

精神分析学者は、ほうほうの体でそのヒゲの奥から「ノーコメント」と返すのが精一杯だった。それを見た人々は、同情するどころか疑惑の思いを募らせるばかりだった。

都市住民は寄ると触るとこの話題でもちきりであった。東西南北至るところ、居酒屋や喫茶店で大いに議論が盛り上がった。人々は、嫌らしい精神分析学者にふさわしい呼び名を我も我もと言い合った。例を挙げれば「裏切りのヒゲもじゃ」「忌まわしきヒゲもじゃ」「俗物のヒゲもじゃ」「悪意のヒゲもじゃ」などである。しかし、精神分析学者の妻からへナチョコ亭主に浴びせられる愛の言葉に比べればどんな侮辱語も手ぬるいものだった。彼女は全面対決も厭わない構えを見せた。それは彼女にとって名誉をかけた闘いだったのである。

「ちょっとあんた、そこの腹黒いサソリ、種ブタ、カビ菌。あんたなんか、赤っ恥と揉めごとぐらいしか縁のない役立たずだってこと、とっくにわかってたんだよ。こんなダメ男と結婚しようなんて思ったあたしがバカだった」

「頼む、私を信じてくれ。これは罠なんだ、誤解なんだよ」

「なんてツイてないんだろ！　道を歩けば指をさされる、レストランの優待サービスもなし、クレジットカード払いも断られる……私の名前も地位もドブに捨てたようなもんじゃないか。あーあ、私が窓から飛び降りようとしたら止めてくれる人はいるのかしらね」

「おい、やめてくれよ。まあ1階のこの部屋から落ちても死にはしないだろうけど。そのうち帝が私の無罪を主張してくれると思う。そうすれば必ず、私は復職できる。また前のように堂々と暮らせるさ。みんなが私にペコペコし、お前も奥さま（マダム）と呼ばれるようになる。私を誹謗中傷（ひぼうちゅうしょう）した奴らも自分のしたことを後悔するだろう」

「アンポンタン！　あんたってどこまで浅ましいのさ？　ここまで落ちぶれておいて、今さらやり直しがきくとでも思ってんの？　あんたの間抜けさにつける薬なんかないわよ。落伍者、ヘビ男、悪玉コレステロール！」

「これは二人して乗り越えなければならない試練なのだ。覚えてるだろ？　ほら、病めるときも健やかなるときも云々（うんぬん）カンヌン……」

「ああ、おかげで病みっぱなしさ！　あたしがこんな侮辱を受けたまま黙ってるとでも思ってんの？　世間からすれば、裏切り者の連れ合い、奇人変人の女房なんだよ……同じ穴のムジナ、似たもの夫婦ってわけであんたと一緒くたにされるのさ。嘘つきの不義男のせいでうちの家に泥を塗られるのは真っ平ごめんだし、あんたみたいな鼻つまみモノのサルと同列に見られるのもガマンできないね。ここまで来たら、あたしの取るべき道はたった一つだけ」

「離婚の話かい？」精神分析学者は思わず満面の笑みになった。にわかには信じられない気持ちでもあった。

「冗談言わないで。それじゃあ資産の取り分が半々になっちゃうじゃないのさ。こっちは全部もらう気だから。何もかもあたしがいただきますからね！」

精神分析学者の妻はそう言い捨てて、電話をかけるためにさっさと席を立った。夫が診察と称してバラ色の頬をした少女をたぶらかした疑いがあると、報道陣に向かってぶちまけるためである。

その頃テレビでは、アスカへの権力継承の模様が生中継されていた。そこで行われていたのは、非常に美しく、感動的で華やかな儀式だった。特にこれといった事故も起こらなかった（不注意にも近くを通りかかったばかりに気の毒な目に遭ったネコは例外として）。ただし、この栄えある授与の現場に帝自身が姿を現すことは不可能だった。彼の健康状態は急激に悪化していて、厳重なドクターストップにより、もはやベッドを離れることすら叶わないのだった。朝から晩まで超強力な鎮痛剤が投与され続けた。休みなく付き添っている看護スタッフは、トイレに行くこともままならぬほどだった。それでも帝は、彼の意識がハッキリしていることを見せつけたがったし、どんなことでも自分自身で決めたがっていた。

「失せやがれ、お前ら！　虫けらども！　ゴキブリ！　ゲロンパめ！」

こんな言葉を聞いて、帝の側近たちは大いに不安になった。

「薬の副作用です」医師が専門家らしい口調で請け合った。

「よくある症状の一つですね」

帝が大人しくなったときは、女の看護師がそばについて赤ん坊にするような要領で食事を摂らせた。

帝が望めば乳房だって吸わせてやった。

「人として当然です」看護師の女性が言い切った。

「死にかけてる患者さんの頼みなら、無下に断るわけにはいきませんもの」

帝の娼婦は、このことを自分の特権に対する侵害と捉えた。そして、署名入の書類一式を3部用意すると委員会に苦情を申し立てた。

医師も看護師も出払ってしまうときは、会計士が帝の付添役をつとめた。アスカが公式に相続人として指名されてからというもの、誰も彼女に逆らうことなどできなくなった。それでも最初のうちは、キャンディと花柄のワンピースで済んでいた。あとは通りがかりのネコを二〜三匹。しかし時が経つにつれて、呪われた小娘のワガママはめっぽう金がかかり始めていた。

「帝、帝！」会計士が足を踏み鳴らした。

「ああ、にゃにごとにゃ……」

「あの子です、またしても彼女です。今度ばかりはひど過ぎます」

「キャンディを何キロか買ったぐらいで大騒ぎするなよ」

「今度はキャンディじゃありませんよ。そもそもキャンディなら文句も言いません……わざわざ街で一番高いキャンディ屋を利用することもないとは思いますが。支払いが大変なことになってますからね。今や店主はコンバーチブル式の4ドアセダンを乗り回し、その女房は毛皮のコートを買い漁(あさ)ってるんですよ」

「いいじゃないか。小規模企業を買い支えて、経済を活性化してるんだろ。いててて、こりゃキツいなあ。なあ、そこの小テーブルからピンクの錠剤を取ってくれないか」

「は、帝。ただいますぐに」

献身的な会計士は、頼まれた錠剤を少量の水の入ったグラスとともに差し出した。帝はそれらを一気にあおり、喉を二、三度鳴らして飲み下した。会計士は、帝の具合が多少は落ち着いたのを見届けると、いっそう激しい調子で話を続けた。

「よろしいですか。アスカとその両親は、はるばる熱帯地方までバカンスに出かけました。旅費はこっち持ちです。飛行機はファーストクラス、泊まったホテルは五つ星、毎日3食分プラス客室内ミニバーとルームサービス料金。国際通話料金、エアコン完備のタクシー料金、ハンチング帽をかぶった旅行ガイドの日当、サーフィンのレッスン費用、マッサージ代、ネガフィルムの現像代、パラソルの下で飲むカクテル代、日焼け止めクリーム代、ホテルのロビー階で売られてる、悪趣味な上に法外な値段のみやげもの代に、観光客目当ての店で売られてる、悪趣味な上に法外な値段のみやげもの代。観光名所のすぐそばで売られてる、悪趣味な上に……」

「まことに結構」帝はため息とともに言った。

「人生の楽しみ方を心得てるじゃないか」

「まだあります。ホテルの支配人への損害賠償費用もです――彼の飼ってたネコが、どうもその、ある事故に巻き込まれたようなので。これらの合計はですね、しめて9万5、538・42ということになります」

「それのどこが問題なんだい」帝がブツブツ言った。

「こんなにお金を使ってるんですよ、帝……いくら何でも使い過ぎです」

「だから何なんだ！　あの子は相続人だろ、支払ってやれ」

「しかし……」

「何度言わせる気だ。小切手にサインしろ！　帝の命令だぞ」

会計士がぶつくさ言いながら小切手にサインをしている頃、テレビでは、精神分析学者が小児性愛の容疑で告発されたというニュースが報道されていた。裁判官は特別法廷の司法共助を求めた。それは、ヒゲもじゃのドクターの診療室を訪れたことがある児童全員に対して取り調べを執り行うという内容だった。日々保安維持につとめている警察官は、いわば取り調べのプロである。40時間にわたって飲まず食わず寝かせてももらえず、時には棍棒を使ってどやしつけられた結果、どの子もみんな当局の期待どおりの供述をさせられた。裁判が終盤に差し掛かる頃には、検察側が用意した有力な証人の数は40人を下らなかった。ただアスカ一人に限っては、後継者という身分にあるため何も聞かれることはなかった。しかし娘が被害を訴えないからと言って、アスカの母親の妄想に歯止めがかかるわけではなかった。

「おお、かわいい子……お砂糖でできた私の宝物……私のウサギ、私の天使、私のシューシュー・クリクリームちゃん」

すぐ隣にいた父親は、読んでいた漫画のカラーページから目を上げた。

「どうもよくわからないな。君はもともとあの子を嫌っていただろう。思いつく限りの言葉で罵ってたし、自分の子じゃないとまで言ってたじゃないか……それが今じゃ、いかにも愛情たっぷりって感じでさ。まるで大災害の生還者のような扱いだね」

「だって、私のおチビちゃんは犠牲者なんだもの。あのヒゲの学者に手篭めにされ、虐待されたの。どの新聞にも書いてあるわよ」

「新聞に？　おいおい、本当か！」

「そうよ、私、読んだんだもの……しかも、前にあの子が言ってたの。おじさんからあることを頼まれて……おおイヤだ、なんて汚らわしい！」

「頼まれたって、何を？」

「あの年齢にふさわしくないことよ。嫌らしい、卑猥なこと。ほらアレよ、口を使ってナニを……」

「ナニをアレしたって？　あの年でか？」

「信じられなければ、１３５ページを読んでみればいいわ」

「つまりこういうことか」記事を読み終え、アスカの父は言った。

「君は、あの大男のヒゲ医者がそいつだと思ってるんだな？」

「これで謎が解けてきたでしょう。週に二回も会ってたのよ。考えてもみて。あの悪党は何のお咎めもなく、あの子をそんな目に遭わせてきたのよ。卑劣漢！　薄汚いヤツ！　毛むくじゃらオバケ！」

「しかし、あの子は何も言わなかったじゃないか」

「そりゃそうよ。かわいそうに、おチビちゃんには大変なショックだったはずだもの。自分の混乱した気持ちをどんなふうに説明すればいいかもわかっちゃいなかったのね。だからネコなんか殺し始めたんだわね。あれは助けを求める声なき叫びだったのよ」

アスカの父親は耳の後ろをゆっくり掻いた。この説に対して、全面的には賛成しかねるとでも言うように。

「それだと話の筋が通らないだろう……あのインチキ学者に出会う前からアスカはネコを殺してたんだから。そもそもネコのことがなければ……」

「ちょっと、細かい屁理屈をコネ回さないでよ。テレビがあのゲスな学者が変態だって言ってるんだから、あいつはもちろん変態に決まってるわ。マスコミだって素人じゃないわ。それにあのヒゲ、あれはどう見たって垂直じゃないもの。あいつの本性をよく表してるわよ。かわいそうな私の天使ちゃん。これからあの子をたっぷりの愛で包んであげることが、私たち二人の務めだわね。ネコだって買ってやりましょう、何匹でも、いつまでもね。帝からもそう言われてるんだしね」

「ネコもかわいそうになあ」

「知るもんですか。これからは私たちが与える立場になるの。最後は結局、愛と真実と幸福が勝つのよ」

こんな見当はずれの会話が繰り広げられているのを知る由もなく、帝は今、長引く苦しみの只中にいた。薬も全く効果を発揮しなくなり、投薬を断ることも少なくなかった。彼は時々、その名を呼んだ。

「アスカ！　アスカはどこだ？　チビスケめ……あれだけの金をくれてやったんだ。ここへ来てイナイイナイババアぐらい言ってくれてもバチは当たらないぞ」

しかしアスカは依然としてネコを追い回すのに忙しく、外出のために割く時間などないのだった。

そのかわり、会計士が帝のもとにしょっちゅう出入りしていた。届いたばかりの請求書には、目玉の飛び出るような数字が並んでいた。彼は一人の人間として、どうしてもこれに署名するわけにはいかなかった。

「帝、ああ、帝！」

「何だよ……それどころじゃ……」

「あの鬼っ子ですよ。今度という今度は、限度ってものが」

「知るか」

「とにかく話を聞いてください、帝。これはオランダの大物画家の絵の請求書なんです」

「何だと？」

「申し上げたとおりです。市立美術館から直送されてきたのです。17世紀後半に制作、キャンバスに油彩、133×98センチメートル、右下部分に日付と署名あり、三名の公認専門家による鑑定済み、二度の修復済み、四度の盗難被害に遭うも前世紀末のオークションへの出品で再び世に出ました。戦時中にまたもや紛失、それから幾多の個人収集家の手を渡り歩いたのち、当該美術館に辿り着いた作品です。昔風のエナメル仕上げ、オリジナルフレーム、額縁は金泊、全重量は18キログラム。担当の学芸員はすっかりオカンムリです。余談ながら」

「しかし、あの子はそんな絵をどうしようって言うんだ？　美術評論家にはおよそ向かないぞ。あんなに若くてかわいい娘が」

「ネコのアイロン台にするためです。怪しげな塩商人とかいう奴の本に、古い絵画はアイロン台としてすこぶる具合がよいなんぞと書いてあったのを読んで、自分もやってみたくなったんだとか（注：フランス人画家マルセル・デュシャンが、自身のコンセプト『相互的レディ・メイド』の例として『レンブラントの絵をアイロン台として使うこと』を挙げている）。私には何のことやらさっぱり理解できません。わかったのは、あなたが美術館側から恨みを買ってしまったことだけです」

「かまうもんか。それであの子が楽しいと言うんなら」

「そう言われましても……」

「いいんだよ。相続人のためだ、払っといてくれ。そんな顔するなよ、君は会計士だろう？　文化担当大臣ではなくて。2枚目の請求書は何だ？」

「そうそう、それもあるんです。オランダ名画アイロン計画に使われたネコの分です。灰色のソマリで、1歳と4か月。性別メス、非常にしなやかな体、短毛種。ワクチン接種料金、お手入れ代、獣医の診察料も含まれます。絵画とネコ、合計で1、653万9、724・01と。本当にいいんですか、この金額……？」

「いいからいいから、サインして。私は帝だ。金なら無限にある」

「問題は」会計士はこう言いながら立ち去った。

「あの異常なチビッ子の我が儘も、やっぱり無限大だってことです」

帝の病状が悪化していることは、すでに全住民の知るところとなっていた。都市の公的機能に支障が出始めたとき、誰も驚いたりしなかったのはそのためだ。まず手始めに地下鉄とバスが時間どおりに来なくなった。次に規定のボーナスがいつまでも支払われないことに対して郵便配達員が抗議の声を上げた。官邸で起こった恐ろしい爆発事件が、今もなお方々で話題なのは言うまでもない。しまいには気象台の仕事まで滞り始め、人々は日曜日のピクニックの予定を何度もフイにさせられた。住民たちはそれでもなお、一縷の希望を胸に抱きつつこれらの困難を耐え忍んでいた。

「なあに大丈夫さ」彼らは言ったものだ。

「帝亡きあとには、ピチピチした相続人が控えてる。そのうち何もかも好転するさ」

弁護士はテレビ出演の依頼があるたびに労を厭わず足を運び、いかにも専門家らしく、かつ妥協的な態度で説明した。

「何かうまくいかないことがあったら、それは全てヒゲ野郎の仕業です」

人々はこの説明さえ聞けば気が済んだ。それでようやく各々の用事や仕事に取り掛かれるのだった。

その間、娼婦は女性看護師の左胸のふくらみが右胸に比べて若干小さいという事実を証明し、それは普遍的反復の原則に対する重大な違反であると主張した。

「だって、当たり前でしょう」看護師は反論した。

「帝はいつも左側ばっかり吸うんですから。長いことそうしてれば、そりゃ形も変わってくるわ」

彼女が何を言っても無駄だった。両方の乳房を完全反復的に戻す手術を受けるよう、看護師は委員長から面と向かって言い渡された。さもなければ不愉快な異端審問により、彼女もまた追放される可能性があるのだと。

看護師が欠勤せざるを得なくなったので、娼婦が会計士の助手を務めることになった。初出勤の日の彼女は、体にぴったり張り付いたラテックス製の超ミニドレスに、目がくらむほどヒールの高いサンダルという出で立ちだった。全身白ずくめなのは言うまでもない。あまり厚着し過ぎてもよくないと考えて、下着は穿かずに家に置いてきた。彼女の姿を見た医師は、持っていた聴診器で自分の首を絞めそうになった

「その格好は何です？」

「前に映画で観たことがあるんです。こんな感じの看護師さんを」

「いったいどういう映画ですか」

娼婦はこの質問に喜んで答えようとした。しかし題名を思い出せなかったため、教えてあげられなかった。ただ彼女の服を見れば、映像的な部分に関してはおおよそ察しが付いた。

「すごく有名な映画よ、それは確かなの……大きな双子の黒人がいてね、体とかムキムキなわけ。で、あるとき馬が1頭やってきて……」

医師はそこできっぱり話をやめさせた。病院内で馬の話をするなんて不衛生な気がしていやだった。

彼は、今日から娼婦がやるべき仕事について本人に知ってもらった方がよさそうだと考えた。

「プラスチックの白い箱にインターフェロンが入っています。3時間ごとに二本ずつ、帝に投与してください」

面喰らった顔で錠剤をまじまじと見つめたあとで、娼婦が質問した。

「汚い言葉をガンガン言いながらこれを尿道の奥に突っ込んで、それから馬用のムチで叩くんだっけ?」

「ええと……いやいや、口から入れるんです」

「なるほど、お口を使うのね」

娼婦はもっと愉快な薬の飲ませ方を提案してみたが、顔面蒼白になった医者の様子を見て説明を打ち切った。彼女は男性の想像力の貧しさにガッカリしてしまった。まあいいわ。そのうち、このイタズラ坊やの帝を取り返してみせるから。私にしかできないやり方でね。

急な仕事が入って医師がその場を去ったとき、娼婦は帝のベッドの前に立ちはだかって挑発的なポーズを取り始めた。が、たちまち帝が彼女を止めた。

「別嬪さん、君のことは本当に魅力的だと思うよ。だが気を悪くしないでおくれ、私の方は全くそんな気分じゃないんだよ……」

「本当?」

「ああ、何と言うか……私は白血病だろう? この病気にかかると、もっぱら快楽より苦痛に関心が向いてしまうんだ」

「わかったわ。じゃあひとっ走りしてムチと腿当てを……」

「よせよせ、そういう意味で言ったんじゃない。つまり……いや、何でもないよ。好きなようにおし」

　あらまあ、帝までこんなこと言い出した。現実のお医者さんごっこって、黒人とかお馬さんの映画に比べてずいぶんパッとしないのね。娼婦はそんな風に思いながら隣室にそっと移動すると、さっきから足を痛めつけていた履き物を脱いだ。それから気分を変えるため、雑誌のページをめくり始めた。

　帝一人きりになった部屋に、精神分析学者が突然現れた。彼は2日前から警察に追われて逃亡中だった。彼以外の精神分析学者はすでに全員が囚(とら)われの身となっていた。呪われたヒゲ医者が潜在的共犯者の協力を得るのを阻止するという名目で、街じゅうの精神分析学者が身柄を拘束されたのだ。心理学者も、精神科医も、心理療法医も、彼らの患者たちも、幻覚剤常用者も、安定剤を服用している者も、精神分析学者への協力の可能性に備えて片っ端から逮捕された。確かに笑い事ではない人数に上ったが、それもこれも真の正義を行うためには耐えるべき痛みであった。

　帝はこれらの出来事について関知すべくもなかった。ここ最近の時間のほとんどは病魔との闘いに費やされていたのだから。それでも彼は精神分析学者の親友として、精一杯愛想のよい態度を見せようとした。

「やあ、イテテ、勇気ある精神分析学者君。どういう風の吹き回しだい？」

「ロクな風が吹いてません、帝。私は警察の奴らに追われてるんです。つかまったら終わりです。どうか助けてください」

「それはちょっと難しい。こうやってベッドに縛り付けられていてはなあ」

「帝、どうかお願いです、もうあなた以外に頼れる人はいないんです。私の無実を証明してください。あなたの言葉なら彼らも信じます」

そこへ会計士が駆け込んできた。その手には、またぞろ目を疑うような勘定書きがあった。

「帝、おお帝、これを……」

彼はそう言いかけてから精神分析学者に気がついた。

「何と？　おい、この裏切り者！　図々しいにもほどが……」

「なあ」帝が遮って言った。

「今日の用は何だ？」

「あのチビスケがですね、最近亡くなったアカデミー会員の著作を上質紙（ベラム）で完全復刻すると言い出したんです。３万３、６８２ページ、全28巻、製本は職人の手作業、献辞も別注、前書き・注釈・解説文付き、選（よ）り抜きの文献目録、１３５キログラム」

「そいつはいい。知的好奇心が芽生えたな」

「まさか。帝、あの子はただ上質紙で紙ヒコーキを作って遊びたいだけなんです。嘆かわしいったらありません」

「ハハハ……ウッ、痛い！」

「しめて1万6、877・50になります。よろしいんですか、本当にこれを……」

「いいとも。何と言ってもあの子は……」

「……相続人だから。もう、そのセリフは聞き飽きました」

そして、精神分析学者を見ながら言った。

「もしもお望みでしたら、軍隊か憲兵部隊かパラシュート部隊か対テロ特殊部隊でも呼んで、そこの大嘘つきのペテン師野郎を始末させましょうか」

「いや、いいんだ。我々二人にしてくれればいいから」

会計士は一瞬躊躇したのちに退室した。再び二人だけになったので、精神分析学者は積もり積もった苦労話を並べ立てようとしたが、帝はそれをすぐに遮った。

「気の毒だけど、身から出た錆だよ。君は多くを求め過ぎたんだ。委員会のメンバーになったからには何か大きなことをやり遂げようなんて、そんな考えは無用の長物なんだよ。とにかく波風が立たぬように大人しくしてれば、月末には悪くない給料を受け取れる。みんなそうやって生きてることぐらい、一目瞭然だったろう?」

「それにしたってあの給料の額からすれば私など、仕事したうちに入りませんよ」

「そこが間違ってるんだ。いいかい、労働なんて貧乏人のすることだぜ。貧しい奴には仕事が与えられ、富める者には金が入る。これが垂直的仕組みってものだ。この仕組みが常にうまく働いてれば、それは反復的にもなる。誰も文句なし。完璧な社会構造だよ」

「貧しくても文句はないと？」

「連中の言い分を聞いて何になる？　黙って聞いてりゃ貧乏人なんて、言いたい放題言うもんだ。そんなことは百も承知さ」

精神分析学者が自分の考えを訴えようとしていた頃、会計士はホテルの廊下でボディガードに出くわしていた。彼は直ちに帝の部屋に精神分析学者がいたことを伝えた。

「何だって？　じゃ、帝とあの裏切り者を二人だけにして来たんですか？」

「だって、帝の命令ですから……私がどうこう言えるわけないでしょう」

ボディガードは血の気が引いた。帝の身に何かあった場合、責任を問われる立場にあるのは自分ではないか。特にここ最近、事態は笑い事では済まなくなって来ている。まず精神分析学者、それから看護師……容赦ない切り捨ては枚挙に遑がない。明日は我が身なのだ。

彼は大急ぎで部屋に突入すると、そこにいた精神分析学者にいきなり飛び掛かった。帝の前に跪いていた精神分析学者は、あまり突然のことに自分の身に何が起こったのかもわからなかった。どうにか気がついたときには、この世のものとも思えない乱暴者に床に投げつけられ、顔に強烈な平手打ちを喰らっていたのだった。彼はボコボコにされた血だらけの顔のまま、尻を蹴り上げられながら最寄りの警察署に連行された。そこで彼を迎えたのは、使い込まれてツヤツヤしている警棒を手にした二人の警官だった。やがて彼は薄暗く湿気の多い、ネズミと生々しい排泄物が占拠している独房に入れられた。

同じ夜、弁護士は終夜営業のナイトクラブで祝勝会を開いていた。その浮かれぶりといったら、まるで熱病にかかった人のようだった。貸切個室として占拠されたのはダンスフロアを可動式パネル2枚で仕切った片側のスペースだった。正規料金で雇ったスタイルのよい娘たちが、彼のそばに大勢はべらされていた。彼が指をパチンと鳴らすだけで彼女たちが飲み物や料理を口元まで運んでくれるのである。そこにはペンギン氏も同席していた。包帯のあちこちを引っ張られながら長いこと押し問答をした挙句、ようやく彼は弁護士に同行することを承知したのだった。その際、彼の胸を一抹の不安がよぎったのは当然のことだろう。

「おい、ペンギン氏」弁護士が話しかけた。

「ちょっとはリラックスしなさいよ。君は堅苦し過ぎるよ。法医学研究所に安置された遺体じゃないんだからね」

「はあ。しかし率直に申しますと、私もやっと車椅子から解放されたばかりですし、日頃からどうもパーティでは落ち着かないんでして。私の場合、いつだってとんでもないヘマをやらかしますのでね、つまり……」

「今夜はいつもと違うんだよ。勇敢なるペンギン氏、ここにいるのは我々だけだ、ささやかな内輪のダンスパーティなんだよ。今ここにいる君は儀礼担当者のペンギン氏ではなく、ただの一個人。ムッシュなんとか……おや、君の名を忘れてしまった」

「あ、私の名前は……」

「まあいいじゃないか、要は楽しめばいいのさ。お姉さんたち、私とペンギン氏のために大いに飲んで騒いでくれ。我々は偉いんだからね。ピーナッツを持ってこい！」

「私はピスタチオが好きですが、あれは殻を剥くのがひと苦労ですね。面倒臭くって」

「大丈夫だよ。我がペンギン氏、大丈夫。おい君たち、ペンギン氏にピスタチオの殻を剥いてやってくれ」

「なんて親切なお嬢さん方なんでしょうか」

「ピーナッツ！　ピスタチオ！　ポテトチップにクラッカー、フォアグラのカナッペもだ。スシはどうだね？」

「ピクルスのニシン巻き（ロールモップ）の方がいいんですけれど」

「わかった、ロールモップだな……あとはセンベイだ。それとクルミだ、クルミをたっぷり……カシューナッツにココナッツにペカンナッツも食べさせろ」

「うまうまー」

「そうだ、うまうま、そのとおりだ。ところで、真面目な話もせねばならん。大惨事の脅威に我々は勝った。これは大した手柄だ。しかし一寸先は何とやらだぞ。帝は死にかけたままだし、遺言状に関しても問題が山積みだ。都市を、市民の生活を救うのは我々なのだ。それが我々の任務、我々の使命、我々の聖なるつとめなのだ。発想だよ、ペンギン氏。発想が必要なのだ、それも飛び切りのアイディアがね」

「たとえば……」

「何だい、ペンギン氏。聞かせてもらおう」

「たとえば、帝に遺言書を書き換えるようお願いするというのはどうでしょう。しごく簡単なことじゃないでしょうか。誰もそれを言い出さないのが不思議なんですが」

「気は確かなのか、ペンギン氏？　帝にお願いするだと……悪魔のような異端者どもの群れに紛れ込みたいのか？　君までが非合法の悪の手先に成り下がるのか？　帝の言葉は冒してはならない神聖なものだ、そうとも、神聖なのだ！　帝に、その言動のほんの一部でも変えてくれなどと願い出る者はこれまでいた試しがないのだ。これからだってそんなことは決して許されんのだ。言語道断！」

「そんなこと言ったって。現に我々がこんなに振り回されてるのも、あの遺言書のせいでしょう」

「そのとおり。しかしそんなものは理由にならん。帝が自分のやっていることを承知の上で決めたことだ。ならば我々は受けて立つべきなのである。帝にお願いなど……どんなことであろうと、お願いなどしてはならない、わかったか」

「どっちみち帝はここのところモルヒネ漬けにされてますからね。何であろうとお願いなんかできる状態ではないですけど。まさに生きる屍（しかばね）なんですってね。お漏らしまでしちゃってるとか」

「言葉を慎み給えよ、ペンギン氏。そういうのを人は異端と呼ぶのだ」

「いえ、私はただ……」

「何も言うな。その方が身のためだぞ。とにかくじっくり考えようじゃないか。秩序と方法論に従って進めるのだ。反復性。垂直性」

「ええ、はい。何度聞いてもいい言葉だなあ」

「反復の法則に従い、我々の発想はあまり突飛であってはならない。つまり繰り返しということだ。あの精神幻覚剤……」

「精神分析学者です」

「似たようなもんだ。おぞましいヒゲ野郎め、裏切り者には変わりないが、あいつの言ったことに一理あったわけだ。実際、あの呪われたガキンチョ娘……なんて名前だっけ？」

「アスカです」

「そうそう、その何とかって子。帝を合法的に殺害できるのはあの子以外にいない。我々はただ、裏切り者の計画を初めからやり直せばいいのだ……あのチビ、ええと……」

「アスカです」

「それだ……あいつが帝を殺すように仕向けるんだ」

「何一つ知恵を絞らずにここまで。我々は天才じゃないでしょうか」

「そのとおりさ、ペンギン氏。そのとおり。そのかわり、決定的に違うのは方法論だ。精神分析学者の奴め、精神分析学的なアプローチを試みていたのだよ……なんと愚かな男！　垂直の法則に従い、我々は法的なアプローチで攻めることになる」

「待ってください、それはなぜ？」

「なぜならば、法律は垂直の原則の真髄だからだよ。何でもかんでも噛んで含めるように説明せねばならんのか？」

「恐縮です……」

「結構。今まさに我々は反復かつ垂直に、あのナントカって子を操る方法論を……」

「アスカです」

「そうだよ、そのホニャララって子。彼女をだな……わあ、スシが来たぞ。美味そうだな！　新鮮そのものだ。お姉さんたち、食べさせてくれるかね。指が魚臭くなるのは困るんだ」

「そう」ペンギン氏が言った。

「私にも。この方と同じように、今言われたとおりに、そっくりそのままやってちょうだい」

それからペンギン氏は、個室の前を通りかかった若い娘にいきなり抱きつくと大胆不敵にもその尻に手を触れた。彼女は、表情から察するにこの馴れ馴れしい行為を歓迎していないようだった。その腕を振りほどくと、きつい口調でペンギン氏に言った。

「ちょっと、キモイ鳥人間。あたしを何だと思ってるわけ？」

「何って……そんな、人を見かけで判断しちゃあいけないよ。金ならたくさん持ってるし……」

「あたしはここの娼婦じゃない。ただの客なんだけど……ついでに言えば、市街戦選手権のワールドチャンピオンよ。この腰抜け野郎」

「痛ッ！」

顔の真ん中に鉄球を喰らい、みぞおちには蹴りを入れられ、向こう脛に松葉杖が当たって下顎にはヒジ鉄が飛んできた。それから最もデリケートな部分への痛烈なヒザ蹴りがトドメの一撃となった。世界チャンピオンが両手を揉みほぐしながら立ち去ったあとには、すっかり意識を失ったペンギン氏が床にのびていた。

「ペンギン氏」弁護士が吐き捨てるように言った。

「寝てる場合じゃないだろう。仕事が待ってるぞ」

ペンギン氏の様子をざっくり検分した娘は、たぶん救急車を呼んだ方がよさそうだと言った。弁護士は忌々しそうに頭を振った。

「いつもこれだ。全く、気に入らない仕事から逃げるためなら何でもするヤツだ」

駆けつけた救急車がペンギン氏を搬出する一方、弁護士は両手で頭を抱えながら長い間熟考し続けた。時折ロールモップやピーナッツにも手を伸ばしつつ、ひたすらじっくりと考え抜いた。丸二日間クラブにこもり、ある計画をあてもないこうでもないと綿密に練り上げた。あらゆる仮説を検討し、考えうる全ての障害を消去した。生き地獄のような二日間だった。しかし再び外に足を踏み出したとき、彼は目を血走らせ、歓喜にわなないていた。あのチビの鬼っ子に帝を暗殺させる方法を確立したのだ。出色かつ天才的、ユニークかつ繊細緻密な、注目すべき、驚嘆すべき、そして何よりも、この上なく法律的な着想を得たのである。

●精神分析学者による草稿

ともすれば我々は、この世の全ての物ごとに論理的な裏付けがあると考えがちである。しかし、それこそが大間違いの元なのだ。大部分の科学的理論は、世界という素晴らしい生命体に秘められたいかなる謎も、人間の知性によって発見・解明されうるはずだという、途方もない考えの上に成り立っている。しかし我々の歴史を振り返ればわかるはずだ。科学の進歩というものは大昔からの失敗の連続であると。何代にもわたってその理論の確立に敗れてきた、その結果に過ぎないと。

驚くなかれ、人の精神世界と現実世界とは、合わせ鏡のように一対を成すものではない。外部の事象と人間の内面とでは、大なり小なりの落差が生じるものである。この落差に無自覚でいられるなら人生は平和そのものだ。ごくたまに自分の考えが現実とズレてしまっても、その都度簡単な穴埋め修理を加えればいいのだから。自他共に認める善男善女でも、実際に話してみると驚くほど極端な意見を持っていたりするのはこのためなのだ。「ロクでもない人間ほど英雄扱いされる」とか、「生娘は処女喪失に何の抵抗も感じない」とか……彼らにしてみれば、これらの考えは逆説でも何でもない。彼らの潜在意識が勝手に書き換えた情報なのだから当然である。

一方で、この落差を認識している人にとっては世界は遥かに複雑なものとなる（帝は間違いなくこちら側に属している）。そういう人々は病的な強迫観念を抱え込む。目の前の現実に対し、大いなる原理原則を用いて大胆な仕分け作業をしなければ気が済まなくなるのだ。このとき、森羅万象――まさにこの世の全ては、共通する唯一の命題と正当性を持つ、ということが前提となる。しかし本来自然には、理解されなければならない道理も、ましてや何ら抑圧を受けるべき理由もない。正当も秩序もない。ただあるがままに存在するだけなのだ。

人間の思考は、自然本来のあり方を示すのにふさわしいサンプルだと言える。しばしば首尾一貫性を欠き、あるいは暴走や矛盾を己に許している。忘れっぽく、身勝手さや気分の変化に左右されやすい。これこそが自然の有り様ではないか。そこにあるのは因果関係のみで、法なんていうものは存在していない。

予知できないということは、人間の精神にとって受け入れがたい概念の中でも最たるものの一つであり、それを何とかして克服せんと悪戦苦闘した結果が、完璧へのあくなき欲求となる。そして楽観主義的で肯定的なこの欲求と常に背中合わせの関係にあるのが、過剰な敗北感である。これは、念願の完璧さが手に入らないと知った途端に頭をもたげる野蛮な破壊衝動なのだ。気ままな子供たちがこれといった理由もなしに、お気に入りのおもちゃをボロボロに壊す行為もこの原理だと言えばわかってもらえるだろうか。帝の場合もこれと同様だ。自分自身の体や経済状態が落ちぶれていく様子を面白がり、場合によっては都市全体の凋落もやむなしと考えている。彼の倫理観に問題があるわけではない。すでに知られているとおり、彼は病的なまでに善良な人間だし、非現実的なまでに高貴な価値観に満ちた精神の持ち主でもあるのだ……愛と真実と幸福……今となっては、彼自身も信じていない価値観。しかし同時にそれは、かつての彼が長い間にわたって信じようとしていた価値観でもある。

最近になって思い出すのは、ある日の彼との面談だ。我々はもう何度も同じ話を繰り返していた（帝の幼少期の話を何とか聞き出そうと試みていた頃だ）。戦争、あるいは彼自身の恐怖について何度目かのやり取りの中で、私がほとんど内容のない一般論を語っていたとき、険しい調子で帝がこう言った。

「真に恐ろしいもの。それはね、処罰を受けない罪だ。考えてもみてくれ。何が起ころうと、『それが戦争というものだ』と言えば済むんだよ。全ては終わったことなのだ」

話の内容より何より、帝の口調にただならぬ邪悪さを感じて私はハッとしたものだ。

「何百もの死体の身元なんか――」帝は話を続けた。

「誰も確かめようとしないだろ？　あの当時、街には法医学者なんかより墓掘り業者の方がずっと多かったんだぜ」

そのとき私は少し不安になったのだ。けれどもその気持ちはうまく説明がつかなかった。

あとあと私はようやく理解することになる……あれはおそらく告白であったと。帝の両親……あるいは、そう、彼の妻。誰も確かめようとはしなかった。

この仮説が正しければ……多くの謎が解明されることになる。自身の衰弱する過程を明らかに楽しんでいることも、醜悪で浅ましくも咎めを受けない罪に対する、ある種の自己処罰も。もしやあの暗殺計画は、良心の呵責(かしゃく)に耐え切れなくなった彼の最後の告白だろうか。否、これも単なる臆測に過ぎない。安っぽいロシアの小説ではあるまいし……明白な証拠もないし、自供したわけでもない(そもそも、検閲を通るわけがない。速やかに削除すべし)。

一つだけつまらない言い訳をさせてもらうが、私以外の人間は全員、根拠のない仮説の中に生きて得意になっている。委員長は木槌(きづち)を手慰みに振り、弁護士は首まで法律に浸かっている。娼婦は万事をセックスの誘惑に結びつけずにいられない。ペンギン氏は骨の髄まで儀礼の奴隷と化している。誰もが与えられたお役目にがんじがらめになっている。はっきり言って私は彼らの名前すら知らない。

しかし考えてみれば不思議でも何でもないことだ。彼らはただ職業人としてのみ存在し、自分の役割を通じて見えている範囲の世界にしか用がないからである。娼婦を相手に法律の話をすることは可能か……? 精神分析学について、委員長と語り合うことは? 人間の理性なんてタカが知れているものだ。それが証拠に、いくら私が論理に沿った解釈など不可能だと言い張っても、委員会のメンバーは全く取り合おうとしなかった。私のこの説には帝さえ怒りで顔を紅潮させたほどだ。

「何だと、論理的な解釈が不可能だって！　だったら反復性はどう説明する？　垂直性は？」

いやはや、この結論にたどり着くのに何と多くの時間を費やしたことだろう。帝は自分の愚言を完全に信じ込んでしまっている。哀れなことだ。彼はもうずっと前から、全く正気などではなかったのだ。

法廷が職務に対する熱意を示したのは、その一度きりのことだった。予審は早々に終了し、精神分析学者にかけられた嫌疑は以下のようになった。文書偽造および行使、業務の妨害、残虐行為、不法な医療業務、名誉毀損（きそん）、司法妨害、偽造、謀殺未遂、偽証、精神的虐待、国家への反逆、異端信仰、横断歩道のない場所で道を渡ったこと。判事は書類を閉じながら薄笑いを浮かべて言った。

「これでもまだ、裁判所が職務怠慢などと言われますかな……」

彼が法廷の大階段の方に向かって力強く歩いて行くと、その先には報道陣の一群が待っていた。しかし彼はまず洗面所にちょっと立ち寄ると、一つ咳ばらいをし、被ったカツラがずれていないかどうかまで確かめた。ひとたびマイクとカメラの前に立ったとき、彼はしっかりと揺るぎない調子で話し出した。

「精神分析学者――まあ自称するところによればですが、彼の容疑の証拠は数え上げれば切りがなく、目を疑うようなものばかりです。また、自宅からは彼が書いた腹黒く冒瀆的なメモも発見されました。帝が不完全な人間であると言わんばかりの内容です。最低の異教徒です。当局は目下、被告の自白を引き出すための取り調べを行っております。というのも、この不愉快な人物は案の定すべての容疑を否認しているからです。しかしまあ長くはかからんでしょう。この私が請け合いますよ」

ちょっぴり口うるさい報道関係者が、遠慮がちに指摘した。

「それは合法とは言いかねるのではないでしょうか？」

「異端信仰ですか？　もちろん合法どころではなく、悪の権化で……」

「いや、拷問について質問したんです」

「それが平時においては強く推奨されるべき手段でないことは、申し上げるまでもありません。通常であれば警察には穏便な対応をお願いしております。口頭弁論でそこを突かれると不利になりますのでね。しかし、この尋常ならざる事態を前にして、我々としても尋常ならざる対策に同意することにしたのです。なあに、手加減なんかしませんよ……この手段を存分に行使できると決まったからにはね。フフフ……」

「予審はいったいどうやったんですか？」

「これもまた、目的に応じた特別態勢というやつです。要は裁判が始まるまでに、陪審員全員が被告人に激しい嫌悪感を抱いてくれればいいわけです」

予審判事の説明にすっかり納得した報道関係者たちは、再び原稿に取りかかったり、あるいは特集記事の準備に没頭したりした。彼らは、掻き集めてきた情報に各分野の専門家のコメントを添えて記事のボリュームを増やした。公共放送のテレビ局は過激派思想の信奉者をスタジオに招いた。遠近両用のメガネをかけ、オドオドとしゃべる大柄の男は、精神分析学者や医師、さらには人間全般をも排除するべきであるとの自説をとうとうと述べ立てた。別の局から協力を要請された人相学者は、生放送の場で名誉にかけて以下のように断言した。ボッサボサで陰険で、陰湿で怪しいヒゲは、生まれながらの変質者傾向を表す兆候なのだと。今やどこの局のテレビ番組も精神分析学者の話題一辺倒だ。

アスカはテレビ画面を見ながら手を叩いて喜んだ。

「ママ、見て見て。ヒゲの変なドクターだよ。ほら、あたしのネコ殺しを嫌がってた人」

「なんて、なんてかわいそうな天使ちゃん」母親はつぶやいた。この子がどれほど恐ろしい思いをしたことか。何もかもあの汚らしいヒゲ男のせいだ。それでも時が経つうちに、きっとアスカも立ち直るわ。この子の傷を癒すため、やさしい愛情で包んであげましょう。昔のようにリボンをつけた優しい娘が戻ってくるんだわ。アスカの母親は安らかな気持ちになった。愛と真実と幸福を感じさせる風がそよぐひと時であった。全てが秩序と正義の中にあると感じられた。

アスカの母親流のおめでたい楽観主義も、会計士には知ったことではなかった。とりわけ請求書を受けとったときの彼は、その境地には程遠かった。

「帝！　ああ、帝、今度こそ最悪のことが起こりました」

帝の病状は見る見るうちに悪化していた。頻度も程度も増してゆく一方の痛みを緩和するためにモルヒネを投与されており、その注射直後の彼には何を話しかけても埒（らち）があかなかった。

「病気なんだ……犠牲者なんだ……吐くのか……」

「ええ、ええ帝。とにかく先ほど届いた記録を見てくださいな。アイスクリームを1トンと……」

「トン？　トン……またすぐ大げさな物言いを……」

「大げさではありません、帝。正真正銘のトン、つまり1、000キログラムです。この1トンは、それぞれ異なるフレーバー20キロ入りの巨大バケツ50個分です」

「わかった、そりゃ大量のアイスだな。で、それがどうしたと……」

「話はここからです、帝。このアイスを仕分けしておくために、業務用冷凍庫が10台も必要でした。しかも、チビスケの小さい家にそんな冷凍庫は入らないというので、バカでかい台所、居間が2～3室、そこら中に寝室があって洗面所には金の蛇口が付いた新しい家を一軒買い与える羽目になったのです。本物の宮殿も顔負けの……」

「いくらだった？」

「1、272万3、195．13、公証人手数料は別」

「相続人なんだから、宮殿に住む権利もある」

「まだおわかりになりませんか、帝。本当にこんな金は払えないのです。ぜんぜん無理です。金庫はすっからかん、お手上げです」

「すっからかんだと？　私は帝だ。金を使うのに何の妨げもないはずだ」

「それが……あのクソチビのわがままのおかげで、都市は大打撃をこうむっているんです。前回の請求書を思い出してください。20メガトンの弾頭を12個搭載の核ミサイル、行動半径1万6、０００キロメートル、衛星誘導装置および電子妨害装置付き、白い弾頭にぴったりの赤い補助翼（エルロン）……こんなものをあの鬼っ子のおもちゃにと買い与えましたね。このときの1億３、４５７万もの出費がとりわけ痛手となったのです。この頃ではゴミの回収も道路の清掃も滞っています。下水処理も医療費の還付も滞っています。病院の受け入れ可能患者数もバスの本数も減っています。ガス代も電気代も省エネ中です……そのかわりに、大量のネコとキャンディに予算を費やしているのです」

「しかし、ネコの業者とキャンディ屋にとっては幸運だったじゃないか。そうそう悪いことばかりじゃないさ。何が不満なんだい、そんなに目玉をひんむいて」

「よろしいですか、帝。都市の公共サービスがほとんど機能していないことに対し、住民が不満を漏らし始めたのです。みんなです、街じゅうの人々がです。この怒りが頂点に達したらどうなるでしょう。そりゃあなたはいいかもしれません、もうすぐ亡くなる身ですから。でも私はこのままだと晒（さら）し首にされちゃうかもしれないんです。今まで何のために資格や免状を取って来たんだって話です」

「銀行の奴らに頼めばどんな大金でも融資してくれるさ。笑いが止まらんほどの低利息でね。君も少しは笑うがいいぜ、穴掘り好きのダックスフント君！」

「その方面にはすでに打診しましたが、組織ぐるみで断ってきました。死期の近いあなたを支払い能力のある顧客とみなすことはできないというのが向こうの言い分です。というわけで、融資は無理です」

そのときドアをノックする音がした。ホテルの支配人が挨拶回りにやって来たのだ。

「どうもどうも。ご気分はいかがですか？　澄み切った小川、飛び回る小鳥さん、かぐわしい春の香り、大理石のような空、そして野バラのつぼみよ！」

「ウンコをなすりつけてやろうか、この遺伝子組み換えニキビ野郎！」

「薬の副作用なんです」恥ずかしさに赤面しながら、会計士は庇うように言った。

「そうでしょう、そうでしょうとも」支配人は少しも気を悪くしていないようだった。

「ところで、我が帝様。あなた様のご回復とご長寿を、私ども一同それはもう心よりお祈り申し上げております。ただ手遅れになる前に、よろしければちょっとしたお支払いを済ませていただくというわけにはまいりませんでしょうか？」

「支払い？」

「は、ここにお持ちしております。あなた様の小テーブルの上に。ほら、あなた様のすぐ横にございますね。こうしておけば、万が一にもお忘れになることなどなかろうと思いましてね」

それから支配人は、やれヒナギクの香りがどうだの、子犬が駆け回るだの言うような歌を口ずさみながら、客室をあとにした。会計士は、支配人がいなくなるのを待って話を再開した。口調はさらに激しさを増していた。

「おわかりですか、帝。あの小娘に宮殿などプレゼントしている場合ではないんです。このホテル代と医療費を払うのがやっとなんです」

「つまり、全く金が残ってないということか」

「ええ、ほとんど全く。帝、今我々は岐路に立たされているのです。ご自身のことを考えてください。あのチビスケのことは頭から追い払ってください」

「いくらぐらい残ってる?」

「3、000万弱です。当面の支払いは、何とかこれで賄えます。あなたの荘厳かつ盛大かつ華々しいお葬式の費用も確保できます」

「わかった。その宮殿の金を……払ってやれ!」

「何ですって? 帝、あのですね、帝。まだわかってないんですか。とうとうその尊い頭脳まで薬に侵されちゃったんでしょうか。宮殿の代金を払ってしまったら、あなたはここを追い出されちゃいますよ。その金には私の給料だって含まれてるんですよ。私はちゃんとお給料を貰えるんですか!」

「帝として命ずる」

「私は……しかし……」

「そう言えば異端審問が流行っているようだな。君も容疑者名簿に載りたいか?」

「ヒエーッ! まさかそんな、帝」

「ならば私が『帝として命ずる』と言ったときには……」

「申し訳ありませんでした、帝……あなたの栄誉にお仕えするこの喜びよ、おお帝……あんまりだ、おお帝」

帝の独断により、とある計画が提案された。会計士は医師と委員長とボディガードらと協力し合って最小限の荷物をこっそり運び出す。その一方で、娼婦が車椅子で帝を連れ出すのだ。申し合わせたその時刻、かつてないほどに娼婦らしい格好をした娼婦は、帝を乗せた車椅子を押しながらホテルのロビーに現れた。それから彼女は受付係の若い女性スタッフに向かってつっけんどんに申し付けた。

「帝が外の空気を吸いたいんですって。1時間か2時間で戻るわ。留守中に何かあったら伝言をお願いね」

娼婦はそう言い残すと、車椅子をギーギー、先の尖ったヒールをカツカツ鳴らして遠ざかっていった。帝は代金を踏み倒したまま、従業員に見守られながらスイートルームを脱出することに成功したのである。我ながら天晴(あっぱ)れな芸当だ。帝は、押し寄せる激痛の合間ごとにニヤニヤと思い出し笑いを漏らした。一行が身を寄せることになったのは、家族経営の小さな旅館であった。この宿屋の周辺は、南の丘の境界線ぎりぎりの都市の中でもとりわけ貧しい土地である。

「まさか、嘘だろう」ここを見た瞬間、会計士が呻き声を上げた。

「星無し、古いスプリング台のベッド、油染みの浮いた壁紙、フロアごとの共用トイレ。今夜の夕食は西洋ゴボウ(サルシフィ)のグラタンだと……こんな惨めな経験は、私が大学都市を出て以来だ」

おまけに会計士はその時、部屋の反対側の隅っこに黒々としたものがガサゴソ動いていることに気がついた。

「ゴキブリ！　帝、いましたよ、ゴキブリがいたんです」

「そりゃいいぞ。あいつが一緒だと、官邸の生活に戻った気がするよ」

帝からは嫌味を言われ、目玉の飛び出るような請求書を処理し、コソコソ逃げ隠れしてみすぼらしい宿に泊まり、おまけにゴキブリまで……哀れな会計士の忍耐力は、もはや限界だった。彼はきっぱりと宣言した。

「恐れながら申し上げます、帝。私、お暇をいただきたく存じます」

「私は一文無しなんだから、会計士がいてもいなくても同じことだ。ただ、もしも私が君の立場なら、万が一ということもあるから今しばらくは……」

「この決心はもう変わりません、帝」

「オッケー。好きなようにするといい」

会計士は深々と安堵の息をつきながら立ち去った。家に帰ったらゆっくり休息するのだ。今日がんばった自分へのご褒美だ。そのとき、気の毒な男はまだ知らなかった。時を同じくして、帝の失踪に関する過激な報道合戦が街じゅうで繰り広げられていたことを。どんな場合でも帝に容疑をかけるという考えは誰の頭にもなかった。そこで最有力視されたのは誘拐説であった。警察は模範的な情熱を注いで捜索に当たった。一方で予審判事が再度の司法共助依頼を要請し、ホテルに置きっぱなしにされていた分厚い帳簿が、隅から隅まで調べ上げられた。するとたちまち、ここ最近の常軌を逸した出費額が確認された。署名はすべて会計士のものだった。

「この会計士」判事が補佐官に訊ねた。

「どういう人物だ？」

「見るからに会計士って感じの奴です。丸メガネから陰険な目を覗かせて、顎をツルッツルに剃り上げてね」

「ツルッツルに剃り上げて……そうきたか。ますます怪しいな。最初は精神ヒゲもじゃ学者、次にヒゲなし看護師、今度はヒゲ剃り会計士か」

「と言うと……？」

「うむ。このわけのわからなさ自体が、我々の注意をそらすために仕組まれた愚か者の罠なのだ。要するにあいつら同士で裏切り合っているのさ。奴らの腐れリーダーとお揃いのヒゲを拒否することで、普遍的反復の原則に背いてみせたわけだ。自らの異端信仰を露呈しつつね」

「わあ、そんな風に考えたことはなかったな。さすがに頭が切れますねえ、大判事！」

逮捕状が出されると、疲れ果てて帰宅したばかりの会計士が二名の私服警官によって捕えられた。哀れな男はシャワーや歯磨きの時間すら与えられないまま、予審判事の目の前まで引っ張って行かれた。

「うっぷ」判事は言った。

「ひどい口臭だな。が、そんなことで君への尋問が手加減されるなどとは、よもや思っちゃいないだろうね。このセコいネズミ男めが」

「違います違います。ネズミじゃなくて会計士です」

「それでは、会計士に説明してもらおう。数え切れないほどのネコ、キャンディ75キロ分、何十枚もの花柄の洋服と髪用リボン。遠い国での休暇、学術書の再出版、オランダの絵画、核ミサイル、豪邸。いったい何の目的で、金を湯水のように使っているのかね」

「目的なんて知りません、本当です。どれもこれも相続人が買ったものです」

「腿当てもそうか？　15センチのハイヒールもか？」

「サイズ29のあれですね」会計士が弱々しく言った。

「この変態。詐欺師。ペテン師。どの小切手にも君のサインがあるぞ。お前のせいで都市が危機に陥ったのだ」

「どうか聞いてください。私はただ帝の命令に従っただけなんです」

「本当かね？　帝は南の地方のむさ苦しいあばら家にいるところを発見された。ここへ来て証言してもらえるよう頭を下げて頼んである」

「帝は承知したんですか？」会計士はびっくりして訊ねた。

「拒否はしなかったよ。彼の言葉が君の主張と合っているかどうか、もうじき明らかになるだろう」

会計士にとって不運だったのは、彼が宿を去ったあとで娼婦が帝に大量のモルヒネを注射していたことだ。警官に発見されたとき、病人は全く意識が飛んでしまっていた。証言をするよう乞われた際に拒否の意思表示を全くしなかったのもそのせいだ。帝は、予審判事の事務室に案内されたときもやっぱり眠ったままだった。大きく開いた口の端からはヨダレが糸を引いていた。こんな状態の帝に、会計士の擁護などできるわけがなかった。

「なるほどね」判事が皮肉っぽく言った。

「帝がこの状態で命令をねえ？」

「いいえ。まだちゃんと意識がありました。下品な悪態を山のように口にして」

「帝が悪態を？　まさか！」

判事は寝ている帝にちらりと視線を投じた。

「病気で弱り切った人に対して何を言う。瀕死の病人につけ込もうだなんて、少しは恥を知りなさい。汚らわしいクズめ」

判事は神経質そうな顔で紙切れに何か書き付けた。会計士は、横領および背信および魔術および逃走の容疑をかけられて投獄された。

「と、いうわけで」判事は自分の太鼓腹をポンポン叩いて言った。

「また一人始末したぞ」

長期にわたる入念な下準備を経て仕組まれた策略が、委員会のメンバーによって行われていたという弁護士の説は、会計士の投獄によってさらに強固に立証される形になった。小柄な弁護士は今や、同僚たちの真ん中に陣取って大威張りである。歩いている彼を妨害してやろうと考える者もいなくなった。

「愛の名において」弁護士は大声を張り上げた。

「あるいは真実と幸福の名において言わせていただきたい。全ての裏切り者どもを監禁し、恐怖に陥れイジメ抜き、あの世行きにさせなければなりません」

委員長が座ったまま居心地の悪そうな様子でやんわりと指摘した。

「弁護士君、我が同胞よ。訴訟自体はまだこれからです……推定無罪の原則をお忘れなきように。断定できるだけの根拠は……？」

「法律こそは反復および垂直の原則の本質、決して間違うことがない。我らが同胞、公証人君もそう断言してくれるでしょう」

公証人の同意には情熱がこもっていた。少しでもためらう様子を見せて共犯者のように見られるのが、恐ろしくてたまらなかった。

「そうです。口頭弁論を待つまでもなく、全ては法典の文の如くハッキリしています。まず、破廉恥なヒゲの学者。その次は異教徒的な胸をした看護師。そして会計士。全員が委員会のメンバーです。これは偶然なんかではありません」

委員長までが渋々とうなずいた。由々しき事態であるが認めないわけにはいかないとでも言いたげだった。

「つまりこれは」弁護士は話を続けた。

「何人ものメンバーを共犯に巻き込んだ世にも恐ろしい陰謀が、委員会の内部で行われていたことを示唆しています。だからこそ我々はあいつを、日々締め上げているんです。魂を売り、反吐が出そうな反逆者に加担した汚らわしいイヌどもの名を、早いところで白状させるためにね」

「すると、この中にまだ共犯者がいるとでも？」

「一点の疑いもなくそう思っています。これは単なる権力闘争ではない。この都市を、我々が作り上げた文明の型を打ち壊し、無力化させることが目的の思想的クーデターなのですよ。我々のいつものアレ、愛その他モロモロ、この神聖なる価値観をも踏みにじる……あの腐れヒゲ学者が委員会に潜り込んだのは、そのためです。力のある者を集めて思いどおりの部隊を編制しようとしたわけです」

そこで迷わず反応したのは医師だった。

「私はヒゲ男の共犯者ではありませんよ。彼を追放するように票を投じましたから」

「それなら私だって」娼婦が話に入ってきた。

「そもそもあの精神分析学者のことはずっと気に入らなかったんです。何かと言えば倒錯の世界を目の敵にするんだもの。仕事柄、ほんとに迷惑したわ」

「私なんてねえ」ボディガードが言った。

「帝に危険が迫ったとき、自分の命さえ抛ってあいつを捕まえましたからね」

「お話はわかりましたけどね」弁護士が遮った。

「何を言っても無実の証明にはなりませんよ。皆さんは潔白かもしれない。あるいは、危険が迫っているので保身を図っているのかもしれない。チッチッチッ、反論は無用。無実を強調する者が一番怪しいのですよ」

弁護士にそう言われると、誰しもつぶやきは止めて静聴せざるを得なかった。

「まあ、しばらく待っていればいい。ヒゲ野郎もそう長くは拷問に耐えられないでしょう、そのうちドロを吐きますよ」

委員会の補佐役の女性が飛び込んできたのは、まさにそのときだった。大人しくて命令に忠実な彼女は、いつもなら会議を中断させるような真似など決してしない。が、このときは差し迫った緊急事態だったのだ。それは精神分析学者が独房で自殺したという知らせだった。この時点ですでに、ニュースは各分野へと拡散していた。彼は、薬の処方箋を団子状に丸め、きちんと気管を詰まらせるように飲み込んだということだった。

「ああ、畜生！」弁護士は憤りのあまり椅子から飛び上がった。

「違法な共犯者がまた新しい悪巧みの例を作ったわけか。どんなことをしてでも法の裁きから逃れようとする輩だ」

それから非常に攻撃的な表情で他のメンバーの方を振り返った。

「もしもまだこの中に裏切り者がいるのなら、必ずや私が化けの皮を剝がしてみせる」

どこよりも早く声が上がったのが、北の丘だった。そしてたちまち都市全域に広がった。何千という人々が自分の住む丘から降りてきて中央に位置する丘の大通りを埋め尽くし、怒声を張り上げて趣向を凝らしたスローガンを唱えていた。デモ行進者が振りかざす旗にもメッセージが書かれている。「こんな委員どもでイインかい⁉」とか、「ニャンともお粗末！」、それに「『ミ』んな『カ』んかん、『ド』ないすんねん⁉」などなど。この騒ぎは夜のニュースでも大々的に取り上げられた。

「私が思いますに、これはね、人々から委員会への痛烈なメッセージですよ。帝のように公明正大かつ勇猛果敢であれと言うね」

「いやいや、全く違う。あのぞんざいなタメ口からは、むしろ住民自身に対する問いかけという感じを受けるなあ。彼らの規範は帝なのであって、怪しげな人物が横行する委員会など要らないってことです」

「完全に思い違いをしてますよ。下層民すなわち、汗臭くてロクでもない下衆な人間の集まりですからね。あのスローガンだって、綴りがメチャクチャですよ」

委員会では——まだそう呼んでもかまわなければの話だが——メンバーの誰もが不安を抱き始めていた。精神分析学者が自殺した日以来、毎日誰かが弁護士から吊るし上げを喰っていたのだ。看護師と会計士の次は銀行業者の番だった。それから道学者。次いでタロット占いの女。そして自動車修理工、女性美容師。彼らは全員同じ運命を辿った。ボディガードと肖像画家は、弁護士の標的にされるのを恐れて高飛びを決め込んだ。委員会に残っているのは、公証人と医師と娼婦と委員長、そして言うまでもなく退院直後のペンギン氏であった。ここまで大胆な人員削減も住民を納得させるには程遠いどころか、彼らの委員会に対する不信感をいっそう募らせた。

「一般人どもがガーガー言ってるのは」弁護士が言い放った。

「この無秩序で汚職まみれの状態をどうにかしてほしいからだ。そもそも誰のせいなのか。薄汚いヒゲ男や、看護師や会計士、銀行業者に道学者、他の奴らも忘れてはいない、ただ長くなるから以下省略。無秩序は秩序で駆逐するしかない！　秩序すなわち法律だ。今ある問題はすべからく法によって、法律的に解決されるべきだ」

これにはペンギン氏だけが、頭をブンブン前後に振って明確な同意を示した。それ以外の数名は、あくまで慎重な態度を崩さなかった。弁護士がこうした大げさな物言いをするときは、往々にして新たな粛清が始まることを知っていたからだ。彼らの読みは的中した。

「ところで」弁護士は話を続けた。

「すでに我々は、かつての同僚を何人も刑務所や死刑台へ送り込んできた。にも拘わらず、今なお無秩序が跋扈（ばっこ）し続けている。これが意味するものは、ただ一つの事実である。すなわち、我々の中に裏切り者が残っているということだ」

メンバーたちは互いに顔を見合わせ、椅子に腰掛けたままで震え始めた。

「私がどんなに死に物狂いで探しても容疑者を特定することはできなかった。そこで私は犯人を追い詰めるためのよい方法を思いついたのだ」

そう言うと弁護士は、カビの生えた古そうな棒きれを数本、アタッシェケースから取り出した。

「神の裁きにお任せしよう」

「その棒きれで?」

「えーっと、それって……つまり……?」

「左様。くじ引きをするのだよ。なかなか楽しいじゃないか……ペンギン氏、もしや緊張しているのかね」

ペンギン氏は棒きれをどんよりと見つめながら、椅子に座ったままぎこちなく身をよじった。

「その……私ほど多くの災難に見舞われておりますと」ペンギン氏は口ごもりながら言った。

「神の裁きとか言うものの存在は、どうも信じるのが難しくてですね……今度もまた、ギャフンと言うようなオチが待っている気がするんです」

「おいおい、ペンギン氏。こんなもの、ただの棒きれじゃないか。疚しいことがないのなら、何も恐れることはないだろう」

「うーん、そう簡単に言われても……」

ペンギン氏はそう言いつつも渋々と、適当につかんだ一本の棒きれを引いた。最初はちょっぴり顔をしかめていたのが両目をカッと見開き、やがて満面の笑みを浮かべている。自分でも驚いたことに、彼は一番長い棒を引き当てたのだった。

「一番長い棒……私が一番長い棒を……」

「これでわかったかね、ペンギン氏。心配するだけ無駄だっただろう。これなら神の裁きを信じるかい?」

「それはもう、信じます、信じますとも」

ペンギン氏はそう言うと、手の中の戦利品を振り回しながら小躍りして喜んだ。ただしこれはあまり賢いふるまいではなかった。というのも、ペンギン氏がぴょんぴょん飛び跳ねた際の振動が、弁護士が用意したカビだらけの棒の弱った部分に衝撃を与えたのだ。このため彼が引いた棒きれは真っ二つに折れてしまい、上半分は床に転がり落ちた。ペンギン氏は、自分の指と大差ない長さになった物体を手に、たった今降って湧いた悲劇に打ちのめされていた。

「おう……」

「ペンギン氏、どうする？　君のが一番短い棒になってしまったね」

「……後生ですから……不慮の事故で……だって、一番長いのを引いたんです」

「神の裁きに過ちなどはない。神の裁きは間違いなく実在すると、君自身もさっき認めたじゃないか」

「……あれは、たまたまうまくいったときの話で……」

「裏切り者！　不実な奴！　極悪人！　君だけは信じていたのに！　とんだ恩返しをしてくれたものだな！　警備員、警官、軍人崩れども。この下劣な男を即刻逮捕し、ブタ箱にぶち込んで徹底的に嬲(なぶ)りものにしてやれ！」

こうして独房に放り込まれたペンギン氏は、訴訟を待つ間、看守の退屈しのぎのための殴られ役をつとめたのだった。

帝の命は、もはや風前の灯であった。自分の白血球に我が身を食い尽くされていたのだ。あまりにも激烈な骨の痛みのため、とうにベッドから起き上がることもできなくなっていた。彼用のモルヒネはすでに何日も前に使い果たされていた。帝の苦痛を和らげられるほどの薬は残っていなかった。当初の期待を裏切って、娼婦の見舞いですら彼の容態を少しも改善することはできなかった――彼女自身もそれがよくわかったし、それを医師に伝えるのも忘れなかった。彼女がちょっとしたおしゃべりをしに立ち寄るのは、午後遅くから夕方にかけての時間だった。話すときはできるだけ涼しげな笑顔と軽やかな抑揚を心がけていたけれど、彼女は内心不安で仕方がなかった。ここ数日の帝は、弱々しいカタコトのような言葉しか話せなくなっていたのだ。

「帝、帝、私の可愛い坊や。今日はほんとに大変だったの。大げさじゃなく、地獄そのものって感じ。体にピタッとしたドレスがカタログに載ってたの、それをあっちこっち探し回ったんだけども、お店にぜんぜんなくってさ。いつの時代の話かと思うわよね。それじゃなくたって、ツメが剝がれそうになって大変だったのに――あーあ、ほんとに最悪な一日だった。で、あなたはどう？　何か変わったことはある？」

「……モル……ヒネ……打って……」

「そうしてあげたいのは山々なんだけど、もうなくなっちゃったのよ。ちょっと前にありったけ使っちゃったし、買い足すお金はもうないしね。だから、今となってはもう……こんなこと言ってごめんなさいね、何もしてあげられないのよ」

「……いたい……いたい……」

「そりゃそうよ。だってガンですもの。あたしにどうしろって言うの？　ね、それよりちょっと聞いたんだけど、また新たなメンバーが投獄されたんですって。異端だか背信だかよくは知らないけど。この調子だと、最後に残るのは弁護士のあいつだけね。私も逮捕される可能性大だけど、実はそんなに怖くないのよ。だってね、刑務所とチビっちゃい怒りん坊のどっちがゾッとするかって考えたら大差ないじゃない。私たちを不幸のどん底に突き落としたのはあいつよ。以前の私たちは委員会のメンバーとして、おいしい思いもさせてもらったし一目も二目も置かれてた。誰もが私たちにヘイコラしたものよ、なのに今は……道で出会ったとたん、こっちが挨拶をする前からひどい目で睨まれるんだから。あたしたち、住民から心底憎まれてるような気がするのよ」

「えー、ゴホン！」

医師が娼婦の背後で咳ばらいをして注意を向けさせた。

「我がご同胞よ、ご存じないようなのでお伝えします。帝にはもう何も聞こえてません。すっかり意識を失ってますので」

「本当に？　私、そんなにお邪魔だったかしら？」

「いやいや、痛みのせいですよ。ここまで進行していると、その痛みも生半可ではありませんから」

「ではもうじき……？」

「おそらくあと数日の命でしょうね。1週間、もってせいぜい2週間か。痛み止めの薬もなし、まさに生き地獄ですよ。遺言書の問題さえなければ、私は安楽死を勧めたでしょうな。が、背の低いガミガミ男が目を光らせてる限り言えっこありませんよ。私だって命が惜しいですからね」

「お薬を出してあげてくださいな。ちょっと病院まで行って……」

「それは賢明とは言えませんな。看護師たちは私を見つけると使用済みの注射針を投げつけてくるんです。街の診療所のどこかに入るよりも前に、私はハリネズミみたいにされちゃうでしょうね」

しかし、そんなことぐらいで引き下がる娼婦ではなかった。彼女は帝が寝ている粗末な部屋に一つだけ置かれた洋服ダンスの中を引っかきまわした。そして、哀れな精神分析学者が気に入っていた、あのトンデモ上着がハンガーにかかっているのを発見した。

「こんなもの」彼女は言った。

「彼にはもう必要ないわよね」

「こりゃいいや」医師は思わず叫んだ。

「その服を着れば芸能界デビューできるかな。帽子からウサギを取り出して、観衆をあっと言わせたりして。実はずっと夢だっ……」

「何言ってんの、アンポンタン。これを競売所に持って行ってオークションにかけるの。帝の持ち物ですもの、大した値打ちがあるはずよ。うまく売れれば帝が生きてる間のお薬代ぐらいにはなるでしょう」

娼婦が医師を伴い、委員長と公証人の所に行ってこの計画を打ち明けると、彼らは二つ返事で承諾した。委員会最後のメンバーの四人は、帝の上着を聖遺物の如く大事に抱えて競売所に赴いた。ところが、競売所の秘書は彼らとは異なる意見を持ったようだった。色の見本市のようなその上着を一瞥すると眉をひそめ、再び見ようとさえしなかった。

「これが帝の持ち物？　私のことをバカにしてるのか？　通報される前にとっとと失せろ、ロクデナシの物乞いゴキブリども！」

彼はこの連中を一刻も早く追い払おうとして、大ビン入りの殺虫剤にまで手を伸ばしかけていた。

「いい考えだと思ったんだけど」娼婦がうなだれて言った。

委員長が彼女の肩を叩いた。

「こうなったら蚤(のみ)の市しかないよ」

ところが蚤の市でさえ買い手はつきそうになかった。それでも諦めずに探し回っているうち、見るからにアコギな商売人につかまってしまい、上着は二束三文で手放すことになった。値段交渉の末に娼婦の手に残ったものは、クシャクシャになった数枚の紙幣だけだった。

「私のひと働き分の方が」娼婦は言った。

「いくらかマシな額になるわ」

「そのことなんですが」公証人が口を出した。

「ちょうどその話題が出たので……あなたがそれをなさることはできないのでしょうか……？」

「私が何をするんですって？」

「えーと、ひと働きと言われたでしょ。少しはお金になるんでしょ……ひと働きなされば」

「ちょっと待ってちょうだい！　私を商売女だとでも思ってるわけ？」

「だって……」

「私はね、帝専属の高級娼婦なんです。契約書にも明記してあるわよ。それ以外の男とやってはならないってね」

「娼婦が聞いて呆れますな。20年も働いて、お客はたった一人だと。うちの娘の方が結果を出してるぞ。しかもまだ高校生なのに」

公証人と娼婦が小競り合いをしている間、医師は委員長に儲けた金の使いみちについて説明していた。

「スズメの涙だな。モルヒネのカプセル1個を買うのがやっとです」

「やれやれ、そうか。痛みが引いたってせいぜい10分かそこらだな」

彼らは帝の部屋に引き返し、ありったけの衣類を持ち出すことになった。20着以上のスーツ、色彩感覚ゼロの三つ揃い、立派なカフスボタン付きのシャツ、それぞれにピンが付いているネクタイ、何足もの靴と靴下、帽子、ベルト、コート、肌着、果ては使用済みのパンツまで。これらは全部2個分の段ボール箱に詰め込まれ、蚤の市へと運び込まれた。不慣れな作業にまつわるイライラが頂点に達した娼婦が、いきなり逆上して言った。

「アスカ、あのクソガキ……帝にとどめを刺すのがあの子の役目じゃなかったの？」

背理法

091

ベンゴシのおじさんに連れられて行ったら男の人がいた。その人、白いカツラに黒い服だった。そんなヘンテコなかっこをしてるのに、なぜかだれも笑ってないの。で、あたしはその人に紹介された。

「この子が例の反抗的な娘です」

パパとママは、あたしのうしろで大泣きしながらあやまってた。どうぞわかってやってください、とか、不幸な子供なんです、とか言ってさ。あたしは「不幸なんかじゃないじゃん」って言ってやったわ。

なのに誰もあたしの話なんか聞いてくれない。黒服の男の人が、二度とネコにちかづくべカラズって言って、トンカチで机をたたいた。あたしは、その人がうしろを向いたすきにトンカチを失けいして、誰にも気づかれないように★「アブ・アリー・アル＝フサイン・アブドゥッラーフ・イブン・スィーナー」の頭をこっそりブチのめした。まあね、何もできないよりかはマシだった。でもやっぱ、今日のはイマイチの出来だったな。

★ペルシアの哲学者・医者・科学者。のちの中世ヨーロッパのスコラ学に多大な影響を与えた

092

「セーレン・オービエ・キルケゴール★」を追っかけまわしてたら、おまわりさんにつかまっちゃった。

「おい！　お前、アスカだな。お前のことは知ってるぞ。ネコへの接近は禁止されてるだろう」

「でもね、ネコのほうはあたしにせっきん禁止されてないもん。でしょ？」

あたしがこんなにうまいこと言うなんて、おまわりさんは予そうもしてなかったんだね。すっごく困ったような顔になっちゃった。

「『セーレン・オービエ』、いい子いい子、ママのとこにおいで！」

おまわりさんがトランシーバーで上のひとに相談してる間、あたしはチューインガムで「キルケゴール」の鼻の穴と気管をふさいだの。あたしの苦ろうを台なしにされないよう、ちっ息しかけてバタバタ動く脚をシッカリおさえながらね。

★デンマークの哲学者。実存主義哲学の創始者あるいは先駆者とされる

093

またまた黒い服の男の人に呼び出された。パパとママはいちばんいい服を着てあたしについて来た。行ってみたらベンゴシのおじさんもそこにいたよ。あげ底のクツをはいてて、テレビで見るくらい大きく見えた。で、何か命れい文みたいなのを読み上げられてから、

さい新の意しき調査のけっ果というのも聞かされた。

「質問。『アスカは帝を殺すべきか?』97パーセントの住民が『はい』と回答。以上の結果より、アスカは民主主義原則に則って命じられた殺害を速やかに遂行すべし」

なるほど、なるほど……で、いやだって言ったら? そう言うと、ママにじゅう血した目でギローってにらまれた。

「言われたとおりにしなければ、1週間のデザート禁止よ。いいわね、お嬢さん!」

1週間だって! これ、どう考えてもりっぱなごうもんだよねえ。あたしは家に帰ってから、けっこうむりをして「ワン・フー」★をベルトでしめ上げた。でもね、やっぱり、うまく気もちをしゅう中できなかった。

★16世紀初頭、明朝時代の中国の下級官吏。世界で初めて宇宙飛行士を志してロケットに乗った人物だという伝説がある

094

どこかに旅行に出かけてたパパとママが、水パイプを持って家に帰ってきたよ。二人の洋服ダンスの中をゴソゴソかき回したら、二人がけっこん記念日のたびに吸ってる、丸く固まったマリファナが出てきた。で、水パイプにそれをエイッとつめこんだ。そりゃもちろん、アヘンのいいやつなんかには全然かなわないよね。でも、「ホレーショ・ネルソン」★には期待どおりのこう果があったんだよ。まず初めに吐いたでしょ、で、ひっくり返ってバタバタしたでしょ、

あと、ヨーロッパアオゲラの鳴きマネみたいなのも始めたでしょ。聞いたこともない声で鳴き出すんだからね。

あたし、持ってるものをごっそり取りあげられちゃったんだよ。水パイプも、マリファナも、それからピストルも、短刀も、野きゅう用のバットも、リボンもベルトも、シュリケンも、カミソリの刃も、びょう付きのこん棒も、ダイナマイトも、なんとエンピツけずりまで、何もかもぜーんぶだよ。台所とおふろには、決められたとき以外入っちゃダメだって。電化せい品はゼッタイに使よう禁止だってさ。夕ごはんのときなんて、プラスチックのナイフとフォークしか使わせてもらえなくなった。

★イギリス海軍提督。アメリカ独立戦争、ナポレオン戦争などで活躍した国民的英雄

095

「★古典主義時代における認識は非常に唯名論的なものだった。19世紀になると言語（ランガージュ）は自身が折り重なるようにして自らの底の厚さを獲得するに至り、固有の物語性や諸々の原理原則、客観性を拡大していく。それはいつしか我々にとって、生きとし生けるもの、富あるいは価値、歴史上の出来事や人物などの事柄と並んで重要な認識の対象となったのである。言語（ランガージュ）には恐らくそれぞれに属する固有の概念が存在する。しかしそれを分析の対象とすることは経験的認識についての分析と同次元の基盤の上になされるのだ。一般文法が論理学の次元にまで引き上げられその中に組み込まれた時代はすでに終わっている。言語（ランガージュ）を認識することはもはや認識それ自体を問題にす

るのではなく、言語の対象物が属している唯一無二の領域について知るための手段を……」

309ページめだった……「ヨハネス・ケプラー」★2は、もうそれ以上生きていられなかった。で、バッタリたおれてコロっと死んじゃった。あたしだって死にそうな気持ちがしたもん……これが、げんだい哲学ってやつね……それにしてもパパめ。エンピツけずりを返せ！

★1 上記文章はミシェル・フーコー著『言葉と物』からの引用
★2 ドイツの天文学者・数学者・自然哲学者。天体の運行法則にまつわる「ケプラーの法則」を唱えた

096

その子の名前は「紫式部」★だった。「ケプラー」といっしょに生まれたメスネコで、この二匹、くっついてばかりいたんだよ……絵にかいたようなカップルだよね。「ケプラー」がいなくなったとき、この子ったら一日じゅう鳴きどおしだったの。何日たっても何も食べようとしなくって、けっきょくそのまま死んじゃった。よそのオスネコどもがでっかくなったおチンチンをあの子に見せびらかしたとき、こうふんしたはずみで助からないかなあって思いながら見てたんだけど、ダメだったね。

「愛ゆえの死」なーんて、まるで映画のお話みたいだよね。きれいなドレスを着たひとがいっぱい出てくるお話の映画ね。かわいそうな「式部」……あっという間にウジ虫がわいちゃったよ。

★日本の平安時代の歌人・作家。『源氏物語』の作者として有名

あたしはママに言ったんだ。お野菜がいるの、たくさんいるの、もっといるの、とにかくいるの、って。ママは眉をひそめると、すぐベンゴシさんに電話した。ベンゴシさんは人るい学者に電話した。人るい学者は民生委員に電話した。民生委員は栄よう士に電話した。そのあと、栄よう士は民生委員にかけなおし、民生委員は人るい学者にかけなおし、人るい学者はベンゴシさんにかけなおした。というわけで、あたしは好きなだけ野菜をもらえることになった。「セルゲイ・セルゲーエヴィチ・プロコフィエフ★」には、3しゅう間ぶっとおしで野菜をつめこみ続けた。そしたら自分の腸を吐き出して死んだ。ネコがベジタリアンになったのっていつの話よ?

★帝政ロシア期から旧ソ連時代にかけて活躍した作曲家・ピアニスト

「さいみんじゅつ」って、まだためしたことがなかったの。それってやっぱ、カッコよくないでしょ。で、パパもママもこっちを見てないときに、「ゴットロープ・フレーゲ★」をうまく部屋の中におびきよせてから、瞳こうをひらいた目であの子をじーっとにらみつけたんだ。あの子はグッタリしちゃって、じっと動かないままあたしの目を見つめてきた。「ゴットロープ」のシッポがぴんと立ったとき、それってネコがさいみん状態になった印だから、あたしはその子に向かって命令した。

「ミャーオー……ミャーオーミャーオー、ミャーオー、ミャオウ!」

そしたらあの子、ノドも鳴らさずに出て行ったの。シッポをピンと立てちゃって、まるであやつり人形みたいだったよ。で、一直線に外の道路に出て行くと、走ってきた2時35分発の急行にとびこんだの。あたしね、さいみんじゅつなんて、実はこのときまで信じてなかったんだ。宇ちゅう人とかインドの黄金アリ伝説みたいに、くだらない作り話だろうって思ってたから。

099

とんでもないことになっちゃった。ゲームソフトのお姫さまみたいにお部屋に閉じこめられてしまったの。ベンゴシのおじさんからは、帝を殺す以外の目てきで部屋を出てはいけない、ってきっぱり言われちゃったよ。おもしろい絵本でも読もうかなと思ったら、どのページにも「ミカドを殺せ」って書いてある。インターネットも同じこと。どのテレビを見ても、あたしの話ばっかり。お下げ髪の仲よしの子が電話してきたときも、受わ器から大声で「ミカドを殺せ！」だって。部屋のドアのすきまからも、封とうが毎日さしこまれるし。

外の空気がすいたくなってバルコニーに出てみた。空を見ると「ミカドを殺せ」ってデカデカと書かれた大きな飛行せんが浮かんでたの。道路を見下ろすと、白いチョークで「ミカドを殺せ」って書いてあった。

おおっと！　道路にネコはっけん。ヨシヨシ、あたしのかわいい「アイルトン・セナ★」、ママのとこ

★ドイツの数学者・哲学者・論理学者。現代数理論理学の祖と言われる

ろにおいでよ。やっぱ、ちょっと遠すぎるかなあ……で、つかまえるのはムリだった。あたしは思いっきり集中りょくを使って、あの子を老死させたんだ。つまり、大切なのは念じる気もちってことだよね。

★ブラジル人のレーシング・ドライバー。史上最速のF1ドライバーと言われ、ワールド・チャンピオンを三度獲得するも、34歳のときレース中に事故死した

もうかれこれ長い間、どんよりと重苦しい空気が全てを支配していた。まるで建造物そのものから濃霧が滲み出ているかのようだった。どこもかしこも霧のせいでジットリ湿っていた。服も帽子も、靴の裏も。霧は、家々の窓のほんの小さな隙間からも遠慮なく忍び込んでいった。その粘っこい物体は、どんなものだろうと触れるそばから舐めるように覆い尽くしてしまう。道行く人々の足取りはいかにも重そうだった。景気のいい車のエンジン音も今は途絶えた。鳥たちは上空を飛ぶことはおろか、ゆったりと翼をはためかせることもできなくなった。ここは古い時代の中央ヨーロッパにおける小説の世界なのだと言われれば、誰もがたやすく信じただろう。

ジメジメした霧が引き起こす不可思議な現象は数知れず、そのどれもが浮世離れしていた。だから、その問題の水曜日に廊下のずっと向こうからカツカツという靴音が鳴りひびいたときも、誰も驚いたりしなかった。木靴を履いた人が古い路地のデコボコした敷石を乱暴に踏み鳴らすような、くぐもった感じの足音だった。あの濃霧の中であれば、こう思う人がいても不思議ではなかった――。

「馬だろうか？」

「ラバだろうか?」

どんな生き物が現れたとしても、驚く者はいなかっただろう。人々は、じきに足音の主が姿を現すだろうと思っていた。しかし、湿った空気の中を無為な時間がただ過ぎて行くだけだった。そのまま何分も経って、どうやら何も目撃せずに終わりそうだと思われた頃、ジトついた空気からうっすらと灰色がかった塊のようなものがようよう出現した。

その正体とは何だったのか? もしかしたら、灰色の馬だったのかもしれない。灰色の御者に灰色の手綱を引かれ、灰色のタテガミを生やして灰色の引き具に灰色の羽根飾りのついた馬。もしくは、灰色の箱に灰色の中味の詰まった灰色の荷物を積んだ灰色の馬車。あるいは、灰色の列車の後部に立ち、血の気のない灰色の手に灰色の帽子を取って灰色の頭を下げる、灰色の幽霊のような灰色の人たちだったのか。いや、灰色の長い腕を覆う灰色の上腕甲だったかもしれない……答えはわからない……誰もその正体を見ることはなかったのだから。その不思議な行列は、通り過ぎたかと思う間もなく消え失せ、再びジットリした霧が漂い始めていた。あとに残ったものと言えば、非現実的な記憶の中の痛々しいこだまにのように、遠くで鳴り響く木靴の音ばかりであった。

あらゆるものが正常に機能しなくなっていた。人々の精神さえも。果たすべき義務はあるにはあったが、そんなものはやるだけ損だと考える風潮がはびこった。陰うつな気分が都市全体を支配していた。人々は、いっそ大規模な豪雨が来てこのジトジトを一掃してほしいと願うことさえ放棄してしまっていた。

100

「アスカ、ミカドを殺害」

夕かんの記事に、大きな字でそう書いてある。朝かんの記事にも、大きな字でそう書いてある。日曜ばんの記事にも、大きな字でそう書いてある。きのうあたしはテレビにも出えんした。

ベンゴシのおじさんが、またおかしなことを言い出したからだよね（あたしは家から一歩も出てないんだもの。ミカドを殺せるわけない）。パパやママが「いいん長」って呼んでる男の人が、でっかいリムジンに乗ってうちの前までやって来ると、あたしに向かって、その手にけんりをお渡ししますって言った。そのしゅんかん、カメラのフラッシュがすっごくパシャパシャ光って、パパもママもあたしの足もとにひれふした。ミカドのそうぞく人になるのもなかなかいいもんだね。

何キロもあるキャンディも、かわいいお洋服も何千ひきっていうネコも、ぜんぶ持ってきてくれるんだよ……あたしはパチンって指を鳴らすだけでいいの。ママにも「ガトー・オ・ショコラのそうごう責にん者」って名前をつけてあげたいな。でも、まずは先だいのミカドの名前を決めなくちゃね。これがなかなかむずかしいんだなあ……「べベール」★[1]「ガーフィールド」★[2]「ドラえもん」★[3]……よさそうな名前なら、いくらでも思いつくんだもん。

★[1] ベルギーの漫画のキャラクター。1960年代に新聞に連載されて人気を博した
★[2] アメリカの漫画のキャラクターで、主人公のネコの名。TVアニメ化・実写映画化もされた
★[3] 日本の漫画のキャラクター。藤子・F・不二雄作

「死亡？」

医師の宣告を聞いて、弁護士は驚愕した。

「ええ、死亡しました。そんなに驚かなくっても、こうなるのはわかってたでしょう」

「しかし、こんなに急だなんて聞いてないぞ。あと二〜三日はあるって言ってたじゃないか」

「薬も延命治療もなしではそういうわけにもいきませんでね。できる限りのことはさせてもらったんですが」

「三日あれば何とかなったのに。いや、二日でもよかったんだ。そうすればチビスケも観念して、法の求めるところに従っただろうに……法に逆らえるわけはないのだから」

「あのですねえ……」

「帝を殺せというのは、完全に合法な命令だった。間違いなくあと一歩のところだったのに……ああ、法が、法が……」

彼の落胆は、いつしか尋常ならざる憤怒へと変わった。

「君！　そう、君のせいだ……職務放棄もいいところだ。君はわざとミスを犯し、故意に帝を死なせたんだな」

「ほらやっぱり。いつかこうなると思ってたんだ」

「しらじらしく白衣なんぞ着おって……裏切り者、社会のゴミ、テロリスト、無政府主義者、見苦しい落ちこぼれ！」

医師の顔に大粒の汗が流れた。逮捕、そして異端審問が間近に迫っていることをヒシヒシと感じた。この絶望的な状況を打破する方法は、たった一つしかなかった。

「えーと……弁護士君ね、私は大事なことを忘れていました……帝は病死ではない。まさに殺されたんですよ」

「何だって？　間違いないのか？」

「私は医者ですよ。この道のプロですからね。医学的かつ職業倫理的に断言します。この一件に白血球は全く関与しておりません。この私が帝は殺害されたと言うのですから、それはもう信じていただく他ありません」

「ああ、しかしそうなると状況は一変するぞ……死因は何だ？」

「うーん……毒殺」医師はとっさに出まかせを言った。

「何者かが大量のヒ素を混入した水を、帝がコップから……グビッ、コテッ！　です。しかしご安心ください。時間にすればほんの一瞬のことで、帝はほとんど苦しまれなかったでしょう」

「そうかそうか……ってことは、つまり殺人だと言うのなら、犯人は……？」

「アスカに決まってるでしょう。そのわずか数分前、あの子がそのへんをウロついていたのを見ましたから」

「何てことだ！　あのガキがウロついてただって？　そんな報告は聞いてないが」

「みんなホラ、すごく忙しかったりするし……子供ってヤツは人目を引かずにどこへでも入れたりするし」

　弁護士が返事をしようとした瞬間、廊下の向こうの方から靴のカカトを鳴らして歩く娼婦の足音が聞こえてきた。医師は彼女にひと肌脱いでもらおうと思い立ち、大急ぎで呼び止めた。とにかく何としてでもこの難局を切り抜けなければならない。自分一人でこの虫ケラのような男に勝てる気はしなかった。

「ああ、我が娼婦君。そのへんでアスカを見かけませんでしたか?」

「え?　何のお話でしたっけ……」

「ああ、やっぱりそうか」医師が乱暴に遮った。

「あのかわいいおチビさんを見たって言うんですね。見たって言わないと私ら、異教徒の共犯者呼ばわりされて、刑務所送りになっちゃいますもんね」

　娼婦の顔色がさっと変わった。

「ウッ!　あの……ええ、そうだったわね、私ったら忘れてた。そうよ、決まってるじゃありませんか。間違いなくあの子を見ましたわ、ええそこに」

「しかも、帝のそばをウロついてたんですよね?　まさしく帝の最後の瞬間に……」

「み、帝……?　えと……ええ、もう、ほんっとすぐそばにいたわよね。とにかく、あの子は帝を殺してるところだったわ。絶対そうですとも」

「どうです」弁護士の方に向き直りながら医師が言った。

「目撃者がいましたよ。アスカの帝殺害現場を、娼婦君はその目で見たのです」

「本当だろうな?」弁護士が聞いた。

「間違いないだろうな」

「ええ、そうよ。絶対そうだわ。短刀で胸を突き刺してたんだもの、グサッ、グサッ! って」

「短刀? さっきの医師君の話では、大量のヒ素による毒殺だということだったが」

医師は、しばらくおでこを撫でさすったあとでモゴモゴと話し出した。

「そうですよ、もちろん専門的には毒殺と言いました、しかし短刀による刺し傷もあったんです。私、そう言わなかったっけ?」

「いや」

「おやおやー? 私もウッカリしちゃってたなあ。こんな大事なことを言い忘れるなんて。こりゃあ私の落ち度でした」

「君たちの話から察するに……」弁護士が言い出した。

「短刀と毒薬の両方で……」

「だって事実ですもん」娼婦が言い張った。

「見たんですもん。まさか、私の作り話だなんて言う気じゃないでしょうね。だったら……」

そのとき戸口に現れたのは公証人だった。

「……だったら、公証人さんに確かめてみればいいでしょう。問題のその時刻には、私と一緒にいたんですから」

「そりゃあ願ったりだ」医師が言った。

「目撃者が二人もいるとは。ますます幸先がよくないか？」

「まあね」弁護士がつぶやいた。

それから、公証人の方に顔を向けていった。

「では、我がご同胞、君はチビスケが帝を殺す現場を見たのかね？」

「ヘッ？　何ですって？　どういうこと？　誰が？」

弁護士の背後から、医師と娼婦が大げさな身振りで合図を送ってきた。それを見たところで、公証人には全くワケがわからない。忍び寄る運命の魔の手にも気づかずに、とにかく彼は、話を合わせることにした。

「はあ……はい…見ました……何を見たんでしたっけ？」

「アスカが帝を殺す現場をだ！」

医師が執念深く繰り返した。

「帝が殺され……？　ああ、そうでしたね。もちろんです。しっかり見届けましたよ。アスカがロープであの首をギリギリ締め上げていた！　いやあ、目を疑いましたよ。あの年の子供に、まさかあんな力があるなんてねえ」

弁護士はたちまち反撃にかかった。

「ロープ？　しかし私が聞いたのは……」

「はいはいはい」医師が取りなすように言った。

「毒薬、短刀そしてロープと。これでおわかりでしょう。やるときには徹底的にやる子なんです」

「ううむ……」

タイミングよく、委員長がドアのところに現れた。彼らが口論する声を聞きつけたので、仲裁役を買って出ようと思って来たのだ。現在の状況にあってネズミ獲りの罠にかかりたくなければ、それが何であれ自分を蚊帳の外に置かないことが必要不可欠なのである。公証人は見るからにホッとした表情になって委員長の登場を歓迎した。

「委員長もだ。彼も見たんです。聞いてみればわかります」

「我々より適任だ。何たって委員長だもの」

「目撃者が三人になった。ますます勝ち目が出てきだぞ」

「本当ですか？」ますます驚いて、弁護士は聞いた。

「あなたも見たんですか、敬愛する委員長？」

娼婦がかかとをピョンピョンさせながら言い張った。

「委員長ったら委員長、言ってやってちょうだいな」

「んん、困った女だね。どんなお仕置きがお望みで……」

「違う違う違う。そっちの話じゃないのよ。帝、が、死んだ、でしょ。あなたはそのとき……」

「おい、何だって。死んだ？　大変じゃないことじゃないか！　私は何も聞いてないぞ」

間髪を容れずに公証人が言いつくろった。

「アスカがとても静かにやってのけたからですよねえ。思い出してください、あなたもそこにいましたよね、私と一緒に」

「私もいたわ」娼婦がささやくように言った。

「一部始終を見たわよね。アスカが帝を殺すのを」

「それは……つまり君らが言うのは……物音一つ立てずに、ってことか？」

「そういうこと。物音一つもね」

「そういうことか……そうだ、私は何も聞かなかった、しかし一部始終を見た。犯行に使われたあのクッションも。厚みのたっぷりあるクッションを、顔に押し当てていた」

弁護士の驚きはいよいよエスカレートしていた。

「クッションもですか？　毒薬とロープ、短刀に加えて？」

「えー……そうです」医師は、どうにもあやふやな口調で請け合った。

弁護士は四人の同僚の顔をじっと見つめてから、いかにも信じ難いというように頭を振った。

「全く、とんでもない娘っ子だ」

その場を一旦立ち去りかけた弁護士は、再び戻ってきて医師に問いただした。

「遺体は見られるかね？」

「あのねえ……何のためにそんなことを？　断言しますけれど、死因はロープに毒薬、クッションと短刀です。あらためて確認する必要はありません。先ほどお話ししたことが全てですよ」

娼婦と公証人と委員長が、一点も非の打ち所がない団結力で同意した。

「いやいや」弁護士が遮った。

「私はただ、帝に最後のお別れをしたいだけだ。せめてあの方に……」

「まさか、そんなこと。冗談じゃありませんよ！」

「冗談……？」

「感染の恐れがあります」

「感染？　だって、死因はロープと短刀と、それから……」

「つまりこういうことなんです。人は死んだとたんに、病原菌とかウィルスとか、バクテリアとか寄生虫とか……そういうモノの餌食になるんです。体じゅうにシラミが湧いて、それはもう想像を絶するおぞましさ、文字どおりの醜さです。そいつらがまた、どこにでも誰にでも飛び火するんだ。ヒョイっとね。ああ、くわばらくわばら」

「でも、帝が死んだのはついさっきだって……」

「えーっとね、万一感染した場合、ものの何秒かで健康体が生ける屍みたいになっちゃうんだなあ。遺体に近づくなんて、とんでもない。もしもあなたの身に万一のことがあったら、私はそれこそ一生後悔することになってしまう」

弁護士は医師の言葉に納得すると、ゆっくりした足取りで執務室の方へと立ち去った。彼にとって帝の死は、法律に関する膨大な書類を整備することを意味していた。また、その後行うことになる大規模な記者会見の準備だってある。弁護士がいなくなると、危機を脱した四人のメンバーは深々と安堵の息をついた。娼婦がいみじくもこんなことを言った。

「無実の人間ばっかりしょっ引いておいて、ホンモノは見抜けなかったわけね、あのオッサン」

「つける薬もない手合いですよ」医師が診断を下した。

●精神分析学者による最期の草稿

（走り書きにつき、後でまとめること）


性格の不安定さ、攻撃性過食症、良心の呵責。

帝の肉体は、過度に重大な責任を負って生きられるほど強靭ではない。自らの暴走を制御しようとも思っていない。惨めな状態にある自分に喜びを見出し、馬鹿ばかしいものに取り囲まれて生きている。仮に帝が健全な精神状態だったなら、ペンギン氏だの弁護士だのはとっくの昔にお払い箱だったであろう。帝は、真の帝ではなかったのだ。

この本が完成する日は来るのだろうか……。

無秩序や淫猥さに対する病的な憧れ。それはまさしく躁うつ症の顕著な兆候である。帝によって、この都市の新たなる統一（未だ脆弱な）が重大な危機にさらされている。

混乱。時の流れの非常さに対する無力感。反逆心から失意への急激な感情移行、虚言の傾向。現実に対する根深い憎悪。

死に対する衝動の異常な強さ。

この本を完成させることはできないだろう。私の口はふさがれ、出版の望みは絶たれ、異教徒として投獄されることになるだろう。

反射的な隠蔽気質、過去、現在、そして未来への恐怖感……やみくもな媚びへつらいを必要とする、強度の不安感。

ネコ殺しの常習犯である呪われた子供への、病的な興味。

殺人への傾倒……帝は、自分の両親を殺したのか？　帝は、自分の妻を殺したのか？

帝は、それ以外の誰かを殺しただろうか？

おそらくこの本は完成しないだろう。

誰もが帝の死を待ち構えていたので、マスコミは崩御の知らせにすぐさま飛びついた。もっとも、礼拝行進の日には特別に濃い霧が立ち込めていたため、中継のテレビカメラにはほとんど何も映らなかった。それに続く宴席がまたお粗末な内容だった。鮮度の落ちたムースに干からびたカチカチのト

ースト、また代用サーモンのテリーヌにいたっては、プラスチック製のトレイの上で高速回転したあとのような見るも無残な姿をしていた。

一方で、政治の面ではアスカへの権力譲渡の影響からある種の混乱が起こっていた。この期に及んでも礼儀作法を重んじる自分を見せつけたい委員長は、著名な報道関係者の取り巻きを引き連れ、アスカの家まで自ら足を運ぶことにした。彼が権力を相続人の手に引き渡した次の瞬間に、アスカはそっけなく言い放った。

「加齢臭がするね」

居並ぶ報道陣の面前でこう言われては、さすがにバツが悪かった。委員長は小刻みに震えながら返事をした。

「仕方ありません。この年ですから」

「仕方なくニャイ、くさいの、ヤダ！」

「申し訳ありません、我がお嬢さま。何とか対処しましょう。ナフタリンまみれになって、消臭剤も浴びるようにつけましょう」

「歯並びガッタガタのヨレヨレ爺(じい)さんなんか、どっか行っちゃって！」

委員長は職を追われ、どこか辺鄙な地方に飛ばされてしまった。それ以来彼の噂を耳にした者は誰もいない。その後すぐ、娼婦の身にも同様のことが起こった。

「何のために娼婦がいるわけ？」アスカが言った。

「あたしは子供よ！」

「お聞きください、我がお嬢さま。イケないお遊びを色々と教えて差し上げましょう。何年か経った頃に、きっとお役に立ちますからね」

「ネコとキャンディに関係あること？」

「ネコ？　キャンディ？　いえ、それとは全く……」

「だったら消えちゃって！」

ということで、以下同様。相続人の歯に衣着せぬ物言いと、その過激でありながら手際のよい粛清に、それまで不安と危機感にさいなまれてきた住民たちは、大いに溜飲を下げた。アスカが街で一番の人気者になったのも、ごく自然な流れであった。わずか数日のうちに委員会は解散させられ、かわって上院議員が特権的地位に返り咲いた。議員らは、居並ぶマイクやカメラの前に大挙して現れると、深刻で生真面目な表情を見せつけながら抱負を語った。

「反復的かつ垂直的に、愛と真実と幸福の名において、従来とは全く異なる方法で万事を進めていく所存であります」

アスカに面と向かったときの上院議員らは、打って変わった口調で語りかけた。

「辞めさせないでくださいましね、輝かしき我がお嬢さま。両手いっぱいにキャンディをお持ちしましたよ」

「最初に手を洗った？」

「はいはい。二回も洗いました」

「ふーん。で、ネコは？　ネコ連れてきた？」

「今すぐお連れします。何千匹も運んできましたよ。特別チャーター便の貨物専用機とトラックでね」

小さな相続人がとてつもない人気者だということは上院議員たちも重々承知していたので、わざわざ彼女に逆らおうなどとは誰も考えなかった。彼らが公用車を好きに乗り回し、賄賂もたっぷり懐に収め、お世辞のうまい秘書だって使いたい放題にできるかどうかは、この相続人のサイン一つにかかっている。それを思えば、当のアスカの要求などはまさに朝飯前、何の造作もないことだった。

「ネコを所望、もっと所望、いっぱい所望する。それからキャンディもね」

アスカがそう言ったとたん、ネコもキャンディもあっという間に調達された。都市の中に山積した課題に直面することになるのは、まだまだ先の話である。たとえ誰かが苦情を言ったところで、クドクドと長ったらしい説明付きの如才ない答えが返ってくるのがせいぜいだろう。

「できるだけのことはさせてもらいましたが、あまりにも困難かつ繊細かつ複雑過ぎる問題でしてねえ。要するにこれはね、前の政権が悪いんですよ。責められてしかるべきは前の政権なんでね……」

なるほど、政権交代は蜜の味である。

戒告処分もあっと言う間だった。弁護士が集中攻撃を喰らい、かつてその標的にされた人々は早々に釈放された。ペンギン氏もまた晴れて自由の身となった。ところが儀礼問題を巡ってアスカと敵対関係になってしまったため、本来の職務からはずされてしまった。新しい配属先となった地域の動物園では、子供たちの人気を大いに集めた。彼の入れられた檻の前にはこう書いてある。

「旧・みかどせんぞくペンギン。珍種」

餌を与えることは禁止されていたが、来園者たちはかまわず安全柵の向こうからピーナッツやポテトチップを投げ込んできた。園の警備員たちもご贔屓のペンギン氏に対しては寛大な態度を見せた。

「なんたって珍種だからな」と彼らは考えた。

「この程度の規則違反は大目に見たっていいだろうさ」

ペンギン氏の動物園生活は、委員会でのそれとは比べものにならないほどに快適だった。とは言え、二人の職員の不手際のせいでクマの檻の中から見つけ出されるなどという珍事もないわけではなかった。それはあっという間の出来事で、巨大な生き物は食欲をそそる獲物に襲いかかると、ツメとめっぽう鋭い牙でもって解体作業に取り掛かり始めた。その瞬間に世にも恐ろしい雄叫びを上げてやろうと考えついたことが、ペンギン氏には吉と出た。そのおかげで生きたまま檻から救出されたからである。数週間の入院生活の末、彼は再び自分で歩けるようになった。

今日もなお、都市が抱える多くの課題が未解決のままである。誰が見てものっぴきならない局面を迎えた問題もいくつかあるにはあるが、人々は敢えて無視を決め込んでいる。今や相続人の功績で、大規模なキャンディ産業と非常に優秀な養ネコ業を擁する、国内でも有数の都市になったのだから。

つまり、相続人を批判できる者など誰もいないのだ。おまけに上院議員たちによる現政権は、こと不敬罪の取り締まりに関しては全く容赦がないのだから。

２００１年10月〜２００２年５月

東京にて

装画　Cicci
ブックデザイン　赤治絵里（幻冬舎デザイン室）

著者略歴◉ ローラン・ミヨ　Laurent MILLOT

1969年9月21日、フランス・パリ生まれ。

ソルボンヌ大学で修士号を取得後、来日。以来、日本在住。

2002年、架空の作家Asuka Fujimori（アスカ・フジモリ）を生み出し、スイス育ちの日本人女性作家というキャラクターで、翌03年に処女作*Nekotopia*（ネコトピア）をフランスの大手出版社フラマリオン社から発表。当初は、出版社にも自身の正体を明かさなかったため、批評家も読者も皆Asuka Fujimoriを実在の人物だと信じて疑わなかった。*Nekotopia*は、その特異な内容と世界観により、スキャンダルになる。04年、Asuka Fujimoriとして2作目の*Mikrokosmos*（ミクロコスモス）を発表。05年、新たな架空の作家Thomas Taddeus（トマ・タデウス）をつくり、ミステリーのシリーズ作品*La corde aux jours impairs*と*La dernière lueur du diamant*を発表。これらの作品は、これまでロシア語、台湾語、韓国語、トルコ語、リトアニア語に翻訳され、各国で話題となっている。

訳者略歴◉ 橋本たみえ

上智大学文学部ドイツ文学科卒業。

料理書を読み漁る趣味が高じてフランス料理の勉強を始めるも、料理よりフランス語の方に興味が湧き、フランス語を習得。これまでにフランス語・英語の映像関連テキストや雑誌記事などの翻訳を多数手掛ける。小説翻訳は今作が初となる。

小気味いいほどに乾いたユーモア、ヒリヒリするようなイノセンス、シュールなのに既視感を催すキャラクター描写にあふれた本作に出会って以来、ネコを見かけると洗礼名を考案せずにはいられない「ネコトピア」ウィルスに感染中。生活に支障はなく、経過は良好（同ウィルスは今後、我が国でも流行が予測される。今のところ有効なワクチンはない）。

広島県在住。2匹のネコを飼っている。

翻訳協力　株式会社高電社

GENTOSHA

ネコトピア 猟奇的な少女と100匹のネコ
2013年11月30日 第1刷発行

著 者 ローラン・ミヨ
訳 者 橋本たみえ
発行者 見城 徹

発行所 株式会社 幻冬舎
〒151-0051 東京都渋谷区千駄ヶ谷4-9-7

電話:03(5411)6211(編集)
03(5411)6222(営業)
振替:00120-8-767643
印刷・製本所:中央精版印刷株式会社

検印廃止

ISBN978-4-344-02491-5 C0093
幻冬舎ホームページアドレス http://www.gentosha.co.jp/

この本に関するご意見・ご感想をメールでお寄せいただく場合は、
comment@gentosha.co.jpまで。